Karl J. Weil / Die Hochzeit an der Mosel
und andere Geschichten

Karl J. Weil

Die Hochzeit an der Mosel
und andere Geschichten

November 2002
Selbstverlag Karl Jakob Weil
61137 Schöneck
Wiesenau 27
Umschlaggestaltung:
Karl Jakob Weil, 61137 Schöneck
Herstellung: Books on Demand GmbH
22848 Norderstedt
Printed in Germany
ISBN 3-00-009997-2

Als Autor danke ich besonders den Schülerinnen
und Schülern des
Lichtenberg - Oberstufen - Gymnasiums
63486 Bruchköbel; Leistungskurs Kunst,
Jahrgangstufe 13, unter ihrem Leiter,
Herrn Rainer Raczinski,
die durch ihre Illustrationen für die Auflockerung
des Textes in diesem Buch sorgten.

Herzlichen Dank auch dem Team Eisenbahnnostalgie, das die Umschlaggestaltung mit einem eindrucksvollen Bild eines Zuges mit Dampflok unterstützte.

Schöneck im November 2002

Karl Jakob Weil

Inhaltsverzeichnis

P r o l o g

Dieser Band ist gewidmet all' jenen Menschen, die in Sozialdiensten, in Kliniken und Krankenhäusern, oft unter unsicheren und schwierigen finanziellen Verhältnissen, langen Arbeitszeiten und Auseinandersetzungen mit der Obrigkeit, Ministern und Behörden, die zu oft mit ihren Beschlüssen weit von der Realität entfernt sind, ihren Dienst an der Gesundheit der Menschen verrichten.

Menschen brauchen in jeder Lebenslage Freude am Dasein, Aufmunterung auch in den Tiefgängen des Lebens und Mut zum Weitermachen.

Dem sollen diese kurzen und längeren Geschichten dienen; vergnüglich zu lesen, zum Lachen und manchmal auch zum Nachdenken anregend.

Dazu wünsche ich den Leserinnen und Lesern viel Vergnügen.

Schöneck im November 2002

Karl Jakob Weil

Die Hochzeit an der Mosel

Freitag ist ein Unglückstag, dachte ich und öffnete mit gemischten Gefühlen einen Brief, der an einem Freitag in meinem Kasten gelegen hatte. Es waren liebe Freunde aus einem kleinen Städtchen an der Mosel, die einem eingefleischten Junggesellen von zweiunddreißig, der, sehr schreibfaul, seine schöne Zeit an der Mosel und seine dortigen Freunde schon fast vergessen hatte, einen recht netten und freundlichen Brief sandten. Der Name des Städtchens sei hier nicht genannt, da mich sehr viel mit ihm und seinen Einwohnern verbindet und ich kein Interesse daran habe, die Sitte und Moral dort in Frage zu stellen.

Damit sei nicht gesagt, dass in dem genannten Brief etwas Unmoralisches stand; ganz im Gegenteil, es war eine Einladung zur Hochzeit. Die Freunde schrieben, dass sie sich sehr freuen würden, wenn ich gerade an diesem denkwürdigen Tag, der Hochzeit ihrer Tochter – die ich übrigens nur als kleines Mädchen mit Zöpfen kannte – mein weit zurückliegendes Versprechen auf einen Besuch wahr machen würde. „Außerdem", so stand dort, „gibt es an der Mosel viele nette Mädchen, die schon manchen Junggesellen vom Rhein in ihre süßen Fangarme genommen und sicher in den Hafen der Ehe geleitet haben."

Bei solch liebevoller Einladung konnte ich nicht absagen. Dabei dachte ich weniger an die süßen Mädchen, die sehr wohl einem Junggesellen gefährlich werden konnten, als an den herben Wein, der so köstlich mundet und die Mosel berühmt gemacht hat.

Ob nun der Freitag wirklich ein Unglückstag ist, bitte ich den werten Leser selbst zu entscheiden.

Schon die Fahrt war wunderbar, und ich werde sie ebenso wenig vergessen wie die denkwürdigen Ereignisse, die sich in jenen Pfingsttagen an der Mosel zutrugen. An einem blauen Himmel lachte die Sonne, eine frische Brise wehte vom Fluss her, und das Moselbähnchen fuhr hübsch langsam und hielt oft. Bei jeder Station hatte ich Zeit und Muse in Ruhe die Landschaft zu betrachten. Der Fluss schlängelte sich in vielen Windungen um die Berge, an deren Hängen der Wein wächst, den ich bei dieser Gelegenheit ausgiebig versuchte. Gemütlich in meine Ecke gekuschelt konnte ich dann die Fahrt so richtig genießen.

Natürlich kamen wir zu spät an unserem Bestimmungsort an. Das konnte jedoch meine gute Stimmung nicht trüben. Schließlich hatte das auch seine Vorteile. Alle Gäste waren schon da, und die Begrüßung ging sehr schnell vonstatten. Gleich begann das übliche – immer wieder neue – Zeremoniell. Das Brautpaar erscheint, der Gang zur Kirche, die Glückwünsche und dann der Beginn der eigentlichen Feier.

Die Moselmädchen gefielen mir von Anfang an, mit ihren lustigen Augen und den frechen Näschen. Natürlich auch die Braut, rotblond, satte volle Formen, die ja bekanntlich die

Männer der reiferen Jugend besonders anziehen. Dazu war sie hochbeinig wie ein Reh, was mir besonders reizvoll erschien.

Auch der Rehbraten war ausgezeichnet und erst der Wein. Der Hausherr hatte den besten auf den Tisch gebracht, uralt, herb und süffig. Nur was dann kam, das weiß ich nicht mehr. Nicht, dass ich betrunken war; keine Spur. Ich hatte bestenfalls das erste Glas hinter der Binde.

Als ich erwachte, fühlte ich mich merkwürdig frei – wie selten in meinem Leben. Bald erkannte ich auch die Ursache dieser Freiheit. Ich lag nämlich splitternackt unter dem Tisch. Heiß und kalt lief es mir über den Rücken bei dem Gedanken an die Damen und Herren, die ihre besten Kleider und Anzüge zu dem Fest angezogen hatten und besonders an ihre entrüsteten Augen, wenn sie mich Nackedei erblickten. Vorsichtig sah ich mich – vorerst einmal unter dem Tisch – nach den übrigen Gästen um. Gott sei Dank! Alle Untergestelle waren ebenfalls nackt, insoweit bestand also kein Grund zur Furcht.

Langsam tastete ich mich zu meinem Stuhl und schob mich daran hoch, dabei fiel mir auf, dass ich sonderbar schlapp in den Beinen war. Mein Kopf erschien gerade über der Tischplatte, da erwachte die Frau Pastor – ein stattliches Weib – die mir gegenüber saß. Sie hob den Kopf von ihrem auf dem Tisch liegenden, fleischigen Armen und rieb sich schlaftrunken die Augen. Kaum stand ich vollends auf den Füßen, wurde sie meiner auch schon ansichtig, sprang auf und stieß einen unartikulierten Schrei aus. „Herr!" gurgelte sie, „Herr! Was fällt Ihnen ein?"

Mein Hinweis, dass mich der Herrgott eben so und nicht anders geschaffen habe, wurde überflüssig; denn inzwischen sah sie die anderen Gäste und sich selbst. Man erspare mir die Beschreibung im Einzelnen. Nur so viel sei gesagt, dass keiner der etwa vierzig Leutchen auch nur ein Fetzchen Tuch an sich hatte. Die Einrichtungsgegenstände wie Teppiche, Läufer, Gardinen usw. schienen Beine bekommen zu haben. Lediglich auf einem Tisch lag noch ein Tischtuch und an den Fenstern waren noch die Scheibengardinen.

Das Tischtuch sah ich zuerst. Ein Sprung, ein Riss und ich schwang die Trophäe über meinem Kopf. Doch die übrigen Gäste waren auf Scheibe und erkannten meine Absicht und die Nützlichkeit des Tischtuchs. Mit einem Wutgeheul stürmten sie auf mich zu, um mir meine Eroberung zu entreißen. Ich floh über Tisch und Stühle. Endlich fielen mir, auf dem Schrank stehend, die gegenüberliegenden Fenster ins Auge. „Die Gardinen", schrie ich, „nehmt doch die Gardinen." Der Angriff gegen mich stockte, dann raste alles auf die Fenster zu.

Während die Schlacht um die Gardinen tobte, schaute ich von oben über das Schlachtfeld. Nur zwei Personen beteiligten sich nicht an der wilden Jagd. Frau Pastor begnügte sich damit ein Gemälde, „Das tobende Meer", vor gewisse Körperteile zu halten. Die Braut saß am Tisch, hatte ihr Gesicht in die Arme vergraben und schluchzte herzerweichend. „Er ist weg, er ist weg, der Treulose, der Schwindler, der Schurke!"

In mir erwachte der Kavalier. Ich sprang vom Schrank, schlang das Tischtuch – vielmehr den Rest des Tuches – um ihre Hüften und wollte sie gerade zur Tür geleiten, da war die Schlacht um die Gardinen beendet und der Angriff rollte gegen uns vor. Das Tischtuch ging in Fetzen, wir wurden auseinandergerissen, sie streckte noch die Arme nach mir aus, ich wollte sie fassen, da erhielt sich einen starken Stoß und kurz darauf einen Schlag ins Gesicht – der Zug hatte mit einem Ruck gehalten. „Herr!" zeterte die ältere Dame, die mir gegenübersaß, „Sie können schlafen, schnarchen und um sich schlagen soviel Sie wollen; aber handgreiflich werden, das geht nun doch zu weit."

Ich entschuldigte mich in gebührender Weise, doch sie wollte absolut nicht glauben, dass ich von einer Hochzeit geträumt hatte. Mit einem Seufzer bückte ich mich und hob meine Zeitung wieder auf, in der ich die Notiz über eine Hochzeit in der Bretagne gelesen hatte. Dort hatte eine Hausangestellte durch ein Schlafmittel im Wein alle Hochzeitsgäste in einen bleiernen Schlaf versenkt. Als die Gäste erwachten, war sie mit dem Bräutigam unter Mitnahme aller brauchbaren Gegenstände, einschließlich der Kleider der Gäste, über alle Berge.

Unterdessen schimpfte die empörte Dame mir gegenüber unentwegt. „An die Mosel fahren und schlafen, das sind die Richtigen", sagte sie und dann etwas gemäßigter, „Ihnen fehlt offenbar die passende Frau, die Sie auf andere Gedanken bringt." Ich war heilfroh, als ich kurz darauf an meinem Reiseziel angelangt war und verschwinden konnte.

Die Hochzeit war trotzdem schön.

Übrigens, die Braut aus meinem Traum in dem Moselbähnchen hatte keine Ähnlichkeit mit der richtigen Braut. Meine Traumbraut glich mehr ihrer Schwester. Auch unsere beiden Töchter haben große Ähnlichkeit mit ihr.

Erlebnis am Lido

„Ein Königreich für ein Schnitzel und ein gutes Glas Bier!"
Ich lag auf dem Rücken im heißen Sand und blinzelte in die
Sonne.

„Aber Alois! Du musst auch immer ans Essen und Trinken
denken. Dabei liegen wir hier am Lido. Überlege doch, am Lido
von Venedig! In diesem Augenblick beneidet uns unser ganzes
Dorf."

Liesel, das ist meine Frau, hatte sich halb aufgerichtet und
sah mich herausfordernd an.

„Wenn sie es wüssten; aber sie wissen es ja nicht, denn unsere Karten kommen erst in drei Tagen an", sagte ich schadenfroh.

„Du irrst, teurer Gatte", sie gab mir den schadenfrohen Blick
zurück. „Deine Frau hat dafür gesorgt, dass Kleinkloppeldorf
alles rechtzeitig erfährt. Die Karten von Venedig habe ich
schon vor drei Tagen, als wir noch in Turin waren, abge-
schickt."

Ich muss wohl ein recht dämliches Gesicht geschnitten haben. Ein vorübergehender junger Italiener sah mich an und
griente unverschämt. Er war mit einer Hose und einem ärmello-
sen Hemd bekleidet. Seine Füße steckten in billigen Sandalen.
Auf dem Kopf trug er ein Brett, auf dem eine Anzahl kleiner
Segelschiffe befestigt waren. Offensichtlich bot er sie den Eltern zum Kauf an, Spielzeug und Andenken an Venedig
zugleich. Wir gehörten nicht zur Kundschaft, also konnte er
sich etwas Spott schon erlauben.

Im übrigen hatte meine Frau recht. Was nutzte es, nach Italien zu fahren, wenn die Bekannten nichts davon wussten.
Schon vor der Reise hatten wir es uns reiflich überlegt, wie wir
später unseren Freunden all die schönen Erlebnisse mitteilen
konnten. Meinen Vorschlag, eine Pressekonferenz abzuhalten,
tat meine Frau als zynische Randbemerkung ab.

Apropos Erlebnisse! Bis jetzt war noch nichts Bemerkenswertes passiert; es sei denn, man zähle die Fahrt mit dem Motorrad nach Venedig und das Erleben der natur dazu. Aber von der Natur will ja heute niemand etwas wissen. Das sind keine Erlebnisse in den Augen des „modernen" Menschen. Wir waren erst heute Nachmittag in Venedig angekommen. Hätte meine Frau nicht so einen Drang nach dem weltberühmten Lido gehabt, sicherlich wäre unser erster Gang zu einem netten Gasthaus gewesen. So aber aalten wir uns in der Lidosonne.

Vor uns lag die herrliche Adria. Natürlich wäre sie schon das Erzählen wert. Übrigens ist sie wirklich blau. Leise schlagen die Wellen an den Strand. Sie scheinen einander nachzulaufen, wie wir es als Kinder oft getan haben. An den weit ins Meer hinausgebauten Landungsstegen setzten einige Boote ihre weißen Segel, die sich sofort im Wind aufblähten und die Boote nach dem Willen des Steuermanns weit ins Meer hinaustrugen.

Schnittig zerteilten sie die Wellen und kreuzten in oft halsbrecherischen Manövern gegen den Wind.

Übrigens war der Lido doch etwas anders, als ich ihn mir vorgestellt hatte. Lido, so nennt man die langgestreckte Insel, die Venedig vorgelagert ist. Nicht sehr breit, aber einige Kilometer lang, bietet der flache Strand eine willkommene Badegelegenheit. Wir konnten eine große Strecke ins Meer gehen und doch reichte das Wasser kaum bis an die Brust. Zwischen den Sandbänken tummelten sich die Kinder, und Männer versuchten kleinen und großen Mädchen, mit raffinierten und teuren Badeanzügen, das Schwimmen beizubringen.

Mit einem Seitenblick auf die Annäherungsversuche eines schwarzhaarigen Kavaliers – vielleicht war es auch wirklich wegen des Schwimmenlernens – konnte ich eine bissige Bemerkung nicht zurückhalten. „Ja, wenn Dein Mann nicht dabei wäre," sagte sich, „dann wäre so ein Erlebnis im Lido fällig, wie es in deinen Romanheftchen steht."

Das hat meine Liesel etwas verstimmt. Es war ja auch eine recht hämische Bemerkung und ich hätte sie gerne wieder zurückgenommen. Indes arbeiten die Erlebnissucher am Lido nicht mit so billigen Annäherungsversuchen. Hier verkehrt die Cream der Gesellschaft, die Hautevolee, welche die Lire und Dollars Paketweise in der Tasche haben. Ihr Reich beginnt hinter den Unkleidekabinen, die in langer Reihe den Strand abschließen. Auserlesene Hotels, Golfplatz, Reitbahn, Tennisplätze und vor allem das Spielkasino sind zu ihrer Zerstreuung eingerichtet.

Natürlich hat jeder die Freiheit dort einzukehren. Wir nutzten sie nicht. Ein Blick in unseren Geldbeutel belehrte uns darüber, für wen diese Freiheit gedacht ist.

Meine Frau schwieg eine ganze Zeit. Das war selten und ein Zeichen dafür, dass ich etwas vergessen hatte. In einem solchen Fall ist es zwecklos zu fragen, ich musste schon selbst darauf kommen. Die Sonne stand schon ziemlich tief, da fiel bei mir der Groschen. Wenige Minuten später saßen wir in einem Eissalon dicht am Strand und schleckten garantiert italienisches Sahneeis. Mein Schatz hatte glänzende Augen und war zutiefst davon überzeugt, dass sie den besten Mann in der Welt hatte.

Bald bummelten wir zufrieden mit uns und der Welt zur Dampferanlegestelle. Hier gab es einen Schreck in der Abendstunde. Zur Beruhigung des Lesers: Es fuhren noch Dampfer. Mehr noch, es fuhren zu viel und wir wussten nicht, mit welchen wir fahren sollten. Denn wir hatten uns den Namen der Abfahrtstation nicht gemerkt, wo das Motorrad auf uns wartete.

Ein kerniger bayrischer Fluch entrang sich meinen Lippen. Doch was nutzte es, kein Mensch war in der Nähe, der Deutsch verstand.

In der Not bin ich ein Mann von kurzen Entschlüssen. Es musste doch noch mehr Deutsche am Lido geben. Schon fragte ich den Nächststehenden: „Entschuldigen Sie, können sie Deutsch?" Der Mann zuckte mit den Schultern. Der Nächste kam dran. „Entschuldigen Sie, können...? Es zuckten noch viele mit den Schultern. Es ist einfach erstaunlich, wie wenig Deutsche nach Venedig an den Lido fahren, wo doch so viel für den Reiseverkehr ins Ausland getan wird. Endlich, nach einer halben Stunde, fand sich eine Frau, die erfreut sagte: „O, ja, kann ich Ihnen helfen?" Es war eine polnische Lehrerin, die Deutschland und sogar unsere nähere Heimat kannte. Nach einigem Überlegen fand sie auch die Station heraus, wo wir eingestiegen waren: „Piazzale Roma". Es war gar nicht zu vergessen. Wir atmeten auf. Unsere polnische Freundin unterhielt sich noch lange mit uns. Wir sprachen über alles, was Deutschland und das kernige Volk der Bayern angeht. Nach einem herzlichen Abschied stieg sie in eines der Boote und fuhr ab.

„So eine nette Frau", freut sich meine Liese. „Na, jetzt wissen wir wenigstens wo wir hin müssen. Wie war das noch? Pazzele oder Pizzele?"

„Kruzitürken", es folgten noch einige bayrische herzhafte Ausdrücke, ehe ich mich etwas beruhigt hatte. Wieder war uns der Name der Station entfallen. Obwohl wir gemeinsam unsere

Gehirnmasse anstrengten, fiel sie uns nicht wieder ein. So half alles nichts, ich musste wieder nach der bewährten Methode: „Entschuldigen Sie...?" Der Strand leerte sich bedrohlich. Doch diesmal ging es schneller. Ein Wiener, unserem Stamme artverwandt, half uns aus der Patsche.

Bei unserem Motorrad angelangt, mussten wir erst einmal herzlich lachen. Dann ging es zurück nach Mestre, das am anderen Ende des Ponte de la Liberta – die Brücke, die Venedig mit dem Festland verbindet – liegt. Wir mussten uns dort in einer Pension einquartieren, da Zeltplätze nicht mehr vorhanden waren. In Venedig selbst abzusteigen, war angesichts unserer schmalen Finanzbasis nicht ratsam. Trotzdem, wir konnten zufrieden sein. Es war ein nettes Zimmer und die Inhaberin sehr freundlich. Ehe ich das Licht löschte – ich konnte es einfach nicht sein lassen – wandte ich mich nochmals an meine Liebste: „Du hast doch Recht, am Lido passieren Dinge, die man sonst nicht für möglich hält."

Das Schlusslicht

„Verdammt", dachte Mr. Brown, „das ist wieder ein Londoner Nebel, dick wie Erbsensuppe." Wie eine Schnecke musste er sich mit seinem Wägelchen durch das Dunkel tasten. Der Schweiß stand ihm schon auf der Stirn, denn er war ein sehr gewissenhafter Verkehrsteilnehmer.

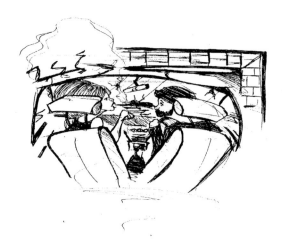

„Da, klemme Dich doch hinter diesen Straßenkreuzer. Er hat starke Nebellampen und kommt schneller vorwärts als wir mit unserer Chausseewanze." Die Stimme von Mrs. Brown hatte bei den letzten Worten einen verächtlichen Klang angenommen. Sie ärgerte sich schon den ganzen Tag; über ihren Mann, über den Londoner Nebel, den kleinen Wagen und dass sie voraussichtlich eine Stunde zu spät zur verabredeten Party bei den dazu noch so hochnäsigen Bisons kommen würden. Aufgeregt puderte sie sich nun schon zum zehnten Mal die Nase.

Dabei tat Mr. Brown sein möglichstes, um die Verspätung zu reduzieren. Mit List und Tücke hängte er sich an den Straßenkreuzer, dessen Schlusslicht er auch durch den Nebel immer gut erkennen konnte. Zwanzig Minuten ging alles gut, dann stoppte sein Vordermann ganz plötzlich. Mr. Brown konnte sein Wägelchen nicht mehr zum Halten bringen und krachte hinten drauf. Er schoss aus dem Wagen. „He! Sie Ochse!" brülle er, „warum haben Sie so plötzlich gebremst?"

„Es tut mir sehr leid", entgegnete der andere, ein Gentleman wie er im Buche steht, und strich sich über sein Schnurrbärtchen, „ich musste. Ich bin nämlich in meiner Garage!"

Mrs. Brown ließ sich auf der Party wegen Migräne entschuldigen.

Abendspaziergang

"Ein schönes Paar" nickte der Langholzbauer im Vorbeigehen dem Friseur zu. Es war Feierabend, Alex Pappkorn stand vor der Ladentür und schaute – wie der Langholzbauer – Bernd und Regine nach, die gerade den Dorfausgang erreicht hatten. So lange die Klatschbasen vom Dorf sie sehen konnten, gingen sie steif und wussten nicht, wie sie sich benehmen sollten. Natürlich kannte sie jeder im Dorf und es war eigentlich nichts dabei; aber die Blicke der Neugierigen machten sie unsicher. Hinter der langen Weißdornhecke jedoch nahm Bernd Regines Hand und streichelte sie leise.

Nach dem Regen vom Nachmittag dampfte die Erde wie der Rücken eines schwer arbeitenden Ackerpferdes. Freigebig strahlt der Boden die Wärme zurück, die er am Tag von der Sonne empfangen hatte.

Ohne dass er es wollte, musste Bernd an die Stadt denken. Dort war alles anders. Wenn die Sonne schien, glühte der Asphalt unter den Schuhsohlen und Abends gab es kaum eine Abkühlung. Bernd liebte die Stadt nicht, obwohl er gezwungen war, dort zu leben, um sein Studium zu beenden. Auch sonst gab es nichts, das ihn an das städtische Leben binden konnte.

Trotz mancher Anfechtungen war er seiner Regine immer treu geblieben. Gewiss, Regines Hände waren nicht so zart und gepflegt, wie die seiner Schulkolleginnen in der Stadt, es waren feste Hände, die zugreifen konnten, ohne Nagellack und kunstvoll geschnittene Nagelspitzen; aber gerade so liebte er sie.

Die Sonne schien über den Bäumen des nahen Waldes wie eine feurige Kugel, als die Liebenden in einen schmalen Feldweg einbogen. Er führte zu den drei Birken, die mit ihren weißen leuchtenden Stämmen mitten in dem kleinen Tal standen. Sie halbierten sozusagen den Weg vom Bach zum Waldessaum, der den Sonntagsausflüglern aus der Stadt oft als willkommene Raststätte diente. Heute war ihr lautes Treiben nicht zu fürchten. Das Paar war ganz allein, nur ab und zu zwitscherte ein Vogel im Gebüsch. Regine zog den Arm des Geliebten um ihre Hüften, um ihm recht nahe zu sein. Ein lauer Wind spielte mit ihren blonden Locken und koste ihre von der Sonne gebräunten Wangen. Langsam wurde es dunkel, die Nacht schickte sich an, die Erde in ihre weichen Arme zu betten. Das Mädchen erschauerte.

"Du frierst", er drückte sie fest an sich.

Wortlos schüttelte sie den Kopf. Liebevoll strich er die Locken zurück, die in ihre Stirn gefallen waren und küsste ihre Augen. Sie seufzte und legte das Köpfchen an seine Schulter.

Er beugte sich leicht zu ihr hinab, ihre Wangen berührten sich. "Was macht Dir das Herz so schwer?"

"Ach, ich bin so traurig", flüsterte sie leise, "bei mir ist alles dunkel und trübe, wie die schwarze Wolke, die dort von der Stadt heraufzieht."

Die Schatten der Nacht zwangen die Sonne zum Abtreten. Sie stand zwischen den Bäumen des Waldes, als sei sie mit unsichtbaren Fäden an die hohen Wipfel der Fichten gekettet, die den bewaldeten Hügel krönten. Ihre Strahlen zauberten wundervolle Bilder an die Wolken, die sie mit letzter Kraft erreichen konnten.

Bernd nahm Regines Kopf zwischen seine Hände und schaute ihr in die Augen. "Hast Du Angst um mich?"

"Ja", sie nickte.

"Ach, Du dummer Schatz." Er küsste sie behutsam und vorsichtig, als könnte er etwas zerbrechen. "Schau einmal die Sonne. Wie herrlich und kraftvoll selbst wenn sie schon untergeht."

"Ja, sie geht unter", flüsterte sie, "und will sich mit den letzten Strahlen an den Wolken festhalten, um noch länger da zu bleiben, wie ich Dich festhalten möchte, damit Du nimmermehr von mir gehst!"

"Sie geht nicht weg, die Sonne, sie ist immer da, auch wenn wir sie nicht sehen und sendet ihre lebensspendenden Strahlen zur Erde. Auch ich bin immer bei Dir und denke an Dich." Er bedeckte ihr Gesicht mit Küssen.

Als wolle sie seine Worte bekräftigen glühte der rote Ball der Sonne noch einmal feurig auf, um dann langsam, Schritt um Schritt, zwischen den Bäumen des Waldes zu versinken.

Je mehr die Sonne verschwand, um so mehr gab die Erde und der Wald die Wärme zurück. Die Luft war so lau und forderte dazu auf: "Liebet euch und seid euch gut."

Mit kräftigen Tenor sang ein Frosch am Bach sein Liebeslied und die Grillen unter den Birken begleiteten ihn mit ihren feinen Stimmchen. Behutsam legte die Nacht ihren Mantel um die Erde. Immer mehr breitete sich die Dunkelheit aus, umhüllte die beiden Liebenden, die eng umschlungen auf der Bank unter den Birken saßen, den Bach und den Wald. Der Mond lugte nur schüchtern und noch ohne Kraft hinter den Wolken hervor, ein alter Kavalier, der die Wege der Liebe kennt und nicht stören wollte.

Heimkehr

„Ein Bettler", sagte Ulla und zog ihre kleine Freundin Gretel schnell hinter den Holunderstrauch, der seine ersten Knospen zeigte. „Vor denen muss man sich in Acht nehmen, sagt meine Mutti immer." Scheu blicken die beiden Kinder auf die leicht nach vorn gebeugte Gestalt eines jungen Mannes, der langsam näher kam. Sein Gesicht war braungebrannt und schmal. Die Augen lagen tief in den Höhlen und flackerten unstet. Scheu, fast ängstlich, schaute er nach dem Bauerngehöft, das einsam auf der Höhe lag.

Er sah verwahrlost aus und man hätte ihn sehr gut für einen Bettler halten können. Der Anzug, alt und abgetragen, schlotterte um seine Gestalt, als gehörte er nicht zu ihm. Er war ein Geschenk eines mitleidigen Wirtes, der ihm zwar seine Geschichte von der Fremdenlegion nicht glaubte, aber, wie er sagte, „Sinn für Humor" hatte und ihm sozusagen als Belohnung für die schöne Geschichte, über die er herzlich lachte, den Anzug und eine Wegzehrung schenkte.

Werner Hanke war nicht zum Lachen zumute. In drei Jahren Fremdenlegion hatte er es verlernt, fröhlich zu sein. Dort half nur noch Schnaps und Gin, um die schaurige Gegenwart wenigstens für einige Stunden zu vergessen.

Er bog in einen Feldweg ein, der leicht abfallend den Hang hinunterlief. Nach der ersten Biegung musste er sich setzen. Müde von der langen Wanderung stützte er seinen Kopf in die Arme. Jetzt hatte er Zeit. Am Tage in das Dorf zu gehen war zu riskant. Wer konnte wissen, ob nicht schon die Häscher an seiner Haustür warteten, um ihn in die Hölle von Algerien zurückzubringen. War es überhaupt zweckmäßig hier herzugehen, wo ihn jeder kannte? Mit gefurchter Stirn betrachtete er seine Schuhspitze, auf der ein Goldkäfer eine Kletterpartie versuchte und auf der Höhe angelangt, seine Fühler nach allen Seiten bewegte, ob nicht von irgend woher Gefahr drohe.

„Wie ich", dachte er, „an dem Ziel meines Denkens und Fühlens angelangt, bekomme ich Angst." „Na, lauf doch weiter, es will Dir doch niemand was." Er nahm einen kleinen Ast, ließ den Käfer draufklettern und setzte ihn behutsam auf die Erde. „Ach", murmelte er, „wenn ich es doch auch so gut haben könnte."

Als wollte sie auf den Seufzer des Heimkehrenden antworten, erhob sich eine Lerche aus dem grünen Gras und ließ ihr jubelndes Lied erschallen. Spielend stieg sie zum Himmel und je höher sie flog, um so höher schien ihr Tirili zu klingen. Er hob den Kopf. Sein Gesicht drückte ungläubiges Staunen aus. Eine Lerche. Erst jetzt hörte er das Singen und Klingen in der Natur.

Ein Amselpärchen hüpfte über den Weg. Er erhob sich, mit unsicheren Schritten ging er zu einem Kirschbaum, zog einen Ast zu sich herunter, wie er es früher so oft getan hatte, um zu sehen, ob er schon treibt und die Eisheiligen glücklich übersteht würde. Das bange Gefühl schwand aus seiner Brust und machte einer Fröhlichkeit Platz, wie er sie hatte, als der erste von ihm gepflanzte Baum Früchte trug. Hier in diesen Wiesen am Hang pflückte er mit seinen Freunden die ersten Veilchen. Ob es schon welche gab? Er ging quer durch das Gras. Sein Blick wanderte suchend über den Boden. Unter einem alten Birnbaum, aus dessen Wurzeln Auswüchse schossen, fand er einen großen Platz mit Veilchenbüschen. Einzelne Blüten waren halb offen. Er bückte sich, streckte seine Hand aus, um ein Sträußchen zu pflücken. Doch dann ließ er es sein, legte sich flach auf den Boden und atmete tief den lieblichen Duft der erwachenden Natur ein. „Frühling", dachte er, „Frühling in der Heimat, wie konnte ich euch verlassen, wie habe ich euch vermisst!" Ganz weh wurde ihm ums Herz und Tränen traten in seine Augen. Er legte den Kopf auf die Erde als erwarte er eine Antwort.

Niemand im Dorf erkannte die hagere Gestalt mit dem fremdländischen, braungebrannten Gesicht; doch alle, die ihm begegneten, wunderten sich über sein verklärtes, glückseliges Lächeln.

Die Kaffeetante

Sie ist dick, rund und gemütlich. Sie unterhält sich den ganzen Tag. Wenn nicht mit ihren Kaffeeschwestern, dann mit dem Hund (Hündchen) oder ihrer Katze.

In Gesellschaft ist sie daher sehr aufgeschlossen, erzählt von ihren Krankheiten und was der Arzt ihr empfohlen hat, um dünner zu werden. Die Ratschläge ihres Arztes und der Nachbarn von links und rechts, oben und unten gibt sie bereitwillig an ihre Mitschwestern weiter.

Vor allem darf sie nichts Süßes essen, das macht dick. Ihre Lieblingsspeise ist eine gute Tasse Kaffee und Sahnetorte. Das beste Weihnachtsgeschenk für sie ist eine Kaffeemaschine.

Das wichtigste Ereignis des Jahres ist ihr das Kaffeekränzchen. Wenn es stattfindet, darf ihr Mann zum Skat gehen. Meist dauert das Kaffeekränzchen auch länger wie das Skatspielen.

Kaffeetanten sind lebende Adressbücher und Auskunftsbüros, die sogar Privatdetektive in den Schatten stellen. Sie wissen alles und was sie nicht wissen, erfahren sie auf dem Kaffeekränzchen. Deshalb findet dieses auch nicht einmal im Jahr, sondern so oft wie möglich statt und dauert sehr lange.

Es wäre sehr schade, wenn es die Kaffeetanten nicht gäbe.

Von Birkenbock

"Na, Dickerchen? Bald fertig?"

Wolfgang drehte sich um. Hinter ihm stand Helene und lächelte ihm zu. Dabei war sie damit beschäftigt, ihre Schriftsätze und Briefe eilig in die Kästen der verschiedenen Rechtsanwälte und der Gerichte zu stecken.

Sie kannten sich von der Berufsschule her, in der Wolfgang vor drei Jahren – gleich bei der Eröffnung ihres Schuljahres – den Namen „Dickerchen" erhielt. Er hatte nicht ein bisschen dagegen protestiert. Wie sollte man ihn auch sonst nennen? „Wolfgang" war zu lang und „Wolf?" ... Ein Wolf war er nicht, das wäre eine Beleidigung gewesen. Er war gutmütig, deshalb nannten sie ihn Dickerchen.

Jeder hatte ihn gern; auch Helene, der er jetzt lachend erwiderte: „Noch nicht ganz. Ich muss noch ein paar Akten von einer Geschäftstelle holen."

„Schade!" Helene machte ein bedauerndes Gesicht. Sie hätte zu gerne mit ihm gemeinsam den Rückweg angetreten. Ihre Chefs, beides Rechtsanwälte, hatten ihre Büros in der gleichen Straße und zu zweit geht sich's ja bekanntlich besser.

„Es dauert nur ein paar Minuten, wenn Du an der Ecke warten willst?..." Er zwinkerte lustig mit den Augen und war schon auf dem Weg in den dritten Stock.

Die Tür von Zimmer 212 unterschied sich in nichts von den anderen Türen. Dickerchen – wir wollen ihn auch so nennen – klopfte an und legte die Hand auf die Klinke; dann zuckte er zusammen. Das „Herein!" klang wie ein Säbelhieb, der von kundiger Hand geführt zischend durch die Luft saust und mit metallischem Ton auf dem Kopf des Gegners landet. Dickerchen hörte förmlich die Knochen knirschen, es war jedoch nur das Quietschen der Tür, die er inzwischen geöffnet hatte. Etwas benommen blieb er am Eingang stehen.

„Na, junger Mann, treten Sie nur näher. Ah häm." Justizsekretär von Birkenbock nahm den Kneifer von der Nase und musterte den Eindringling mit zusammengekniffenen Augen. „Sie wünschen?" Er näselte etwas. Ob mit Absicht oder weil er kein Taschentuch dabei hatte, war nicht festzustellen.

„Bitte entschuldigen Sie", Dickerchen glaubte das sei die beste Eröffnung der Feindseligkeiten. Dass es zu Feindseligkeiten kommen würde, stand für ihn fest. Das zeigte schon die kühngeschwungene Nase des Beamten, die an den Abzug eines Maschinengewehrs erinnerte.

„Äh! Was sind das für Redensarten? Äh häm! Sie wissen genau, dass heute – an einem Mittwoch – keine Sprechstunden sind."

„Dicke Luft", dachte der Schreiber, der dem Justizsekretär gegenübersaß, beugte seinen Kopf noch tiefer über ein aufgeschlagenes Aktenstück und täuschte emsige Tätigkeit vor.

„Mein Chef hat aber doch angerufen", entgegnete Dickerchen milde, obwohl ihn der Anpfiff innerlich wurmte.

„Sie wagen es...", die Nase hackte in die Luft, „äh häm" Ihr Chef? Wer ist denn Ihr Chef?"

„Rechtsanwalt Dr. Abendstern."

„Abendstern? Auch das noch! Wenn jemand eine Extrawurst gebraten haben will, äh häm, dann sind es die Sterns. Sie überlasten die Justizorgane."

Die stahlblauen Augen schienen Dickerchen zu durchbohren, die Hand schob ein angebissenes Schinkenbrötchen diskret hinter einen Stoß verstaubter Akten.

„Was wollen sie also? Heraus mit der Sprache!"

„Die Akten Brömmel gegen Brömmel", entgegnete Dickerchen.

„Was? Akten wollen Sie auch noch haben? Junger Mann, äh häm, jetzt ist es genau fünf Minuten nach drei und um drei ist Dienstschluss. Ich bin, äh häm, seit fünf Minuten nicht mehr da!"

„Ich sehe Sie aber noch", die Stimme klang kampfentschlossen.

Der Hakennasenmann beachtete den Einwurf gar nicht. „Fünf Minuten vor der Zeit ist ...? Äh häm! Wie geht das weiter?"

„... ist die beste Frühstückzeit!" – Dickerchen schielte nach dem Aktenstoß, hinter dem das halbe Brötchen verschwunden war.

Der Schreiber senkte seinen Kopf noch tiefer, als leide er an Kurzsichtigkeit im letzten Stadium. Mühsam unterdrückte er ein Kichern.

Die Hakennase wurde gefährlich rot, der Mann beherrschte sich. „... ist des Soldaten Pünktlichkeit", kam es grollend aus seinem schmallippigen Mund. „Sie wollen, äh häm, doch wohl mal Soldat werden, oder heißen Sie, äh häm, auch Stern? Auf die Sterns können wir nämlich verzichten. Wegen denen haben wir schon den letzten Krieg verloren."

„Nein! Dickerchen, äh, Gerling, Wolfgang Gerling." Wie das „äh" abfärbt, dachte er, ekelhaft.

„Na also, das ist ja ein urdeutscher Name." Von Birkenbock war aufgestanden und trat auf Dickerchen zu. Jovial klopfte er ihm auf die Schultern. „Sie geben einmal einen guten Feldwebel ab. Sie haben die richtige Figur. Nur die Haltung, mehr Haltung, Mann! Nehmen Sie mal die Hacken zusammen!" Seine Stimme war zum Orkan angeschwollen, als stände er auf dem Kasernenhof und befehlige ein Regiment Soldaten.

Der Schreiber hob seinen Kopf etwas von seinem Aktenstück. Die Sache schien wieder in geordnete Bahnen zu kommen.

Dickerchen hatte instinktiv die Hacken zusammengeschlagen, obwohl er das nirgends gelernt hatte. Wie ein Rekrut stand er nun vor dem Justizsekretär.

Birkenbock indes schaute wohlwollend auf sein Opfer herab. Er war über einen Kopf größer. „Na, so gefallen Sie mir schon besser." Er wandte sich zu dem Schreiber. „Äh, Müller,

geben Sie mir doch mal die Akten Brömmel gegen Brömmel."
Und wieder zu Dickerchen gewandt: „Wann wollen sie denn
einrücken, junger Mann?"

„Ich? Einrücken?" Langsam erholte sich Dickerchen von
dem überstandenen Schrecken. „Ich will ja gar nicht. Ich denke
nicht daran!"

„Was heißt hier denken. Da gibt es doch gar nichts zu denken. Äh häm,. Sie bekommen Befehl, dann wird marschiert!"
Er hielt ihm die Akten, die ihm der Schreiber gegeben hatte,
vor das Gesicht. „Na, werden Sie oder werden Sie nicht?"

Dickerchen schaute sehnsüchtig nach den Akten. Der Schreiber
feixte und malte mit seinem Mund ein „Ja". Offensichtlich befürchtete er, dass sich die „Unterhaltung" noch länger hinaus-
ziehen würde und Überstunden wurden ja bei den Justiz-
behörden nicht bezahlt.

Dickerchen schaute von einem zum anderen. Dann blitzte es in seinen Augen auf. Er knallte die Hacken zusammen und schmetterte mit seiner hohen Stimme: „Jawoll, Herr Hauptmann, ich werde."

Von Birkenbocks Gesicht strahlte wie ein übergelaufener Dreckeimer. Fast hätte er vergessen, die Quittung unterschreiben zu lassen. „So muss unsere Jugend sein: Gehorsam, zackig, ohne lange nachzudenken."

Der Schreiber packte seine Sachen zusammen. Dickerchen verdrückte sich eilig durch die Tür.

Helene wartete noch bei C & A und betrachtete sich wohl zum hundersten Male die ausgestellten Sommerkleider. Sie schmollte etwas, als sie aber von der Attacke Birkenbocks erfuhr, lachte sie. „Du willst doch wohl nicht im Ernst zum Barras?"

„Wo denkst Du hin! Da könnte ich ja Sonntags nicht mit Dir Schwimmen gehen."

„Aber vielleicht werden sie Dich Feigling nennen?"

„Feigling? Weißt Du, zum Gehorchen braucht man nur die Hacken zusammenzuschlagen. Aber um dagegen zu sein, dazu gehört mehr: Denken und Mut."

Unentschlossen

Erna arbeitete als Stenotypistin bei dem Außenhandelsunternehmen Gebr. Wagner. Ihr Chef hielt große Stücke auf sie und lobte ihre Gründlichkeit.

Jeden Morgen ging sie zu Fuß über die Hauptstraße bis zum Schillerplatz, wo die Firma in einem Hochhaus eine Etage inne hatte.

Fast jeden Morgen wiederholte sich das Gleiche. Frau Erna blieb vor dem Hutladen in der Nähe der Kreuzung stehen. Auch heute betrachtete sie lange den Blauen mit dem aufgeschlagenen Rand. Die Uhr der nahen Johanniskirche schlug schon ¾ als sie weiterging. Um neun Uhr musste sie im Büro sein und von ihr war man Pünktlichkeit gewohnt. An der Kreuzung zeigte die Verkehrsampel grün. Trotzdem blieb sie gedankenverloren am Bordstein stehen. Dann drehte sie sich um und ging den Weg zum Hutladen zurück. Wieder betrachtete sie ganz verliebt die neuen Modelle, wieder blieb ihr Blick auf dem Blauen haften. Sie steckte ihre Hand in ihren Lederbeutel und befühlte ihre Geldtasche. Sie hatte sich eine kleine Summe gespart. Zögernd schloss sie den Beutel wieder und ging langsam weiter. An der Kreuzung drehte sie sich nochmals um, schaute dann auf die Uhr, die nun schon fünf Minuten vor neun zeigte und eilte über die Straße zum Hochhaus.

„Nein", sagte Georg zu Tante Frieda, „Erna wird sich nie einen Hut kaufen, es sei denn, Du gehst mit ihr. Sie ist viel zu unentschlossen."

„Merkwürdig", meinte die Tante besorgt, „sie wird doch nicht krank sein?"

Die Bekanntschaft

„Pfui...!" Das Stadion dröhnte, der Verteidiger der Blauen hatte erfolgreich abgewehrt. Man merkte sofort, dass die Weißen die Platzmannschaft waren. Die Gäste kamen im ovalen Rund des Stadions kaum zur Geltung.

Ich war neutral, so hatte ich viel mehr vom Spiel und konnte mir zudem noch „meine Mannschaft" aussuchen. In einem solchen Falle votierte ich meist für die schwächere Mannschaft. Ich war noch nicht richtig orientiert, da wurde ich schon in den Wirbel um das runde Leder hineingezogen.

Der Mittelstürmer der Weißen griff den Torsteher der Blauen unfair an. „Foul", brüllte ich instinktiv. Der Schiedsrichter hatte es gesehen und pfiff. Die Umstehenden schauten mich von der Seite an. „Aha, alles Einheimische", dachte ich, da musste man schon etwas vorsichtiger sein.

Die Blauen erhielten einen Freistoß. „Ho, ho...", protestierten die lautstarken Gastgeber.

Die Sonne brannte unbarmherzig vom blauen Himmel. Die Spieler schwitzten und wurden schon nach 20 Minuten zusehends schlapp. Die Zuschauer waren noch frisch und murrten. Besonders die Gastgeber hatten ihre Sorgen. Die Kondition der Weißen ließ merklich nach und reichte wohl nicht, um ein solches Spiel, unter diesen erschwerten Umständen, erfolgreich durchzustehen.

„Heute ist aber auch gar nichts drin." Ein Dicker hinter mir zog seine Jacke aus.

„Eine Nervensäge. Hach, die müssen erst ein Tor im Rückstand sein, dann werden sie wach."

Die Weißen waren im Angriff, alles beugte sich vor. Die Tribüne erhob sich von den Plätzen, als gelte es den Bundespräsidenten zu begrüßen. Alles brüllte wie der Ochs am Spieß. „Tempo! Abgeben!" und unartikuliert „Uah!" Der Dicke hinter mir stützte sich auf meine Schultern. Er musste Metzger sein. Ich konnte kaum standhalten.

„Tor, uah!" Es war ein Lattenschuss. Die Menge bog die Köpfe wieder zurück und verfolgte den Ball, der nun ins Mittelfeld rollte.

Mein rechter Nachbar schimpfte. Sein Hintermann hatte ihm im Eifer des Gefechts in die Kniekehlen getreten. Dann wurde es ruhiger. Langsam machte sich die Hitze auch bei den Zuschauern bemerkbar. Aber dann nach der Halbzeit!

„So, jetzt kommen wir dran", sagte die fette Stimme des Metzgers hinter mir. Die Umstehenden stimmten zu.

„Nun haben wir die Sonne im Rücken", weitere ungeteilte Zustimmung.

Das ärgerte mich. Warum mussten denn ausgerechnet die Weißen gewinnen? Ich beschloss, nun konsequent zu Blau zu halten.

„Tempo, Tempo!", das fing ja gut an. Der Angriff der Weißen war wirklich zügig. Das Stadion raste. Die Hitze war vergessen.

Die Weißen waren nach der Halbzeit wirklich gut. Sie zogen das Spiel auseinander und kamen über den rechten Flügel und dann eine exzellente Flanke und ein Kopfball, aber der Torhüter der Blauen war ja auch noch da, er faustete den Ball ins Feld zurück, was vielleicht ein Fehler war, denn er landete bei einem Verteidiger der Weißen, der mit vorgegangen war.

„Schuss, Schuss!"

„Tor" Riesenjubel, das Stadion bebte. Zwei Reihen vor mir beulte ein Mann seinen Hut wieder aus.

Die Weißen waren jetzt schwer auf Draht. Angriff auf Angriff rollte über das Feld. Da, eine weitere Vorlage. „Schuss! Tor! Das Stadion zitterte, die Gastgeber hüpften vor Freude.

„Abseits, das war doch Abseits", ich konnte nicht mehr an mich halten.

„Na! Sie! Hören Sie mal! Wenn Sie schon neben uns stehen, müssen Sie objektiv bleiben." Die Umstehenden rückten bedrohlich zusammen. Ich blieb auf meinem Standpunkt.

Es war tatsächlich Abseits. Der Schiedsrichter gab kein Tor. „Schieber! Schieber! Pfui! Pfui!" Jemand knuffte mich in den Rücken, als trüge ich die Schuld. Das Spiel ging weiter, Blau hatte sich gefunden, ausgezeichnetes Zuspiel, jetzt waren sie plötzlich vor dem Tor der Gastgeber.

„Foul! Foul! Hand! Hand!"

„Hast Du denn das gesehen, wie der gehakt hat? So eine Gemeinheit."

„Schiedsrichter! Telefon!"

Vor der Kiste der Weißen gab es ein wildes Durcheinander. Das Stadion wogte hin und her, einige fuchtelten mit den Armen in der Luft herum, andere drohten dem Schiedsrichter mit der Faust. Da wurde der Ball überraschend zurückgespielt. Ein scharfer Schuss des blauen Stürmers. „Tor!"

Der Beifall war schwach. In meiner Umgebung hatte nur ich geschrieen. Nein, da war noch eine Mädchenstimme. Ich schaute in die Richtung, aus der die Stimme kam. Zwei braune Augen blinzelten mich lustig an. Doch diese Augen wurden bald ängstlich. Die „Platzherren" duldeten keinen Widerspruch. Sie knurrten wie Wachhunde. Ein unverschämter junger Bengel trat ihr sogar heimlich auf die Füße. Schritt um Schritt näherte sie sich mir. Es war klar, sie suchte Schutz. Ich ging ihr so weit ich konnte entgegen.

Unterdessen zeigte sich, dass die Blauen gegen die Sonne noch besser spielten. Die „Platzherren" wurden unruhig. Dann kamen die letzten fünfzehn Minuten. Wie auf Kommando brüllte unterhalb der Tribüne ein Sprechchor los. Nichts allgemeines, „Tempo" oder so was ähnliches, sondern immer auf die Situation zugeschnitten.

„Heine, hau ihm eine".

„Mach mal rum, schmeiß den Tormann um."

„Ho! Hinein!" Weiß griff an. Ich brauchte schon nicht mehr hinzusehen, ich spürte es am eigenen Körper. War Weiß im Vorteil, Schulterklopfen; griff Blau erfolgreich an, Püffe und Tritte. Hier spielte jeder mit, man durfte doch nicht verlieren.

Es bahnten sich große Ereignisse an. Die Zuschauer fieberten. Irgendwo bliesen Trompeten und rasselten Kuhglocken. Die Weißen wurden regelrecht von ihren Anhängern in immer neue Angriffe gehetzt. Der Erfolg blieb nicht aus. „Tor! Tor!" Die Gastgeber brüllten, klatschten, einige Kinder warfen ihre und andere Mützen in die Luft. Der Metzger – jetzt war ich fest überzeugt es war einer – gab mir einen Stoß, der wohl für Rindviecher gedacht war.

Blau versuchte zwar noch den Ausgleich, doch es war nichts mehr zu machen. Schlusspfiff – aus.

Auf dem Weg zum Ausgang hörte ich noch den Metzger sagen: „Das war ein Spielchen!"

Ich hatte blaue Flecken; aber es hatte sich gelohnt. Braune Augen und brünettes Haar und das auf dem Sportplatz, wer hätte das gedacht. Sicherlich war sie eine Schlachtenbummlerin der Blauen und ich hatte sie beschützt. Ach, es war ein schönes Gefühl anderen zu helfen, besonders, wenn sie so rote Lippen hatten.

Ich begleitete sie ein Stück. „Ich bin froh, dass sie noch leben," sagte sie, „unsere Anhänger kennen keinen Spaß." Sie blitzte mich fröhlich an.

„Was heißt ihre Anhänger, sie gehören doch wohl zu den Blauen!"

„Aber wo denken sie hin, ich spiele in der Damenhockeymannschaft der Weißen."

„Das verstehe ich nicht. Sie haben doch für die Blauen geschrieen. Und dafür noch Püffe einstecken müssen."

„Ja, das stimmt, aber nur, damit Sie nicht so allein sind."

Die braunen Augen blickten mich treuherzig an. Ich konnte nicht widerstehen. Seitdem gehe ich nicht mehr allein zum Sportplatz, sie geht mit.

Die Grippe

Krankheiten sind keine schöne Sache und in gar mancher Hinsicht eine große Belastung unseres Lebens; dass aber auch diejenigen, die uns davon befreien wollen, zu einer Last werden können, ist eigentlich nicht einleuchtend. Ich meine natürlich nicht die Ärzte, nein, mit ihnen habe ich die besten Erfahrungen gemacht und sie würden mich mit Recht bei einer solchen Feststellung vor den Kadi zitieren. Gemeint sind all die guten Bekannten und Verwandten, die, jeder mitleidig und hilfsbereit, alte und neue gute Ratschläge anbringen wollen. Ich habe das sozusagen am eigenen Leibe erfahren.

Die Grippe geht um, jeder weiß es, jeder liest es in der Zeitung. „Deshalb beugt man vor und schützt sich vor Ansteckung" steht unter der Rubrik „Unser Hausarzt sagt". Meine Frau muss diese Ratschläge wohl gelesen haben, denn ihre Nachricht, dass unsere Nachbarin erkrankt sei, schloss mit dem Vorschlag: „Zieh dich morgen etwas dicker an, vor allen Dingen einen Schal solltest Du um den Hals tun, wo Du doch gerade dort so empfindlich bist."

Als einsichtiger Mensch tat ich wie befohlen. Auf der Straße ging es auch ganz gut; aber in der Straßenbahn fing ich mächtig an zu schwitzen. Beim Aussteigen wehte ein frischer Wind, und ich hatte das Gefühl, auf dem besten Weg zu einer Erkältung zu sein. Ahnungslos teilte ich dies unserem Bürofräulein mit. „Hm", meinte sie, „im Büro kann man da nicht viel dagegen machen. Am besten ich hole Ihnen einige Tabletten, die helfen bestimmt." Schon war sie weg.

Die Tabletten kosteten DM 3.60. Ich zahlte sie gern; für die Gesundheit tut man ja alles. Sie schmeckten furchtbar bitter, hatten aber eine gewisse Wirkung. Nach einer halben Stunde fing ich nämlich an zu niesen. „Aha, es löst sich schon", meine Bürohexe war mit dem Erfolg ganz zufrieden. Er steigerte sich noch, war sozusagen progressiv; gegen Büroschluss konnte ich mir kaum noch helfen.

Auf dem Heimweg traf ich meinen alten Freund Heinz. Er übersah sofort die Situation und geleitete mich postwendend in die Apotheke, so nannten wir unsere Kneipe. Drei steife Grog und noch einiges andere sollten mir wieder auf die Beine helfen. Dann brachte er mich noch nach Hause. Die Wirkung war durchschlagend. Die Treppe schwankte etwas, das war aber nicht weiter schlimm, denn ich selbst ging gerade; dafür trieb mir der Alkohol den Schweiß aus allen Poren.

Wieder einmal zeigte es sich, dass man nie von seinen alten soliden Grundsätzen abgehen darf. Nach unserem alten erprobten Rezept hatten wir, bevor wir den Heimweg antraten, einen starken Kaffee getrunken und einige Kaffeebohnen in den Mund genommen. Das war ein kluger Schachzug; denn wir hatten Besuch. Tante Berta war „nur auf einen Sprung" vorbeigekommen. Sie tat das öfters, ihre Sprünge waren allerdings manchmal recht lange. Trotzdem, der Empfang war herzlich; dann bemerkte man meinen Zustand, nämlich das Schwitzen (den anderen nicht).

„Um Gottes Willen Theo, wie siehst Du aus? Ach der arme Junge hat bestimmt Grippe. Er fiebert ja schon und steht so wackelig auf den Beinen. Da muss doch etwas dagegen getan werden. Ich weiß da ein altes Hausmittel: Wechselfußbäder. Meinem seligen Mann haben sie immer geholfen.

Es nützte alles nichts. Schuhe und Strümpfe mussten sofort runter und schon ging es los. Einmal die Fuße drei Minuten in heißes und dann drei Minuten in kaltes Wasser. Zur Erhöhung der Wirkung wurde noch eine Hand voll Salz dazugeworfen. Nach einer halben Stunde taten mir die Beine von dem vielen Wechseln weh; aber Tante Berta war unerbittlich. „Die Männer sind so wehleidig und können nichts durchhalten."

Nach längerer Zeit ging die gute Tante mit der Weisung, meine Tätigkeit noch eine Stunde fortzusetzen. Kaum war sie auf der Treppe, schon hatte ich die Strümpfe wieder an und machte mich auf der Couch lang.

Aber ach, die Ruhe dauerte nicht lange. Das Schrillen der Türklingel machte ihr ein jähes Ende. Meine Frau öffnete.

„Ach guten Abend Hilde", ich erkannte den Besuch schon an der Stimme. Es war Frau Becker vom unteren Stockwerk. Die beiden Frauen hatten Freundschaft geschlossen und standen auf Du und Du. Sonst war sie uns immer willkommen, aber heute ..., mich schüttelte es als ich daran dachte, dass sie evtl. auch noch ein todsicheres Mittel wusste.

„Was ist denn mit Deinem Mann. Aber Hilde, er hat ja Schüttelfrost." Natürlich wusste sie ein gutes Mittel. Mit Kamille inhalieren. Hilfsbereit holte sie einen Beutel dieser kostbaren Pflanze, weil wir keine entsprechenden Vorräte hatten. Wieder musste ich hoch von der Couch, mit Ächzen und Stöhnen.

„Ach Hilde, Du hättest nicht so lange warten dürfen. Dein Mann ist ja schon ganz fertig."

Nun saß ich armes Würstchen da, ein Tuch über dem Kopf und in gebückter Haltung mit dem heißen Kamillendampf kämpfend. Gegen diese Maßnahmen zu opponieren verbot mir meine gute Erziehung und die Freundschaft meiner Frau mit Frau Becker.

Am Abend sank ich erschöpft ins Bett. Mir war hundeelend.

Gott sei Dank! Es ist vorüber!

Bald stellte sich heraus, dass auch dies ein Trugschluss war. Mein Kopf lag auf einem harten Gegenstand. Meine Hand tastete unter das Kissen und stieß auf ein komisches Gebilde, das aussah wie eine schlecht gewachsene Meerrettichstange.

„Was ist denn das?" Ich schielte nach meiner Frau.

„Stell Dich nicht an wie ein kleiner Junge. Du wirst das bisschen Wurzel doch noch aushalten können."

„Was für eine Wurzel?"

„Nun eine Ginseng-Wurzel! Sie hat große Heilkraft, stammt aus Indien und hat schon vielen Menschen geholfen. Man kann sie unter das Kissen legen, aber auch einnehmen, dann hat sie natürlich eine größere Wirkung." Sanft wie meine Hilde ist, nimmt sie mir die Wurzel aus der Hand und schiebt sie wieder unter mein Kopfkissen. Mir war sie unter dem Kissen lieber als in meinem Magen, und ich schlief dann auch endlich ein.

Der Morgen begann mit Kopf- und Rückenschmerzen. Eine Stimme hatte ich wie eine Kartoffelreibe. Meine Frau rief unseren Hausarzt.

Er untersuchte mich und schrieb ein Rezept, wobei ich ihm heimlich – unter vier Augen – die Kuren beichtete, die hinter mir lagen.

An der Tür hielt ihn Hilde nochmals fest. „Ist es schlimm Herr Doktor?"

„Nichts ernstliches", meint er beruhigend und mit einem Schmunzeln, „er ist nur etwas geschwächt, durch die Vorbeugungsmaßnahmen."

Liebe

Er fuhr mit dem O-Bus bis zur Endstation und ging mit großen, eiligen Schritten in eine der vornehmen Villenstraßen. Es
war totenstill, nur ab und zu bellte weit entfernt ein Hund. Einsam hallten seine Schritte durch die Nacht. Selbst der Mond
hatte sich hinter den Wolken versteckt als wolle er mit dem,
was auf der Erde passiert, nichts zu tun haben.

Ziemlich am Ende der Straße blieb er vor einer niedrigen
Gartentür stehen. Im Hintergrund des Gartens, von Büschen
und Bäumen fast ganz verdeckt, stand ein im modernen Stil er-
bautes Haus. Er beugte sich über die Gartentür, fasste mit der
rechten Hand den runden Türknopf und drehte ihn nach links;
die Tür ging auf und bewegte sich fast geräuschlos in den An-
geln. Beim Schließen der Tür zeigte sich für Sekunden das Gesicht des nächtlichen Besuchers im unsicheren Licht einer in
der Nähe stehenden Straßenlaterne. Eine scharfe Nase, etwas
schräg liegende Augen unter der hohen Stirn; es war Rolf, Rolf
Schuster.

Der weiße Marmorkies knirschte unter seinen energischen
Schritten. An der Haustür drückte er auf die Klingel.

Erika lag auf der Couch, in der linken Hand ein Buch, die
rechte griff ab und zu in eine mit Konfekt gefüllte Schale. Sie
schaute zwar auf die bedruckten Seiten, blätterte jedoch nie
weiter. Plötzlich schrillte die Klingel. Sie zuckte zusammen, ihr
Oberkörper fuhr von den Kissen hoch, sie warf das Buch auf
den niedrigen Tisch, das angebissene Anisplätzchen flog in die
Schale zurück, doch dann sank sie wieder mit einem Seufzer in
die Kissen zurück. Es klingelte wieder, diesmal lang anhaltend,
laut und mahnend.

Sie erhob sich, ihre Hände zitterten, ihr schlanker Körper
flog wie von Fieberschauern geschüttelt, sie machte einige
Schritte zur Tür, um kurz darauf in einen Sessel zu kauern, die
Hände vor das Gesicht geschlagen, ihre Schultern zuckten, di-

cke Tränen liefen zwischen ihren Fingern hindurch und tropften auf den teuren Teppich. Noch einmal hob sie den Kopf, doch es war still im Haus, nichts rührte sich. Da warf sie sich laut aufheulend wie ein verwundetes Tier auf die Couch, wühlte ihren Kopf in die Kissen und weinte hemmungslos. "Er ist weg, er ist weg", stöhnte sie unter schluchzen, "er wird nie wiederkehren."

Leise öffnete sich die Tür, eine hohe Gestalt schob sich ins Zimmer. Mit wenigen schnellen Schritten war sie an der Couch, eine Hand berührte behutsam ihre zuckenden Schultern, "Erika", flüsterte eine leise Stimme, "Erika."

Sie hob ihren Kopf und sah auf, "Rolf, Rolf", rief sie, schlang ihre Arme um seinen Hals und barg ihr Gesicht an seiner Brust. "Du sollst doch nicht zu mir kommen. Es darf nicht sein."

"Ich habe es versucht, Erika, bei Gott, ich habe versucht Dich zu vergessen und alles, was zwischen uns war. Aber, ich schaffe es nicht. Die Liebe lässt sich nicht befehlen, eben so wenig, wie man sie kaufen kann."

"Ach, Rolf", ich halte das hier nicht mehr aus. Lass uns weggehen, irgendwohin, ich weiß nicht wo."

Ihre Lippen fanden sich, zwei Menschen flossen ineinander, sie wurden eins, mit sich, ihren Gedanken, ihrem Sehnen und Hoffen.

St. Pauli

„Bitte einsteigen!" Der Mann mit der roten Mütze hob die Kelle und der D-Zug nach Hamburg setzte sich langsam in Bewegung.

In letzter Minute war Melitta Süßkirch – älteres Semester oder reifere Jugend – in den Zug eingestiegen. Sie keuchte etwas als sie erleichtert ihren Koffer in den Gang stellte. Nach einigen Minuten des Verschnaufens – der Zug fuhr gerade durch die Außenviertel von Hannover – raffte sie den Koffer wieder auf und zwängte ihre nicht gerade schmale Figur durch den Gang; dabei versuchte sie, in jedes Abteil schauend, noch einen Sitzplatz zu erwischen. Tatsächlich gelang ihr das, was vielen anderen vorher versagt blieb. Der Platz war zwar in der Mitte und man konnte sich nach keiner Seite richtig anlehnen, doch wurde sie durch einen reizenden gegenüber, der Herr war ebenfalls in der zweiten Jugend, reichlich entschädigt.

Galant erbot er sich ihren Koffer ins Gepäcknetz zu jonglieren. Schon die Art der Anbahnung des Gesprächs verriet Routine.

„Ach, Sie fahren nach Hamburg?"

„Ja", bestätigte Melitta stolz. Es konnte sich ja schließlich nicht jeder leisten nach Hamburg zu fahren.

„Leider fahre ich heute nicht so weit." In der Stimme des Herrn lag ehrliches Bedauern, woraus Melitta schloss, dass sie eben doch noch anziehend wirkte.

„Ja", meinte der nette Herr, „wenn ich Hamburg höre, muss ich immer an St. Pauli denken. Das waren Erlebnisse!"

Melitta kannte sich in der Geographie nicht so gut aus. Sie war nie weit über die Grenzen ihrer Kleinstadt hinausgekommen. Auch heute wäre sie nicht auf Achse, wenn nicht der gute alte Onkel Theobald Hals über Kopf das Zeitliche gesegnet hätte. Nun konnte man doch nicht den alten Mann so ganz allein ins Grab steigen lassen. Es musste doch jemand da sein, der ihm eine Träne nachweint. Und schließlich konnte man ja nicht wissen, vielleicht hatte er sogar ein Testament gemacht. Der Familienrat hatte also beschlossen, Melitta Süßkirch, quasi als Abgesandte der Verwandtschaft, nach Hamburg zu schicken. Aber das brauchte ja ihr Gegenüber nicht zu wissen.

„St. Pauli?" sagte sie überlegend, „ach, Sie meinen das Ding mit der roten Laterne."

Der Herr schmunzelte. „Ja, das ist der Schlager davon. Ach, was ist schon so ein Schlager gegen die Wirklichkeit. Die ist sooo!" Er schnalzte mit der Zunge und führte Daumen und Zeigefinger mit den Spitzen zusammengelegt an die Lippen, die ihrerseits die Stellung wie in der ersten Phase eines Kusses einnahmen.

Melittas Interesse war geweckt. Sie rutschte unruhig mit ihrem Allerwertesten hin und her, krampfhaft überlegend, wie sie wohl nähere Einzelheiten von diesen aufregenden Dingen erfahren könnte. Ihre Nachbarn zur Rechten und zur Linken rückten ob solchen Temperaments erschrocken zur Seite.

Indessen bedurfte es gar keiner diplomatischen Ränke; der galante Herr fing ganz freiwillig an zu erzählen. Staunend hörte Melitta zu: Schaumbäder auf der Bühne, Kleiderangeln, Damenringkämpfe, Nackttänze, leichte Mädchen und Herren, das alles gab es auf der Reeperbahn. Melitta vergingen fast die Sinne. Das war es ja, wovor der alte Pastor Weber immer gewarnt hatte. „Sündenpfuhl" nannte er es und seine Augen blitzten dann drohend, als sollte er den Teufel durchbohren. Heiß und kalt lief es ihr über den Rücken und nach jeder neuen Eröffnung fühlte sie sich wohlig erschauern. Was wohl der alte Pastor dazu sagen würde, wenn er sie hier so sitzen sähe, ruhig diese sündhaften Geschichten anhörend. Sie, die keine Messe ausließ und allen als Vorbild christlicher Gottesfurcht und Nächstenliebe hingestellt wurde.

Der freundliche Herr grinste und berichtete in schillernden Farben von dem Leben in St. Pauli. Zum Abschied sagte er:

„Na wissen Sie, so allein, für eine Dame ...? Nun, Sie werden schon einen Beschützer finden." Sprachs und verschwand.

Auf dem Bahnsteig sah man ihn tief Luft holen. Na, dieser alten Betschwester hatte er mal richtig den Mund wässrig gemacht. Am liebsten hätte er ihr gesagt, das Tragen von Kruzifixen sei in St. Pauli verboten, weil dort der Teufel regiere. Doch diese Bemerkung musste er sich verkneifen. Denn er war galant, sozusagen von der alten Schule.

Der Weg nach Hamburg war weit. Melittas Gedanken hatten sich schon wieder anderen Dingen zugewandt, als der Zug in Hamburg einlief. Eilig nahm sie ihre sieben Sachen zusammen und segelte mit ihren 90 kg Eigengewicht über den Bahnsteig. Der Ausgang war schnell gefunden, ebenfalls ein Mann, der ihr bereitwillig den Weg zu Onkel Theobalds Behausung beschrieb.

Forsch schritt Melitta aus. Sie ging noch nicht lange, da stockte ihr Fuß. Wieder fühlte sie ein wohliges Erschauern, wie bei der Erzählung des galanten Herrn im Zug. Nein, es war keine Täuschung. Dort an dem großen Haus stand „St. Pauli". Etwas unschlüssig überlegte sie: „St. Pauli? Wäre eigentlich gar nicht übel." Gewissensbisse? Aber warum denn? Hieß es nicht in der Bibel, man solle dem Teufel die Stirn bieten? So ergriff der Teufel von ihr Besitz; sie ging hinein.

Es war recht vornehm. Flügeltüren, schöne Läufer, mehrere Räume mit Tischen, bequemen Stühlen und Sesseln. Etwas scheu und bedrückt ob ihres gewagten Unternehmens nahm sie in einer Ecke Platz und wartete der Dinge, die da kommen sollten.

Es verging eine Stunde und nichts geschah. Die zweite war vorüber, vor ihr stand das vierte Bier und noch immer hatte sich nichts ereignet. Das Schnitzel schmeckte ganz gut und die dritte Stunde verrann. Nun war es ihr doch zu viel. Empört und etwas enttäuscht zahlte sie und ging.

Auf der Straße wäre sie fast mit einem Mann zusammengestoßen, der durch seine, für Hamburg etwas wunderliche Bekleidung, schon rein äußerlich den Bayern verriet. Er trug kurze Lederhosen und eine Jägerjoppe.

„Sakra, sakra, wer hätt denn dös derhofft. So an fesches Maderl am frühen Abend in den Arm zu bekommen."

Er war sichtlich bemüht, sich auf hochdeutsch verständlich zu machen. Diese treuherzige Anrede ermunterte Melitta ihre Scheu zu überwinden. „Sagen Sie mal, wissen Sie vielleicht, ob dies hier" – sie wies mit der Hand auf das Haus – „das berühmte St. Paule ist?'"

„Dös, ho, ho, ho; dös" er ließ noch einmal sein echt bayrisches Lachen ertönen, „dös ist es net."

„Aber auf dem Schild steht es doch groß ‚St. Pauli'" wendet Melitta ein.

„Jo, do gibt's halt dös guate St. Pauli-Bier. In St. Pauli? Jo mai, do gehts halt lebhafter zua."

Melitta machte ein ganz enttäuschtes Gesicht.

Der biedere Bayer merkte das. „Jo, woas denn, wollens vielleicht aa na St. Pauli, der Reeperbahn, was derleben? No, do geh mer halt zsamma."

Vertraulich fasste er sie unter und Melitta ließ es auch gern geschehen, was dem Bier oder dem Teufel, vielleicht auch beidem, zuzuschreiben war.

„Hach", dachte sie triumphierend, „nun wird doch noch was draus." Sekundenlang sah sie das mahnende Antlitz des Pastors vor sich. Es wurde aber schnell verdrängt von den neidischen Gesichtern ihrer Freundinnen: Der Frau Regierungsrat, der Frau Fabrikdirektor und den vielen anderen, die gleich ihr der Hautevolee angehörten. Da war sie beruhigt.

Die Schlange

Der blonde Steward hätte ihm nicht zu sagen brauchen, dass der Überseedampfer in wenigen Minuten in Hamburg vor Anker geht. Er wusste es auch so. Schon längst hatten sie die ersten Tummelstätten seiner Jugend passiert. Hier war er mit kleinen Küstendampfern „zur See gefahren", aushilfsweise, so als Notbehelf, um nicht zu verhungern.

Schon hob sich der Große Michel deutlich aus dem Dunst hervor, der wie ein dünner Schleier über der Stadt lag. Hamburg, Heimat und Vaterstadt, ein bitteres Lächeln lag auf seinen Lippen. Er wusste es noch ganz genau als wäre es erst gestern gewesen und nicht schon zehn Jahre her. Vom Pech verfolgt, arm und mittellos stand er damals auf der Kaimauer. Ein Sprung in das schmutzige Wasser und niemand hätte nach ihm gefragt. Damals hatte er Hamburg verlassen, Groll in seinem Herzen, weil er dort, in seiner Heimat, Schiffbruch erleiden musste. Möglichst weit weg wollte er, sein Glück versuchen. Sogar seinen Namen hatte er verändert. Statt dem einfachen Nachnamen Peter, nannte er sich jetzt Peterman, wohlgemerkt mit einem „n", weil er nach seiner Auffassung besser in seine jetzige Umgebung passte.

„Ach, ja", Peterman seufzte, vergangen vorbei. Warum über weit zurückliegende Dinge nachdenken? Seine Gestalt straffte sich, ein glückliches Lächeln verschönte sein sonst hässliches, pockennarbiges Gesicht. Seine braunen Augen über der langen Nase leuchteten und in den Augenwinkeln bildeten sich tausend kleine Fältchen, die lustig hin- und herzuhüpfen schienen. Er hatte es geschafft. Freilich, zehn Jahre auf den Marianen, einer Inselgruppe im Pazifischen Ozean, gehen nicht spurlos an einem Menschen vorüber. Sonne, Wind und Wetter hatten seine Haut gegerbt. Der Kampf und das Ringen um geschäftliche und finanzielle Erfolge hatte seine Opfer gefordert und tiefe Runen in sein Gesicht gegraben. Was machte es, dass man ihn um zehn Jahre älter schätzte? Gar mancher beneidete ihn um seine Erfolge. Ja, er hatte sich hochgearbeitet. Mit dem Geld aber kam auch das Bewusstsein seiner Einsamkeit. Auch seine Lieblinge, die Schlangen, mit denen er eine Menge Geld verdiente, konnten ihm über diese Einsamkeit nicht hinweghelfen. So war er auf den Gedanken gekommen, sich eine Frau zu suchen. Natürlich gab es auch auf den Inseln und in seiner näheren Umgebung Frauen, die ihm imponierten und mit denen er durch die Zusammenarbeit, etwas persönlichere Beziehungen eingegangen war, aber er hatte sich in den Kopf gesetzt, eine Frau aus der Heimat auf die Inseln zu holen.

In Wirklichkeit war es ihm nie gelungen, die Gedanken an Hamburg und seine Heimat ganz aus seinem Gedächtnis zu verdrängen. Darum sollte seine Frau aus Deutschland, möglichst noch aus Hamburg, kommen. Es schien ihm als ein Wink des Himmels, als sich Ilse Ebeling auf das Inserat in einer Hamburger Zeitung meldete. Briefe waren hin- und hergeflogen und schließlich hatte er sich nach Hamburg eingeschifft, um sie zu holen.

Begrüßungsszenen am Kai vor den Augen von vielen Zuschauern waren ihm ein Gräuel; deshalb hatten sie vereinbart, dass er direkt in Ilses Wohnung kommen sollte.

Vieles war zwischen ihnen noch ungeklärt. Sie hatten zwar viele Briefe und Bilder ausgetauscht, aber passten sie überhaupt zueinander? Was würde sie sagen? Bei diesen Gedanken spürte er ein unangenehmes Gefühl in der Magengegend.

Seltsam wie sich eine Stadt innerhalb von zehn Jahren verändern konnte. Er hatte Mühe sich in dem Außenbezirk, in dem Ilse wohnte, zurechtzufinden. Es war schon dunkel, als er vor dem Haus Nummer 72 stand. Das Herz klopfte ihm bis zum Halse. Schnell drückte er auf den Knopf, fern schrillte eine Klingel und schon nach kurzer Zeit ging das Licht an und der Türöffner wurde betätigt. Sie hat auf mich gewartet dachte er beglückt und trat ein. Eine Frau stand im hell erleuchteten Flur.

„Ilse", seine Stimme war kaum hörbar. Irgendetwas schnürte ihm die Kehle zu.

Sie riss die Augen auf, starrte ihn an und wich mit erschrockenem Gesicht einige Schritte zurück. „Wer sind Sie?"

Unbeholfen und etwas förmlich stellte er sich vor. „Mein Name ist Peterman."

„Ach so." Auf ihrem schönen Gesicht erschien ein gezwungenes Lächeln.

Er bemerkte die Mauer, die zwischen ihnen stand, war aber völlig hilflos und nicht fähig, sie zu überspringen. Auch später im Wohnzimmer war die Atmosphäre eisig.

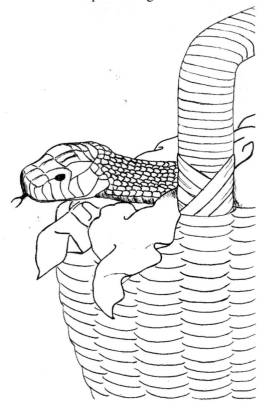

„Vielleicht, dass mein Geschenk das Eis bricht", dachte er und begann einen Korb aus Binsen, den er als einziges Gepäckstück unter dem Arm getragen hatte, zu öffnen. „Mein Hochzeitsgeschenk für Dich", er lächelte erwartungsvoll.

Sie trat dicht an ihn heran und half die Verschnürung zu lösen. Dabei berührten sich ihre Hände. Sie zuckte jedes Mal zusammen, zog ihre gepflegten Hände jedoch nicht zurück. „Ein Geschenk in einem solchen Korb", dachte sie, „das musste etwas ganz kostbares sein. Er war ja reich, das stand ja schon in seinen Briefen."

Der Deckel hob sich. In der Öffnung erschien der Kopf einer Schlange. Langsam schob sich der massige Körper nach. Sie sicherte mit der gespaltenen Zunge nach allen Seiten, was sehr gefährlich aussah.

Ilse schrie auf, ließ den Deckel fallen und lief, hysterische Schreie ausstoßend, so schnell sie konnte aus dem Haus.

Peterman stand wie erstarrt. Wie war das nur möglich? Warum lief sie weg? Er verstand die Welt nicht mehr.

Wenige Minuten später hielt Polizeimeister Black vom Revier in Langenhorn den Telefonhörer erschrocken etwas weiter vom Ohr ab. Die keifende Stimme eines beleidigten Marktweibes schien den Hörer zum Lautsprecher zu machen. Sie sprang aus der Hörmuschel und durchdrang den ganzen Raum. Ein unnatürlich hoher Ton vibrierte in der Luft.

„Bitte Fräulein, ganz ruhig, seien Sie mal ganz ruhig, so und jetzt das Ganze noch einmal." Er wartete. Die Stimme klang etwas leiser.

Im Revier war es mit einem Schlag ganz still bis Black den Hörer auflegte und nur ein Wort sagte: „Alarm!". Im Nu saß die Besatzung im Peterwagen.

„Wohin?" Der Fahrer schaltete die Lampen ein.

„Zur Moorsiedlung."

Der Wagen raste davon. Unterwegs unterrichtete Black seine Leute: „Mordanschlag mit Giftschlange. Täter sitzt im Haus fest. Äußerste Vorsicht geboten."

Den Polizisten kroch es bei dem Wort „Giftschlange" eiskalt über den Rücken.

Als der Wagen von der Tangstedter Landstraße in das Siedlungsgebiet Richtung Schumacher Allee einbog, löste sich eine weiße Gestalt vom dunklen Hintergrund einer Gartenmauer und winkte.

„Halten! Das ist sie wohl". Black griff zurück und öffnete noch im Fahren die hintere Wagentür.

„Wer? Die Giftschlange? Sieht gar nicht so aus."

Borgmann, der hinter Black saß, hatte trotz allem seinen Humor wiedergefunden.

„Zwischen einem Weib und einer Schlange ist kein großer Unterschied." Petruschke, Borgmanns Nebenmann, war eingefleischter Junggeselle und Weiberfeind. Im Revier ging die Mär um, dass er einmal von einer Frau furchtbar hereingelegt worden sei.

Die Bremsen quietschten. Borgmann und Petruschke rückten zusammen. Die Frau stieg ein.

„Herr Kommissar! Er hatte etwas mit mir vor. Eine Schlange hat er mitgebracht. Und wie sie aus dem Korb kroch schmiegsam, schillernd und schleimig..., ach, es war furchtbar."

Black schwieg.

Borgmann konnte in der Dunkelheit nicht viel sehen, nur fühlen. Das Kleid war verdammt dünn. Zitternd schmiegte sie sich eng an ihn. Er spürte schon nach kurzer Zeit die Wärme ihres wohlgeformten Oberschenkels. „Schmiegsam und schillernd", dachte er und drehte mühsam den Kopf zu Petruschke: „Du hast doch recht." Petruschke griente.

Nummer 72 war ein Einfamilienhaus. Alles war ruhig. Die Haustür stand offen, der Flur war hell erleuchtet.

„Herr Kommissar, Herr Kommissar!" Ihre Stimme war schrill und spitz und stand im schroffen Gegensatz zu ihren sorgsam geschminkten, sinnlichen Lippen. „Ich gehe nicht mit hinein. Die Schlange gehorcht ihm. Vielleicht ist er sogar ein Lustmörder."

„Nicht Kommissar, Polizeimeister Black." Black war kurz angebunden und legte die Hand auf die Klinke der Tür, die offensichtlich zum Wohnzimmer führte. Die Tür gab nach.

In der Mitte des Zimmers stand Peterman. Er wusste nicht wie lange er so dagestanden hatte, unfähig einen Schritt von der Stelle zu machen. Nur den rechten Arm hatte er wie schützend auf den Binsenkorb gelegt.

„Na, wo ist denn die Blindschleiche?" Petruschke hatte sich vorgenommen, dem eingebildeten, hysterischen Frauenzimmer kräftig auf die Füße zu treten. Er schaute als erster in den Korb und wich erschrocken zurück. „Verdammt!", entfuhr es ihm.

„Na, Sie Blindschleichenbändiger!" Die Dame hatte sich wieder vollkommen in der Gewalt. Ihre Stimme war auch nicht mehr schrill, sondern hochnäsig, einschmeichelnd.

Borgmann war an der Tür stehen geblieben und hatte so Muße, sich die Frau bei Lichte zu besehen. Sie war gut gebaut und hätte mit ihrem schönen Gesicht und den schwarzen, lockigen Haaren eine Filmschauspielerin in den dreißiger Jahren sein können. Wenn nur die spitze Nase nicht gewesen wäre. Sie passte zwar zu ihrem Gesicht, doch Borgmann hatte etwas gegen spitze Nasen. „Geldgierig und geizig", konstatierte er im stillen.

„Wer sind Sie und was tun Sie hier." Die Frage Blacks klang härter als sie gemeint war.

Peterman zuckte zusammen. Die Erstarrung wich von ihm. „Mein Name ist Peterman. Ich bin heute mit der Kingswood aus Guam hier in Hamburg eingetroffen. Was ich hier tue?" Er zog hilflos die Schultern hoch. „Eigentlich wollte ich Fräulein Ebeling heiraten."

„Eigentlich, eigentlich, da hören Sie es Herr Kommissar, dabei hat er mir in seinen Briefen die Ehe fest versprochen. Ich verlange, dass Sie den Menschen sofort verhaften. Bringen Sie ihn weg, samt seiner Schlange. Ich fühle mich bedroht!"

„Was ist das?" Black deutete auf den Korb.

„Eine Boa Constrictor, das schönste Exemplar meiner Farm."

Über Petermans pockennarbiges Gesicht huschte ein stolzes Lächeln. „Es sollte das Hochzeitsgeschenk für meine zukünftige Frau sein."

Black schaute von einem zum anderen. „Tja, es wird das Beste sein, wenn wir Sie vorläufig mitnehmen."

„Was soll das heißen?" fragte Peterman empört.

„Beruhigen Sie sich. Es wird sich schon alles klären. Aber Giftschlangen als Hochzeitsgeschenk sind in Hamburg nicht üblich. Deshalb muss ich Sie verhaften."

„Die Schlange ist nicht giftig und außerdem noch recht jung." Peterman wollte aufbegehren, ergab sich aber schließlich in sein Schicksal.

Die erste Nacht in der Heimat hatte er sich anders vorgestellt. Die Pritsche war hart und ließ ihn kaum schlafen. Er hatte Zeit, über sich und seine Lage nachzudenken. Ilse Ebeling hatte ihn nicht verstanden; die Polizisten waren misstrauisch. Ja, sie hatten recht, welcher normale Mensch schenkt einer Frau eine Schlange. Er dachte und handelte, wie man dies auf Guam tat. Nein, hier gehörte er nicht hin. Mit Ilse verband ihn nichts, aber auch gar nichts. Ach, wäre er doch auf den Inseln geblieben. Sein Herz zog sich vor Schmerz zusammen. Nur schnell weg von hier, zurück zu den Inseln, die in zehn Jahren seine Heimat geworden waren.

Der Untersuchungsrichter hörte sich seine Geschichte von Anfang bis Ende an. Er schien vollkommen in den Anblick seines Gesichts versunken. Die pockennarbige Haut und die lange Nase konnte Kindern Furcht einflößen. Die Haare waren der Sonnenhitze gewichen. Doch seine Augen waren offen und ehrlich. „Die Arbeit in der Fremde hat ihn zum Einsiedler und Sonderling gemacht", dachte er und überlegte, wie er diesem weltfremden Menschen helfen konnte.

Er wandte sich Ilse Ebeling zu: „Stimmt das, was Herr Peterman sagt?"

„Ja, es stimmt, er wollte mich heiraten."

„Und das andere?"

„Das andere stimmt auch. Aber warum hat er denn so ein furchtbares Tier mitgebracht. Er hätte mir ja auch etwas anderes schenken können. Meinetwegen einen schönen Pelzmantel. Ich hatte ihm ja geschrieben wie groß ich bin."

„Einen Pelzmantel auf Guam?" Der Richter lächelte mitleidig.

„Immer hat er mir von seinem Geschäft geschrieben. Ich solle mir keine Sorgen machen. Geld sei genügend vorhanden und ich brauche auch nicht zu arbeiten, das sei Sache der Eingeborenen und Angestellten. Ich war auch gerne bereit zu ihm zu kommen. Aber jetzt..., mit Schlangen..., Puuuh..." sie schüttelte sich.

Der Richter wollte die Sache schnell beenden. "Sie ziehen also die Anzeige zurück?"

„Ich, die Anzeige zurückziehen? Und der Schreck von gestern Abend?"

Peterman verstand den Wink mit dem Zaunpfahl. Er dankte Gott, dass er die Schlange als Hochzeitsgeschenk mitgebracht hatte. Was wäre geworden, wenn er diese Frau, die offensichtlich nur auf Geld und bequemes Leben aus war, im ersten Überschwang geheiratet hätte? Er wandte sich an den Richter: „Ich bin bereit der Dame Schadensersatz für den ausgestandenen Schrecken zu zahlen."

Unruhig rutschte der Richter auf seinem Stuhl hin und her. War der Kerl verrückt. Wenn diese hysterische Ziege nun eine hohe Summe nannte? Der war im Stande und zahlte. Das war der Gutmütigkeit zuviel. „Ich schlage fünfhundert Mark vor." Es war eigentlich nicht seine Sache so etwas zu verhandeln.

„Fünfhundert Mark? Das ist nicht viel." Ilse schien zu überlegen: „Aus der Sache war bestimmt mehr herauszuschlagen, aber das konnte auch schief gehen. Der Spatz in der Hand", dachte sie und stimmte zu.

Die Dampfsirenen gaben das Signal zur Abfahrt. Peterman stand wieder an der Reling, fast wie vor zehn Jahren, enttäuscht von der Heimat. Doch heute war die Zukunft nicht so ungewiss. Er dachte an die Inseln, an Guam und schloss die Augen. Ein Gesicht nahm immer mehr Form an. Lachende dunkle Augen, braune glänzende Haut und volle Lippen..., Kora.

„Warum fährst Du weg", hatte sie gefragt und doch lag nichts vorwurfsvolles in der Frage, eher Entsagung und aufgeben einer Hoffnung, die sie sich gemacht hatte. Nie hatte sie darüber gesprochen und er hatte sie nie gefragt.

„Kora", flüsterte er und lächelte versonnen, „ich komme zurück und alles wird gut."

Der Beweis

Von Hause aus trug sie den Namen Hermann bis sie Georg Binder heiratete und sie Frau Eva Binder wurde. Sie war schon in der Schule ein aufgewecktes Menschenkind, das schnell begriff und in der Lage war, gestellte Aufgaben schnell und gründlich zu lösen. Diese Eigenschaft hat sie auch später nicht abgelegt. Sie lernte Verkäuferin in einem ansehnlichen Laden für Damen- und Herrenbekleidung und absolvierte ihre Prüfung vor der Handelskammer mit „Gut". Sie wäre auch gerne noch in ihrem Beruf geblieben, denn der Kontakt mit den Kunden machte ihr Spaß; zumal sie die Fähigkeit besaß, gut mit den Menschen umzugehen und sie beim Kaufen entsprechend zu beraten. Deshalb war sie bei den Kunden, aber auch bei den Kolleginnen und Kollegen sehr beliebt.

Sie hätte es in ihrem Beruf bestimmt zu etwas bringen können, aber als sie mit Georg Binder die Ehe einging, wendete sich ihr Weg in eine andere Richtung. Sie wollte nach der Heirat Hausfrau sein und sich voll dieser Aufgabe widmen. Georg Binder kannte sie schon lange, sie waren beide noch sehr jung, als man sie öfter zusammen sah. Später machten sie zusammen Touren mit dem Fahrrad und wenn sie genug zusammengespart hatten, fuhren sie auch mal zusammen in den Urlaub. Sie kannten sich also, wie man so schön sagt, durch und durch.

Georg Binder war gelernter Maurer und in seinem Beruf ein As. Er füllte in seiner Firma praktisch die Stelle eines Poliers aus und verdiente relativ gut. Relativ deshalb, weil er eigentlich nicht entsprechend seinem Können und seiner Leistung entlohnt wurde. Er bekam also nicht das Gehalt eines Poliers, dessen Arbeit er eigentlich machte.

Seit seiner Heirat mit Eva fühlte er sich in ihrer ehelichen Pflege außerordentlich wohl. Er war auch dafür, dass Eva ihren Beruf aufgab und sich vollkommen der Hausarbeit widmete; obwohl er natürlich sah, dass es manchmal an Geld haperte, auch weil sie etwas für eine kleine Urlaubsreise zurücklegen wollten.

Frau Eva war eine gute Hausfrau, insbesondere konnte sie mit Geld gut umgehen. Es war ihrer Fürsorge und Übersicht zu verdanken, dass sie immer noch gut über die Runden kamen. Ihren Kontakt mit den Menschen hatte sie nicht ganz aufgegeben. Sie hatte mit ihren ehemaligen Kolleginnen und einigen Nachbarinnen und Schulkameradinnen ein sogenanntes Kaffeekränzchen organisiert. Sie trafen sich regelmäßig und besprachen bei Kaffee und selbst gebackenem Kuchen die neuesten Ereignisse in der Nachbarschaft, im Betrieb und im Bekanntenkreis. Hier offenbart sich eine kleine Schwäche von Eva. Sie war schon von jeher sehr mitteilsam. Sie konnte nichts für sich behalten. Die Nachbarn und ihre Freundinnen sahen das als einen großen Vorzug an. Von Eva erfuhr man alles, sie wusste auch alles und eine Unterhaltung mit ihr war immer sehr erfolgreich.

Georg kannte die Schwäche seiner Frau und richtete sich danach. Was nicht für die Öffentlichkeit bestimmt war, verwahrte er still in seiner Brust. Das tat dem guten Verhältnis der Beiden durchaus keinen Abbruch.

Im Gegensatz zu seiner Frau ist er ein stiller, bescheidener Mensch, ein großer Schweiger, was besonders sein Chef zu schätzen wusste. Schließlich wurde in der Baubranche gar manches gemanagt, was die Öffentlichkeit nicht interessieren durfte. Gemeint sind hier nicht die oftmals niedrigen Löhne, die manchmal unter dem Tarif lagen, sondern das Verhältnis zu den Behörden und zu anderen Baufirmen, die in wichtigen Fällen fest zusammenhielten.

Seit einiger Zeit fühlte Frau Eva, dass mit ihrem Georg irgend etwas nicht stimmen konnte. Er ging öfter abends weg. Gewiss, mal war es die Gewerkschaft, mal hatte er mit Kollegen eine Zusammenkunft und er ging auch schon mal zum Skat. Das war alles erklärlich, aber insgesamt war er öfter abends weg als dies früher der Fall war. Eva machte sich ernstlich Sorgen und insgeheim piekte die Eifersucht an ihrer Seele. Sollte Georg...? Sie wies das natürlich weit von sich, aber, aber.

Was macht eine Frau, wenn sie sich mit solchen Fragen herumschlagen muss? Sie geht zu ihrer besten Freundin. Eva vertraute sich ihrer Freundin Else an. Gleich hängte sie sich an das Telefon, ruft sie an und lädt sie zu einer Tasse Kaffee ein. Am Telefon mochte sie noch nicht von der gegenwärtigen Lage und ihren Zweifeln erzählen. Else hat ein helles Köpfchen und kennt sich mit den Männern aus. Sie war schon einmal verheiratet. Nach ihrer Aussage hatte sie keinen großen Krach mit ihrem damaligen Mann, aber es klappte einfach nicht zwischen ihnen. Sie ließen sich scheiden und es dauerte auch nicht lange, da hatte Else schon wieder Anschluss an die Männerwelt. Ihr jetziger Mann war zwar ein kleiner Filou, wie man so unter Männern sagt, aber trotzdem immer für seine Frau da. Sie kannte sich also bestens aus und war offensichtlich die richtige Frau für die schwierigen Probleme von Eva.

Else war auch pünktlich zur Stelle. Bei einem schönen starken Kaffee und etwas Gebäck offenbarte Eva Else ihre ehelichen Sorgen. „Na," meinte Else, „das wird schon nichts Schlimmes sein. Wenn die Männer abends weggehen, so ist das noch kein Beinbruch. Männer wollen auch mal unter sich sein, damit sie über die Frauen lästern können."

„Aber", hielt ihr Eva entgegen, „früher ist er nie so oft weggegangen und wenn er mal zum Kegelklub ging, dann wusste ich genau wo er war. Ich kannte die Leute dort und konnte durchaus verstehen, dass er abends mal dort mitmachen wollte. Jetzt scheint es etwas anderes zu sein. Wenn da nur keine andere Frau dahinter steckt."

„Nun mal langsam mit die jungen Pferde", Else stand völlig über den Dingen, „man muss doch nicht gleich das Schlimmste denken. Hast Du denn irgend etwas gefunden, was auf eine Frau hindeutet? Ein Corpus Delicti, wie man so in Fachkreisen sagt."

„Was? Ein Corpus Delicti? Was soll das sein.?"

„Na, etwas was darauf hindeutet, dass er wo hingeht wo er sonst nicht hingegangen ist."

„Ich bürste ja immer Georgs Anzüge aus. Bisher ist mir aber nichts besonderes aufgefallen. Aber warte mal, da war einmal so ein Streichholzkärtchen in seiner Tasche, da war eine Gaststätte aufgedruckt, die ich nicht kannte. Ich schaue mal nach, ob sie noch in der Schublade liegt, wo wir die Streichhölzer aufbewahren." Eva suchte in der Küche in den Schubladen und kam dann wirklich mit dem Streichholzkärtchen zurück.

Else schaute sich den Fundgegenstand an. „Da ist eine Gaststätte im Bahnhofsviertel aufgedruckt." Sie wiegt den Kopf. „Da kann man noch gar nichts sagen. Die kann er auch von einem Arbeitskollegen geliehen haben. Man muss einen richtigen Beweis haben. An so ein Streichholzkärtchen kann man auf gar viele Weise herankommen. Zum Beispiel bei einem Kegelabend, wo viele Männer zusammenkommen. Ein richtiger Beweis, ist das nicht. Die Sache muss genauestens überprüft werden. Weißt Du was? Wenn Georg auf Abwegen ist, werde ich den Beweis herbeischaffen. Ich werde Georg auf seinen Ausflügen beschatten."

Eva wollte Einwendungen machen. „Um Gottes Willen, der Georg wird mir das nie verzeihen."

„Keine Angst!" beruhigte sie Else. „Georg wird natürlich nichts davon bemerken. Ich habe da schon einige Erfahrungen."

Else war begeisterte Leserin von Detektivgeschichten. Die Krimiserie 'Ein Fall für zwei' sah sie mit Leidenschaft und ließ keine Fortsetzung aus. Von dem Detektiv Matula hatte sie viel gelernt und sie glaubte auch zu wissen, wie sich ein Detektiv in konkreten Fällen verhält.

Gesagt, getan! Bei seinem nächsten Ausflug hatte Georg eine Begleiterin, von er nichts wusste und die ihm in einem vorsichtigen Abstand nachging. Am ersten Abend folgte sie ihm in die U-Bahn bis zum Hauptbahnhof. Dort verlor sie Georg in dem Menschengewühl. Sie meinte, es wäre eine ungünstige Zeit gewesen, wo am Hauptbahnhof sehr viel los war. Aber die

Gegend am Hauptbahnhof, wo das Viertel der 'leichten Mädchen' ist, war ja bis jetzt der einzigste Anhaltspunkt. 'Gut Ding will Weile haben' sagte sie sich und setzte sich an einem anderen Abend wieder auf seine Fährte.

Dieses Mal hatte sie mehr Erfolg. Georg stieg am Hauptbahnhof um und fuhr in einen Vorort der Stadt. Else war ihm geschickt gefolgt und konnte sein Ziel herausfinden. Sie merkte sich das Haus, in dem er verschwand. Die Häuser standen hier fast alle in kleinen Gärten, hatten einen schönen Vorgarten und hinter dem Haus war ein noch etwas größerer Garten, in dem in einer Ecke auch Gartengeräte und allerlei Gerümpel stand. Dahinter versteckte sich Else in einem Holunderstrauch. 'Richtig wie bei Matula', dachte sie sich, 'man muss erst sehen, wie der Hase läuft.' Von hier aus hatte sie eine gute Übersicht. Im oberen Stockwerk war ein Fenster hell erleuchtet. Das Fenster hatte keinen Vorhang. Als ein schwarzes Tuch vor das Fenster gehängt wurde, konnte sie sich allerdings nur an den Gesprächen und sonstigen Geräuschen orientieren.

Zwei Männerstimmen und die Stimme einer Frau konnte sie deutlich unterscheiden. Später kam noch eine Mädchenstimme dazu. Möbel wurden gerückt, dann klatschte es öfter, als wenn eine kräftige Hand auf einen nackten, prallen Hintern schlägt.

„Muss das denn so von unten nach oben gestrichen werden?" fragt die Frauenstimme.

„Keine Angst, Mathilde, der Georg ist Fachmann", sagt eine Männerstimme. Das Mädchen lacht und kichert. Wieder klatscht es, dann Schleifen und Schubsen, als würde getanzt.

Es fängt an zu regnen. Else hat keinen Regenschirm dabei. Sie schlägt den Kragen von ihrem Wettermantel hoch und zieht den Kopf zwischen die Schultern. Der Regen wird stärker und Else ist bald klitschnass. Sie versucht sich etwas Bewegung zu verschaffen. Sie kraucht unter ihrem Holunderbusch hervor und schaut sich nach einem festen Dach um. Sie entdeckt nichts, was dafür geeignet wäre. Als sie sich etwas zum Haus hin bewegen wollte, bleibt sie mit dem rechten Fuß an irgendetwas hängen und fällt der Länge nach in den Matsch. Ihr Fuß hängt immer noch fest. Sie versucht ihn zu befreien, da rutscht das ganze aufgestapelte Gerümpel zusammen. Endlich kommt sie frei. Im obersten Stockwerk wird das schwarze Tuch vom Fenster genommen und das Fenster geöffnet. Ein Mann steckt den Kopf heraus, „das war bestimmt eine Katze oder irgend ein wildes Tier. Zu sehen ist nichts", ruft er ins Zimmer.

Else liegt im Matsch und bleibt still liegen, wie sie das bei Matula gesehen hat. Das Fenster schließt sich wieder. Das schwarze Tuch wird vorgehängt. Else wartet noch einige Zeit, dann hat sie genug und tritt den Heimweg an. Auf dem Weg zur Bahn versucht sie sich notdürftig zu reinigen. In der U-Bahn zieht sie ihren Mantel aus und hängt ihn zusammengeschlagen über den Arm. Sie macht auch so nicht den besten Eindruck. Ihre Frisur ist hinüber. Die blonden Haare kleben ihr formlos am Kopf. Die wenigen Fahrgäste schauen sie bedauernd an.

Zu Hause angekommen verschwindet sie erst einmal auf eine Stunde im Bad. Ihr Mann hat Nachtschicht und kommt erst in der Früh nach Hause. Sie hat genügend Zeit, um sich auf Hochglanz zu bringen.

Schließlich muss sie das, was sie erlebt hat, erst einmal gründlich verdauen. Für sie als Freundin von Eva war das nicht so einerlei. Sie konnte Eva das, was sie ja hauptsächlich gehört hatte, nicht so einfach ins Gesicht sagen. Sie würde ja am Ende durchdrehen. Das wollte gut überlegt sein. Vielleicht sollte sie noch nicht ihre Meinung dazu sagen, sondern Schlussfolgerungen offen lassen. Es war ja noch nichts bewiesen. Sie hatte alles nur gehört und ihre eigenen Schlüsse daraus gezogen. Erzählen musste sie das, was sie gehört hatte. Das konnte und durfte sie nicht zurückhalten. Außerdem war sie empört, was sich der Georg da leistete. Er, der immer so tat, als könne er kein Wässerchen trüben. Sie überlegte hin und her. Anrufen konnte sie Eva mitten in der Nacht auch nicht. Da käme sie ja ganz aus dem Häuschen. Sie beschließt, das Ganze erst einmal zu überschlafen und haut sich in die Falle.

Am nächsten Tag bringt sie ihren Mantel zur Reinigung und geht gleich bei Eva vorbei. Es ist gegen 10 Uhr, da drückt sie bei Eva auf die Klingel. Eva öffnet und sagt: „Komm herein, ich mache gleich einen Kaffee. Else machte es sich im Wohnzimmer bequem. Inzwischen stellte Eva, wie immer, die Tassen auf den Tisch, der Kaffeeduft zog durch das Zimmer, es hätte so gemütlich werden können. Statt dessen schwitzte Else vor Aufregung; je länger die Vorbereitungen dauerten, um so aufgeregter wurde sie. Die Einleitung war am schwierigsten. Eva fragte so ganz beiläufig, „na, hast Du etwas erreicht?"

„Also, Eva", begann Else, „das ist gar nicht so einfach zu berichten. Ich bin Georg gefolgt bis zum Hauptbahnhof, das hatte ich Dir schon berichtet. Sein Ziel war aber nicht die Gegend um den Hauptbahnhof, wie ich eigentlich ursprünglich annahm, sondern ein Vorort im Westen. Bis dahin bin ich ihm dann gefolgt. Er verschwand in einem Einfamilienhaus. Ich habe das etwas ausgekundschaftet und konnte vom Garten im ersten Stock ein erleuchtetes Fenster sehen. Das Fenster war ohne Gardinen, später wurde ein schwarzes Tuch vorgehängt. Das was ich jetzt erzähle ist nur das, was ich teilweise hören konnte. In das Zimmer selbst hineinsehen konnte ich nicht."

Nun erzählte sie ihr alles mit Klatschen und Kichern und von unten nach oben streichen und dann wieder Klatschen und Kichern und auch, dass eine Männerstimme sagte: „Mathilde, Du brauchst keine Angst zu haben, da ist der Georg Fachmann." Und dann wieder Geklatsche, Kichern und Geschubse als würde getanzt. Dass sie im Matsch gelegen hatte, erzählte sie nicht, nur, dass es saumäßig geregnet habe. Sie sei empört, dass der Georg, den doch jeder als soliden Ehemann kenne, sich so etwas erlaube.

Eva hatte Tränen in den Augen und sagte, dass sie das einfach nicht glauben kann, dass ihr Georg dort in einem Vorort Orgien feiere, sie wolle es selbst sehen. Sie beschließen, gemeinsam den Horchposten unter dem Holunderstrauch zu beziehen, damit sich Eva von der Realität überzeugen könne.

Es dauerte etwa eine Woche, bis Georg wieder einmal Abends weg musste. Die Frauen folgten etwas später. Das konnten sie sich leisten, da ja Else schon den Ort des Verbrechens ausgekundschaftet hatte. Als sie ankamen, war das Fenster schon verhängt. Diesmal war trockenes Wetter und der Horchposten leicht zu beziehen. Die Stimmen in dem Zimmer im oberen Stockwerk waren deutlich zu vernehmen. Wieder klatscht es, das Mädchen kichert „spritzt doch nicht so", eine Männerstimme antwortet: „Ohne spritzen geht das nicht." Das war die Stimme von Georg. „Gieß noch etwas rein." Man hört das Plätschern von Flüssigkeit.

„So", sagt Georg, „das ist der richtige Cocktail. Auf geht's." Wieder Klatschen, Lachen und Kichern.

„Da werden Orgien gefeiert", flüsterte Else heiser. Eva ist empört, nichts hält sie mehr. „Hier muss auf der Stelle entlarvt werden."

Sie gehen um das Haus herum und suchen den Eingang und stürmen die Treppe hinauf. Ein Mädchen von etwa zehn Jahren öffnet die Tür. Eva fragt: „Ist bei Ihnen mein Mann Georg Binder."

Das Mädchen antwortet erstaunt, weil die Frau so aufgeregt ist: „Ja, der ist hier.

Im Zimmer ist Eva ganz perplex. Ihr Mann steht auf einem provisorischen Gerüst und streicht die Decke. Auch er ist sprachlos. Mit Mühe überbrücken sie die peinliche Situation.

Zu Hause ist Eva sehr kleinlaut. Sie schämt sich, weil sie so misstrauisch war.

Auch Georg ist sehr nachdenklich. Er hätte die Arbeit nebenher mit Eva vorher besprechen sollen.

Es ist nicht gut Heimlichkeiten und Geheimnisse voreinander zu haben. Es ist auch nicht ratsam alles den lieben Nachbarn und echten Freundinnen zu erzählen.

Vertrauen ist die Voraussetzung für ein gutes Miteinander; Eifersucht und Misstrauen sind schlechte Berater.

Reingefallen

„Achtzehn, zwanzig, zwei, drei, passe", Rudolf Magnus, seines Zeichens Vertreter in Damenwäsche, nimmt die dicke Zigarre aus dem Mund: „Na! Wer bietet mehr?"

„Großschnauze", denkt Grünwarenhändler Sauerbier und sagt etwas gereizt: „Vier!" Er schafft es bis sechsunddreißig, dann bleibt auch er auf der Strecke.

Wieder einmal macht Bärtchen, so nennen die Skatbrüder Rudolf Magnus wegen seines Menjou-Bärtchens, sein Spielchen. Wie immer gewinnt er es.

Wenn seine Skatbrüder es sich auch nicht anmerken lassen, sie ärgern sich doch. Der Ärger ist auch berechtigt, denn Bärtchen glückt alles. Er verdient viel, lebt einen guten Tag und ist immer guter Laune. Sogar beim Skat steht er mit den Guten immer am höchsten; und das soll einen ehrlichen Skatbruder nicht ärgern. Bärtchen kannte diesen Ärger und trieb es oft auf die Spitze. Er wusste alles, kannte alles und ihm konnte keiner.

Erzählte doch kürzlich der Skatbruder Schulze, Filialleiter bei der Kreissparkasse, brühwarm, sozusagen aus informierten Kreisen, von dem Überfall auf eine Sparkasse in M. Zwei Halbstarke drangen in den Schalterraum, fuchtelten mit Pistolen in der Luft herum und griffen tief in die Kasse.

Bärtchen lächelte überlegen. „Das müssen ja ein paar richtige Heinis gewesen sein, diese Bankbeamten", er betonte das „Beamten" besonders, um Schulze zu ärgern. „Lassen sich mit ein paar Kinderpistolen ins Bockshorn jagen."

„Kinderpistolen", echote der gekränkte Sparkassenmann, „das waren richtige Pistolen und geladen waren sie auch."

„Ach nee", Bärtchen war ganz Herr der Lage, „haben sie geschossen oder hast Du etwa reingeschaut?"

„Geschossen haben sie nicht, aber die Kerle drehen doch nicht so ein Ding mit ungeladenen Pistolen."

„Ist alles schon da gewesen!" Der Wäschevertreter war die Ruhe selbst, Schulze dagegen war puterrot und schnappte nach Luft, dann sandte er einen flehenden Blick gen Himmel, genauer gesagt an die schwarzgeräucherte Wirtshausdecke, und zog es vor zu schweigen.

Nun mischte sich Sauerbier ein: „Sag mal mein lieber Damenunterwäschevertreter", diese Anrede zeigte, dass er auf der Palme war, „was hättest du denn gemacht?"

„Ich?" Bärchen schaute von einem zum andern, „mir kann so etwas gar nicht passieren. Ich hätte diesen Kerlen mit einem Judogriff die Pistolen aus der Hand gerissen und sie gleichzeitig mit einem Hüftschwung auf den Boden gelegt, dass ihnen Hören und Sehen vergangen wäre."

„Hach, Du Großschnauze", fiel ihm Sauerbier ins Wort, „die hätten Dir vorher Deinen Schädel zu einem Sieb geschossen."

„Pah", Bärtchen griff in die rechte Rocktasche und hielt seinen Skatbrüdern einen Browning unter die Nase, „dann habe ich das da noch."

Die Männer führen erschrocken zurück.

„Mach keinen Unsinn. Mit Schießgewehren spielt man nicht", wies ihn Heinrich Gärtner, der vierte im Bunde zurecht, dabei streckte er beide Hände gegen das Mordwerkzeug. „Hast Du überhaupt einen Waffenschein?"

„Is ja nicht", freut sich Bärtchen.

„Was ist nich?" äffte Sauerbier nach.

„Es ist ja gar keine Pistole, sondern nur ein Feuerzeug."
Er drückte gegen den Abzug, oben öffnete sich eine Klappe
und eine kleine Flamme züngelte hervor.

„Und damit willst Du den Dieben Angst machen?" meinte
Heinrich spöttisch.

„Na, sagt nur, ihr habt eben keine Angst gehabt." Bärtchen
grinste vergnügt. Wieder einmal hatte er seine Überlegenheit
bewiesen. Den anderen dreien stand der Ärger auf dem Gesicht
geschrieben.

Doch: „Der Krug geht so lange zum Brunnen, bis er bricht"
oder „Hochmut kommt vor dem Fall", könnte man auch sagen.
Auch Bärtchen fiel einmal bös hinein.

Es war im Winter. Der Frost hatte die Flüsse mit einer Eis-
decke überzogen, und man war froh, den warmen Ofen im Rücken und einen guten Grog vor sich auf dem Tisch zu haben.
Bärtchen kam diesmal als letzter und eine halbe Stunde zu spät
zum Kronenwirt. Allein seine Verspätung zeigte, dass etwas
ganz besonderes passiert sein musste; sonst war er nämlich
immer der Erste am Stammtisch und hatte, bis die anderen kamen, schon einen Kurzen hinter die Binde gekippt.

Wie gesagt, heute war es nicht so. Er machte ein mürrisches
Gesicht und setzte sich, zweimal leicht mit der Faust auf den
Tisch schlagend, auf seinen Platz.

„Nanu, was ist Dir denn über die Leber gelaufen?" Sauerbier bemühte sich gar nicht, seine Freude zu verbergen.

„Nichts besonderes", meinte Bärtchen, nahm die Karten und
mischte. Die Skatbrüder witterten eine tolle Klatschgeschichte
und drängten ihn, doch zu erzählen. Der Damenwäschespezia-
list ließ sich nicht erweichen und gab die Karten aus. „Wer
sagt?" Schon ging das Reizen los: „Achtzehn, zwanzig, zwei,
drei", keiner war jedoch richtig bei der Sache. Bärtchen musste
anscheinend ein Erlebnis verdauen und machte ein ärgerliches
Gesicht. Die anderen ärgerten sich ebenfalls, weil Bärtchen

nicht damit herausrückte, warum er sich ärgerte. Plötzlich legte er die Karten hin: „Josef, eine Runde für den Stammtisch!" Die drei schauten sich an. „Donnerwetter, da ist aber etwas im Busch, wenn der alte Geizkragen so spendabel wird."

„Tja" begann Bärtchen, „das war eine ganz tolle Geschichte. Zudem hat sie mich noch einen schönen Batzen Geld gekostet."

Alles schwieg erwartungsvoll. Der Wirt brachte die Runde und blieb mit gespitzten Ohren bei dem Stammtisch stehen. Neuigkeiten interessierten ihn immer. „Der weiß mehr als die Polizei erlaubt", erzählten sich von ihm die Einwohner von Tippelskirch.

Bärtchen hob sein Glas, prostete und nahm einen tiefen Zug.

„Das war so: Diese Woche war ich in Frankfurt. Die Geschäfte waren nicht schlecht, aber es war bitter kalt. Ich denke: Geld hast Du genug verdient, jetzt genehmigst Du Dir einen guten Kaffee mit der dazugehörigen Torte mit Schlagsahne! Gesagt, getan. Ein gutes Café war bald gefunden. Ich bestellte, der Ober brachte es, und ich ließ mir die köstlichen Sachen gut schmecken. Als vorsichtiger Mann hatte ich mich so gesetzt, dass ich meinen neuen Wintermantel gut im Auge hatte. Man weiß ja nie, welches vornehme Gelichter sich da herumdrückt.

Durch Kaffee und Kuchen abgelenkt, bemerkte ich ihn erst, als er schon den halben Weg zur Tür hinter sich hatte."

„Wen"?" Sauerbier quetschte vor Aufregung sein Glas, dass man befürchten konnte, er zerbricht es und treibt sich die Splitter in die Hände.

„Nun wen? Den Kerl, der meinen Mantel anhatte. Zuerst war ich wie gelähmt, doch dann funktionierte mein Reaktionsvermögen ausgezeichnet. Ich riss die Pistole – Ihr wisst ja, das Feuerzeug – aus der Tasche, sprang einige Schritte auf ihn zu und schrie: „Hände hoch!" Der Kerl ließ erschrocken seine Aktentasche fallen und hob die Hände hoch. Ich drehte ihn mit dem Gesicht zur Wand und trat ihm blitzschnell und sachkundig in die Kniekehlen. Ich kann euch sagen, er sackte zusammen wie ein nasser Sack."

Bärtchen zog aufgeregt an seiner Zigarre. Offenbar durchlebte er noch einmal diese tolle Sache.

„Weiter, weiter", drängten die andern, „das hast du prima gemacht!" Auch die inzwischen hinzugetretenen Gäste murmelten beifällig.

Bärtchen erzählte weiter. „Alles war in Aufregung. Der Kellner kam angerannt. Ich sagte ihm, er solle sofort die Polizei anrufen. ‚Dieser Kerl', dabei wies ich auf den am Boden liegenden, ‚hat meinen Mantel gestohlen'.

‚Was? Das ist ja nicht zu glauben!' Die Gäste, besonders die Frauen, schrieen durcheinander und eilten zu den Garderobenständern, um zu sehen, ob ihr Mantel noch vorhanden war. Es war ein großes Tohuwabohu, und ich hatte Sorge, dass mir der Kerl doch noch entwischte. Der war inzwischen vom Boden aufgesprungen, packte mich am Kragen und schrie: ‚So eine Unverschämtheit! Diesen alten Trick kennen wir! Dir werden wir das Handwerk legen!'"

„So eine Frechheit", empörte sich Sauerbier. Er war nun vollkommen auf der Seite seines Skatbruders. „Hoffentlich hast Du es ihm gezeigt."

„Und ob", erzählte Bärtchen weiter. „Es blieb mir nichts anderes übrig, als diesen Kerl mit einem kräftigen Kinnhaken zu beruhigen. Er ging erneut zu Boden und dann kam auch schon die Polizei."

„Und nahm den Gauner fest", beendete Sauerbier den Satz.

„Eben nicht", sagte Bärtchen etwas kleinlaut.

„Na, das ist aber doch ... Da sieht man wieder: Die Polizei, Dein Freund, Dein Helfer! Die haben wohl den Kerl auch noch laufen lassen!" Die Zuhörer waren empört und warfen sich bezeichnende Blicke zu.

„Laufen lassen, laufen lassen", Bärtchen war nun ganz klein geworden, „entschuldigen musste ich mich bei dem Herrn und ihm obendrein noch Schmerzensgeld zahlen. Es war nämlich sein eigener Mantel, er sah nur so aus wie meiner."

Warten

Er stand am Ufer und starrte in den Bach. Zu sehen gab es da nichts oder wenigstens nicht viel. Das Wasser war so schmutzig, dass der Betrachter kaum den Boden sehen konnte. Die Besucher des Parks hätten sich bestimmt einen schönen Bach mit sauberem Wasser gewünscht, aber dafür war wohl kein Geld da. Dieser Teil des Parks war etwas vernachlässigt, es fehlte einfach die Pflege. Trotzdem gingen die Menschen gerne hierher. Es war wohl auch etwas Tradition dabei, Tradition aus Zeiten, wo es hier besser aussah. Die Beete waren gepflegt und entsprechend der Jahreszeit mit Blumen, Stauden, Büschen und Bäumen bepflanzt. Ein Großteil der Bäume standen noch. Der Krieg hatte große Bombentrichter hinterlassen, in denen schmutziges Wasser stand. Ein Teil der Bäume musste abgesägt werden, weil die Äste und manchmal auch der Stamm von Bomben und Bombensplittern stark beschädigt waren. Teilweise die Äste zerfetzt standen sie einige Zeit ohne dass etwas gemacht werden konnte. Ein Bild der Zerstörung und des Trauers.

Zuerst mussten Wohnungen geschaffen werden, das war außerordentlich wichtig. Wer handwerklich etwas auf dem Kasten hatte, machte sich selbst etwas zurecht. Vielfach schlossen sie sich in Gruppen zusammen und halfen sich gegenseitig. Jeder war am schuften. Wer die Trümmerlandschaften kurz nach dem Krieg gesehen und erlebt hatte, war stolz darauf, als schon nach einigen wenigen Jahren das gröbste geschafft war. Die Menschen konnten wieder leben und schöpften aus dem erreichten neuen Mut, um sich ein neues Leben aufzubauen.

Natürlich fehlten viele. Etliche waren auf dem Schlachtfeld geblieben, viele waren noch in Gefangenschaft, die Bomben hatten auch dazu beigetragen, die Menschen zu reduzieren. Das war die Zeit, wo jeder sagte: „Nie wieder so etwas, nie wieder Krieg, nie wieder Soldaten."

Das ist schon lange her. Sie haben wieder aufgebaut, sich Heime geschaffen und ein neues Leben begonnen. Auch der Park wurde nach und nach wieder hergerichtet. Man muss den Leuten, die das alles geschafft haben, schon Anerkennung zollen. Es wachsen wieder Blumen, Büsche und Bäume. Die Menschen machen abends und an den Sonntagen einen Spaziergang hier her. Es ist nur eigentümlich, jetzt, wo alles geschafft ist, ist plötzlich nicht genug Geld da, um das erarbeitete, auch den Park, ordentlich zu erhalten und zu pflegen.

Ob der junge Mann diese Geschichte kennt? Er heißt übrigens Georg und wartet offensichtlich auf jemand. Er starrt in das schmutzige Wasser und man sieht ihm an, dass sich Wut bei ihm aufbaut.

Das störte die kleinen Enten nicht, die mit ihrer Entenmama lustig durch das Wasser tollten. Dass das Wasser schmutzig ist, stört sie offensichtlich nicht. Sie paddeln hin und her zur Freude der Kinder und Eltern, die am Wege stehen und dem Entenvolk Brot- und Kuchenstückchen zuwerfen.

„Mammi! Mammi! Schau mal! Die Entchen stecken das Köpfchen in das Wasser!" Das kleine Mädchen klatscht vor Freude in die Hände und feuert die Entchen an: „Noch einmal! Noch einmal!"

Der Junge Mann, Georg, wendet sich ärgerlich ab. Er geht dem Graben entlang, der zuerst zum Rande des Parks parallel läuft, dann aber ein gutes Stück durch die Anlagen. Eine geschlagene halbe Stunde wartet er nun schon auf Erika, die seine Geduld wieder einmal auf eine harte Probe stellt. Er kommt abermals im Zentrum des Parks an, wo sich ein kleiner See befindet. Ein Springbrunnen in der Mitte des Sees schleudert gewaltige Wassermengen in die Luft. Sonst machte es ihm immer Spaß, dieser Wasserfontäne zuzuschauen. Heute interessierte ihn das Wasser nicht mehr. Er hatte eine unbändige Wut, dass er nun schon zum vierten Mal an dieser Stelle stand und auf Erika wartete. Es war durchaus nicht so, dass sie sich etwa nicht gut verstanden, aber da war etwas, was er sich nicht erklären konnte. Erika hatte es sich angewöhnt, ihn bei einer Verabredung eine halbe Stunde warten zu lassen. Dagegen war er es gewohnt, seine Verabredungen, auch geschäftlicher Art, immer genau einzuhalten. Na, heute wird er ein ernstes Wort mit ihr reden und, wie man so unter Männern sagt, reinen Tisch machen. Wütend zertrat er einen Käfer, der ihm über den Weg lief, drehte sich um und ging den Weg zurück; das stand Erika auch schon vor ihm: jung, frisch und schön. Ehe er ein Wort sagen konnte, nahm sie seinen Arm und führte ihn zur Holzbrücke, die nur wenige Schritte unterhalb des Sees über den Bach geschlagen war. Sie kamen in einen Teil des Parks, der einem Blumengarten glich.

Langsam gingen sie um die in einem großen Viereck angelegten Rabatte.

„Sag einmal", begann Georg das Gespräch, „Was denkst Du Dir eigentlich?"

„Ich denke", entgegnete sie etwas spitz, „dass es hier sehr schön ist."

Wie zur Bekräftigung ihrer Worte bückte sie sich und roch an einer Tulpe, die, von den Gärtnern sorgfältig gepflegt, hier zu tausenden wuchsen.

„Die riechen doch gar nicht", er zerrte an ihrem Arm.

„Ich finde sie aber trotzdem wunderbar." Sie warf trotzig den Kopf in den Nacken.

Ein alter Mann, der auf einer der grünen Bänke, die in dem großen Viereck standen, Platz genommen hatte, blinzelte in die Nachmittagssonne. Er hatte das Paar schon längst bemerkt und lächelte. Sicherlich gab er dem jungen Mädchen recht, denn hier in dem großen Garten konzentrierte sich die Schönheit der Blumen und Sträucher des Parks. Der Jahreszeit entsprechend herrschten Tulpen und Stiefmütterchen vor. Jedes Beet stand in einem wohlüberlegten Farbenkontrast zueinander. Hier umrahmten die dunkelblauen Blüten der Stiefmütterchen, die hellgelben Tulpen auf ihren hohen sattgrünen festen Stengeln. Dort waren die Farben umgekehrt, dunkle Tulpen in einem weißen

Blütenfeld der kurzstieligen Stiefmütterchen. Das Ganze wurde unterstrichen von dunkelgrünen Wachholderbüschen. Das Arrangement wurde umrahmt von einem breiteren kiesbestreuten Hauptweg, an dem die Bänke für ruhebedürftige Spaziergänger standen. Hinter ihnen hohe Sträucher von Weißdorn, etliche Stauden und einzelne zerstreute Flieder, deren Blüten einen betäubenden Duft ausströmten.

„Gestiftet von der Firma Kreuz und Michel", las Georg laut das kleine Metallschildchen auf einer freien Bank. „Eine schöne Reklame." Mit einem Seufzer ließ er sich darauf nieder.

„Na, immer noch wütend?" Mit einem schelmischen Blick setzte sich Erika zu ihm.

„Nein, nur noch ärgerlich!"

„Ärgerlich, aber warum denn?" Erika war verwundert, denn sonst genügte schon der Begrüßungskuss, um ihn alles vergessen zu machen.

„Ja, ärgerlich! Weil ich nicht mehr wütend bin und dir infolgedessen nicht, wie ich mir vorgenommen hatte, die Meinung geigen werde."

„Fein!" jubelte sie, „dann ist ja alles gut." Blitzschnell gab sie ihm einen Kuss.

Eine dicke Hummel flog von Blüte zu Blüte und kam mit lautem Gebrumm näher. Im Gebüsch schlug ein Buchfink und auf einer nahen Linde sang eine Amsel ihr Lied.

Es war ein wohltuendes und besänftigendes Schweigen, das nun von den hell tönenden Stimmen der Natur angenehm unterbrochen wurde.

Die Bäume und Sträucher warfen schon lange Schatten als das Pärchen die Holzbrücke wieder überquerte. Die Enten saßen am Rande des Baches im Gras und träumten in die scheidende Sonne. Die Spaziergänger waren weniger geworden, selbst die vielbestaunte Wasserfontäne entbehrte der Zuschauer, obwohl hier noch vor kurzer Zeit viele Zuschauer, das gute Wetter ausnutzend, fleißig fotografiert hatten.

Georg hatte Erika untergefasst und schaute sinnend auf das Spiel des Wassers. „Fünfmal", sagte er, in seiner Stimme war nichts mehr von Ärger zu spüren, „habe ich heute schon hier gestanden. Soviel Mal habe ich, wie verabredet, die 500 m Lange Strecke von der Jakobistraße bis zum See zurückgelegt."

„Ach, Du Armer."

„Zuerst habe ich mir die Enten, den Bach, links vom Weg und dann die Bäume und Stauden rechts vom Weg angeschaut. Dann habe ich die Bänke, die Bäume und schließlich die Grashalme gezählt." Er schmunzelte und fügte hinzu: „Damit bin ich aber dann nicht mehr fertig geworden."

„Über eine halbe Stunde hast Du auf mich gewartet. Du bist der beste Mann, den ich mir denken kann." Sie schmiegte sich eng an ihn. „Das nächste Mal bin ich bestimmt pünktlich."

Langsam gingen sie, die Wasserfontäne rechts liegen lassend, zur Straßenbahnhaltestelle am anderen Ende des Parks.

Die Rationalisierung

„Rationalisierung heißt nichts anderes als sparsame Gestaltung der wirtschaftlichen Produktion, also Verschwendung verhindern. Das können Sie in jedem Lexikon nachlesen." So begann Herr Generaldirektor Sonnemann in der Regel seine Vorträge über dieses, für seine Firma so wichtige Problem. Wütend fiel er über alle jene her, die anderer Auffassung waren, wie zum Beispiel die Arbeitervertreter, die doch allen Ernstes behaupten, dass Rationalisierung höchste Ausnützung von Arbeitskraft und Material bedeutet.

Die Diskussion war sehr heiß und griff auch auf die Familie Sonnenmann, ja sogar auf die Dienerschaft über. Während die herrschaftliche Familie mehr theoretisch an die Dinge heranging, löste die Dienerschaft das Problem auf ihre Art in der Praxis. Allen voran der treue Franz, der ein Muster an Arbeitsfleiß und vor allen Dingen an Verschwiegenheit war.

Beim Osterputz zeigten sich die ersten Ergebnisse der Diskussion. „Gnä' Frau" hatte – wie immer – das Oberkommando. Sie teilte die Arbeit ein und achtete darauf, dass keine Ruhepausen eingeschmuggelt und nicht so viel Material verschleudert wurde.

Franz erhielt den Auftrag Fenster und Spiegel zu säubern und auf Hochglanz zu bringen. Arbeitsmaterialien waren warmes Wasser, Fensterleder und eine Flasche Alkohol zum Polieren.

Nachdem die Arbeit eingeteilt war, hatte die Frau Generaldirektor vollauf damit zu tun, die Einhaltung ihrer Anweisungen zu kontrollieren. Sie war zu diesem Zweck dauernd auf den Beinen. Bald tauchte sie überraschend in der Küche auf, um wenige Minuten später hinter der Minna zu stehen, die im Arbeitszimmer des Herrn Sonnemann gerade heimlich ein zweites Paket Scheuerpulver öffnen wollte.

Nur Franz war nirgends zu sehen. Endlich fand sie ihn in ihrem eigenen Zimmer. Er saß in einem Sessel vor der Frisiertoilette und hatte den Handspiegel auf dem Schoß liegen. Die Flasche Alkohol in der rechten Hand führte er gerade zum Mund.

Im ersten Moment blieb der Gnädigen die Luft und die Spucke weg, dann aber grollte der Donner und die Blitze zuckten. „Was? Franz? Auch Sie schädigen Ihre Herrschaft auf solche heimtückische Weise, wo doch schon ihr Vater in unseren Diensten war und wir immer gut miteinander ausgekommen sind. Das hätte ich ja nicht von Ihnen geglaubt."

Franz war ob des plötzlichen Erscheinens des Engels der Gerechtigkeit ehrlich erschrocken. Er fasste sich jedoch sehr schnell. „Sie irren sich, Frau Generaldirektor ..."

„Lügen Sie doch nicht", schnitt ihm die Gnädige das Wort ab. „Ich habe doch eben selbst gesehen, dass Sie den Alkohol getrunken haben. Sehen Sie doch", sie hob die Flasche in die Höhe, „es ist höchstens noch ein Glas drin."

„Sie irren sich, gnädige Frau", setzte sich Franz jetzt durch, „ich trinke nur, um dann die Spiegel anzuhauchen. Den Alkohol einfach auf das Glas zu gießen, wäre doch Verschwendung."

Einen Tag später wurde die Rationalisierungsdiskussion im Hause des Generaldirektors Sonnemann auf „höheren Befehl" radikal abgebrochen.

Das offene Fenster

Franz Doseneder ist in der Stadt nicht beliebt, trotzdem grüßt ihn fast jeder Einwohner von Benzenbergen ehrerbietig. Er ist von stattlicher Figur und etwas beleibt und hat ein dickes rosiges Vollmondgesicht. Wie die Dinge liegen könnte er ein gemütlicher, satter Bürger sein, der irgendwo im Lande ein ruhiges Leben führt, so für sich ganz allein, natürlich mit Frau und Kindern und Enkelkindern. Doch so geruhsam ist ein Leben nicht. Ständig ist er im Trab und immer kreisen seine Gedanken um den einen Punkt: wie er seinem Bürgermeister noch besser dienen könne.

Benzenbergen ist zwar eine kleine Stadt, gemessen an den gewaltigen Großstädten des Landes, doch ist sie immerhin die Hauptstadt des Bezirks, dem der einflussreiche und gut situierte Bürgermeister Besenburger vorsteht. Er ist durchaus kein gerechter Mann, obwohl er die Begriffe Freiheit und Gerechtigkeit ständig im Munde führt und wie die von ihm bezahlten Zeitungen dem Leser weismachen möchten. Fast jeder im Bezirk weiß, dass er mit allen nur denkbaren Mitteln, legalen und halblegalen, versucht sein Schäfchen ins Trockene zu bringen. Wenn es sich nur um ein Schäfchen handeln würde, wäre das vielleicht ja gar nicht so schlimm, aber im Laufe der Zeit wurde es eine ansehnliche Schafherde.

Außerdem bringt er noch seine Verwandten und sonstige Spezis in gute Staats- und Wirtschaftspositionen, saniert ihre Betriebe mit Steuergeldern und sorgt dafür, dass die von ihnen zu zahlenden Steuern nicht so hoch ausfallen. „Kleine" Anerkennungsgaben werden von ihm gerne angenommen, denn „eine Hand wäscht die andere" scheint sein nicht ausgesprochener Wahlspruch zu sein.

Wie gesagt, das weiß fast jeder im Bezirk, doch nur wenige wagen es, die Dinge beim Namen zu nennen. Diese wenigen werden bei passender Gelegenheit unter den fadenscheinigsten

Begründungen von den Hütern des Gesetzes hinter Schloss und Riegel gebracht. Das ist auch der Grund, weshalb Franz Doseneder nicht beliebt ist. Zwar trägt er keine direkte Schuld daran, dass viele ehrbare Bürger des Bezirks das Gefängnis bevölkern, aber, die so zeitweise ihrer Freiheit beraubten, sehen in Franz Doseneder den für sie nächsten Stein des Anstoßes, er ist nämlich der oberste Leiter und Vorstand des Stadtgefängnisses, das zugleich auch Bezirksgefängnis ist.

Er hat sogar eine eigene Gefängnisordnung eingeführt, was in den Augen der Bürger auch nicht rechtens ist. Wehe dem Unglücklichen, der es wagt, diese Ordnung zu übertreten. Es wird keine Gewalt angewendet, nein, bei Gott nicht, aber es gibt auch andere Möglichkeiten, Menschen mürbe zu machen. So wurde Franz auf Grund seiner Machtvollkommenheit ein wahrer Despot, wobei er der Unterstützung und Abdeckung durch seinen Bürgermeister sicher war. Auf der Straße spielt er den loyalen und immer freundlichen Behördenvertreter. Doch viele kennen sein schwarzes Herz - wie sie sagen - und wünschen nichts sehnlicher, als ihn vom Seil des Hochmuts in den Sumpf der Verdammung fallen zu sehen.

Zudem befasst sich Franz mit Erfindungen. Diese betreffen nicht die Verbesserung der demokratischen Einrichtungen und der Steigerung des Volkswohlstandes, sondern dienen einzig und allein der sicheren Verwahrung und der Demütigung widerspenstiger Bürger. So hatte er herausgefunden, dass durchgehende Schlüssel gar mancherlei Gefahren mit sich bringen. Der Gefangene könnte durch das Schlüsselloch auf den Flur sehen und auf diese Weise auch Verbindung mit anderen Gefangenen aufnehmen. Rein aus Jux konnte er auch kleine Gegenstände in das Schlüsselloch stecken, die das Aufschließen erschwerten oder unmöglich machten. War es dann endlich mit Hilfe eines schnell herbeigeholten Handwerkers gelungen, die Tür aufzumachen, so besaßen besagte Gefangene am Ende noch die Frechheit, sich über das verspätete Mittagessen zu beschweren. Ganz schlechte Menschen konnten auch mit einem Nachschlüssel die Tür von innen öffnen. Mit großen Kosten, aber sehr massiv und zuverlässig wurden die Schlösser entsprechend geändert.

So geschah es noch mit manchen anderen Dingen. Sogar die Gucklöcher an der Tür wurden seinen Erfindungen zugeschrieben. Das ist allerdings nicht erwiesen. Neben solchen, doch recht harmlosen Dingen, gab es noch sehr ernste Sachen.

Als statt der bisher gebräuchlichen Holzbetten, Eisenbetten angeschafft wurden, erregten die handelsüblichen Stahlfedern, den Unmut der Obrigkeit. Die Stahlfedern mussten herausgerissen und statt ihrer einfache Stahlbänder eingenietet werden. Man dürfe die Menschen nicht verwöhnen erklärte Franz Doseneder dem erstaunten Lieferanten.

Bald hatte Franz Doseneder als Leiter seiner Behörde herausgefunden, dass es noch andere Möglichkeiten gab, die Delinquenten und unbotmäßigen Bürger zur Folgsamkeit und Anpassung zu erziehen. Gemeinsam mit Leuten von der Polizei, der Justiz, dem Untersuchungsrichter und einigen „Fachleuten" wurde festgestellt, dass ohne großes Aufsehen durch die Herabsetzung der Besuchszeit von Ehefrauen und sonstigen Angehörigen, ein sehr effektiver und psychologischer Druck auf die Unbotmäßigen ausgeübt werden könne. Auch wäre hier eine Steigerung der Wirkung zu erreichen, wenn, in „besonders schweren Fällen", die vollständige Sperrung des Besuchs auf unbestimmte Zeit, erfolgen würde.

Sollte es den Gefangenen gelingen, die Öffentlichkeit auf diese Verfahren aufmerksam zu machen, so könnte immer noch ein Besuch der Ehefrauen in Gegenwart von dem Richter, Leuten der Polizei und sonstigen Bewachern angeordnet werden, was etwa den gleichen psychologischen Effekt haben könnte.

Ein Höhepunkt in der Laufbahn von Franz Doseneder war der Streit mit dem Hygieneausschuss, der sich in der Stadt gebildet hatte. In einer Sitzung waren die Mitglieder dieses Ausschusses zu dem Schluss gekommen, auch die Verhältnisse im Gefängnis müssten verbessert werden. Zu diesem Zweck sollten Spülklosetts in die Zellen eingebaut werden. Franz Doseneder war dagegen. Das sei Erziehung zur Bequemlichkeit und zum Nichtstun. Die jetzt vorhandenen Kübel seien aus erzieherischen Gründen vorzuziehen. Als der Ausschuss nicht nachgeben wollte und sich auch noch um einige andere Dinge kümmerte, die er an die große Glocke hängte und dadurch das Ansehen des Gefängnisses und der Obrigkeit schädigte, wurde der Ausschuss aufgelöst. Sein Vorsitzender, Herr Valentin Roter, ein in der Stadt wohl angesehener Mann, wurde ins Gefängnis gesteckt.

Hier geriet er dem unverbesserlichen Franz Doseneder ins Gehege. Gleich am ersten Tag bemängelte Valentin, dass ständig alle Fenster aufstanden und Gegenzug herrsche. Franz Doseneder fasste den Stier sofort bei den Hörnern. Erstens sei frische Luft gesund und zweitens ginge ihn das gar nichts an. Aus Rache machte er ihn noch zum untersten Kalfaktor, der die bewussten Kübel ausleeren musste.

Valentin Roter fügte sich in das Unvermeidliche und versah mit noch einem Gefangenen unter der Leitung des Oberkalfaktors den Dienst. Dieser hatte auch seine guten Seiten. Sie durften frei in den Gängen herumlaufen und hatten auch sonst manche Freiheiten.

Eines Tages - es war im Frühjahr - sah Franz Doseneder bei seinem Kontrollgang in einer leeren Zelle ein Fenster offen stehen. Gemäß einer Verfügung von ihm, sollten aber in leeren Zellen die Fenster stets geschlossen werden. Er ärgerte sich, schloss die Zelle auf und ging hinein, um das Fenster zu schließen, da schlug der Zugwind die Tür zu. Er war gefangen.

Er hatte zwar die Schlüssel in der Hand, doch aufschließen konnte er nicht, da die neuen Schlösser innen kein Schlüsselloch hatten. Er trommelte mit den Fäusten gegen die Tür, stieg aufs Bett und schaute zum Fenster hinaus; niemand hörte ihn, keiner war zu sehen. Es war kurz nach Mittag. Er war durch die Aufregung so fertig, dass er sich auf das Bett legen musste. Das Bett war hart und voller Kuhlen. Das Kreuz schmerzte. So ging das nicht. Er musste wieder runter vom Bett. Wie ein gefangener Tiger raste er in der Zelle auf und ab.

Wer sollte ihn erlösen? Ein untergebener Beamter? Das war unmöglich. Die ganze Stadt würde es erfahren. Er war erledigt.

Die Kalfaktoren, die ihn ja gehört haben mussten? Sie wussten es ja so wie so. Vielleicht standen sie schon vor der Tür und lachten sich eins. Und dann auch noch der Valentin Roter? Er fluchte. Die Aufregung schlug ihm auf den Magen. Er musste ein Bedürfnis verrichten. Bewegte sich da nicht der Schieber vor dem Guckloch? Mit aufgeregten, zittrigen Fingern riss er sich die Hose herunter. Gott sei Dank es war nicht in die Unterwäsche gegangen. Dieser Kübel, ekelhaft. Papier war auch keines da. Er musste sein Taschentuch nehmen. Zuletzt riss er sich noch ein Streifen von seinem Hemd ab.

Zwei Stunden saß Franz Doseneder in der Zelle. Es waren die zwei längsten Stunden seines Lebens. Er kannte die Zelle in- und auswendig. Er fluchte und betete und schwor sich gründlich zu ändern und kein Gefängnisaufseher mehr zu sein.

Dann war Valentin Roter vor der Tür und erlöste ihn ohne viel Aufhebens. Mit einem Sperrhaken öffnete er die Tür. Franz Doseneder bot ihm viel Geld, damit er schweigen sollte. Valentin lehnte ab. Er schweige auch ohne Geld.

„Du hast Dich in der eigenen Falle gefangen. Alles, was Du gegen unsere Bürger getan hast und erfandest, um dir bei der Obrigkeit, nicht bei dem Volk, das Dir zu gering erschien, Ansehen und einen guten Posten zu verdienen, schlug und schlägt auf Dich selbst zurück."

Von diesem Tag an war Franz Doseneder ruhig und entgegenkommend. Er verstand bei weitem nicht alles, was Valentin ihm noch gesagt hatte, aber er spürte, dass hinter seinen Worten Wahrheiten standen. Er fürchtete diese Wahrheiten und fand schließlich einen plausiblen Grund, um aus dem Dienst auszuscheiden. Stand er auch nicht auf der Seite von Valentin Roter, so wollte er doch nicht in der Falle hängen, falls sie erneut zuschlagen sollte.

Die Damen

Damen sind ein Kapitel für sich.

Nicht jede Frau ist eine Dame, o nein!

Damen sind Frauen besonderer Art. Zudem gibt es auch noch verschiedene Kategorien von Damen.

Gemeint sind hier die jungen Damen. Im Prinzip ist natürlich jede Dame jung. Um es also genau zu sagen, wir wollen uns mit Damen bis zu zwanzig Jahren befassen. Den kleinen Rest von zwanzig bis zweiundzwanzig heben wir uns auf bis zum nächsten Mal.

Wo trifft man Damen?

Außer im Modesalon noch im Café.

Da fällt mir ein, kürzlich war ich in einem solchen Café. Es geht dort sehr vornehm zu. Die Aufmachung, das Publikum und vor allen Dingen die Kapelle.

Kapelle muss sein. Ohne Kapelle geht es nicht.

Sie macht nicht nur Musik, sondern erfüllt auch andere nützliche Zwecke. So kann man sich, wenn die anwesende Garderobe schon durchgehechelt ist, ganz gut über die Kapelle unterhalten. Damen kennen sich auch da gut aus.

Richtig, so weit waren wir. Damen gehen ins Café.

Allein? Nein!

Das schickt sich nicht. Man geht mit einer Freundin.

So ein Cafébesuch muss lange und gründlich vorbereitet werden. Ich war zwar nie dabei, doch der Erfolg – oder die Folgen – sprechen für sich.

Eine Dame geht nie ohne das entsprechende Äußere – das Make-up – ins Café.

Die Frisur: Notwendig ist das Modernste. So eine Frisur muss Eindruck machen. Vor allem muss man sehen, dass sie etwas gekostet hat.

Nein! Wir haben nichts gegen eine teure Frisur, sofern es sich im erträglichen Rahmen hält.

Die Damen treten oder fallen aus diesem Rahmen heraus. Erst das macht sie ja zur Dame.

Ein wasserstoffblonder Streifen im dunkelgefärbten Haar belebt die Umwelt und erregt Aufsehen. Damit ist der Zweck zum Ersten erreicht.

Die Augenbrauen: Man kann sie doch nicht so lassen, wie sie von Natur aus gewachsen sind. Das ist zu gewöhnlich. Das hat ja jeder! Na, und wozu hat schließlich der menschliche Geist Augenbrauenstifte geschaffen. Wenn schon nicht abrasiert, so muss man sie doch recht breit und stark nachziehen. Das gehört zum betonten Äußeren.

Nun der Mund: Möge man uns verzeihen, dass wir ihn erst an dieser Stelle behandeln. Der Mund ist nicht nur die erste Station zum Magen, sondern auch zur Seele der Dame. So hat er in ihrem Leben große Bedeutung.

Möchte zum Beispiel ein Gentleman zur Seele der Dame gelangen, so kann er das über den Mund.

Für ihn (den Mund) verwendet die Dame somit besondere Sorgfalt.

Da hat doch die grausliche Natur große und kleine Mündchen geschaffen. Gott sei dank sprang hier die Wissenschaft in die Bresche und gebar den Lippenstift, mit dem man – je nach Mode – die Natur korrigieren kann.

Zur Zeit schreibt die Mode kleine Mündchen vor. Die Damen müssen – so nennt es der Volksmund – Zitrönchen sagen können.

Große „Mündchen" werden – gemäß dem Willen der Modediktatoren – klein geschminkt.

Das will gelernt sein.

Weniger das Schminken als das Zitrönchen sagen. Man darf den Mund nicht so weit aufmachen, weil sonst die Größe über das Geschminkte hinausgeht.

Und das ist schwer – den Mund nicht aufzureißen.

Die kleinen Mündchen haben es besser. Sie werden nur nachgezogen. Doch auch sie haben einen Nachteil. Man kann sie nicht so weit aufmachen. Sie sind also besonders bei der Konversation über gute gemeinsame Bekannte im Hintertreffen.

Wie gesagt, diese umfangreichen Vorbereitungen werden in der Regel zu Hause getroffen.

Das hindert nicht, Puderdöschen und Lippenstift stets in der Handtasche mitzuführen. Der Spiegel in der Puderdose ermöglicht es der Dame, Leute zu beobachten, denen sie sonst nicht gerade in die Augen schaut.

Natürlich verbirgt sich hinter der Renovierung mit der Puderquaste auch der Wunsch, eine gewisse Verlegenheit zu überwinden.

Sie erinnern sich, ich saß in einem Café. Man konnte sie studieren. Sie kamen und gingen. Von Kopf bis Fuß – Damen.

Haben Sie schon einmal beobachtet, wie sich eine Dame hinsetzt? Nein? Schade! Das ist ein Erlebnis!

Die Beine werden übereinandergeschlagen. Nein, nicht so einfach und primitiv wie Männer das machen. Die Dame überlegt zuerst die Perspektiven. Nicht die eigenen, sondern die der in der Nähe sitzenden Männer.

Grundsatz ist, den Männern nicht zu viel, aber auch nicht zu wenig zu zeigen.

Dann diese Haltung, so können wirklich nur Damen sitzen. Einfach königlich (soll es sein).

Die Zigarette graziös in der rechten, unterstreicht die linke Hand malerisch das von der Besitzerin Gesagte. Gesichtsausdruck und Haltung zeigen dem fernen Beschauer, dass die Unterhaltung ein hohes Niveau besitzt.

Der Ober kommt und erkundigt sich nach den Wünschen der Damen. Mit ihm können sich die Damen nicht auf die gleiche Stufe stellen. Man fragt, was er empfehlen könne und bestellt dann das, was er nicht genannt hat. Auch auf der Karte ist es nicht zu finden. Zum Beispiel einen Chantré, den man von der letzten Kinoreklame kennt.

Der Ober ist sehr höflich und Kummer gewöhnt. Sicherlich kennt er auch schon seine Pappenheimer.

Er bedauert. Er empfiehlt Gleichwertiges. Aber so schnell können sich die Damen nicht abfinden.

Nach langem Hin und Her bestellen sie einen Kaffee, aber einen guten. Der Ober geht und wischt sich mit einer Bewegung über die Stirn.

Nun hat man gleich Stoff zur Unterhaltung. „Nein, diese Bedienung. Der Kellner benahm sich so, als wären wir auf ihn angewiesen. Sicher ist er in der Gewerkschaft oder gar ein Roter. Die verdrehen ja den Leuten den Kopf. Jetzt wollen sie sogar die Woche nur vierzig Stunden arbeiten. Mein Mann sagt, das seien die Schlimmsten. Wenn ich so was höre, in Russland würden sie auch nur vierzig Stunden arbeiten. Da muss ich lachen. Wir können uns doch nicht auf das Niveau der Russen herablassen."

Der Ober bringt den Kaffee.

„Was denn, nur Kaffee? Wir wollen doch auch ein Stück Torte!" – Empörter Augenaufschlag.

Der Ober ist verwirrt. Er entschuldigt sich. Er wusste wirklich nicht ... aber vielleicht suchen sich die Damen etwas am Büffet aus.

„Was, wir, am Büffet? Was erlauben Sie sich! Wofür sind Sie denn da?"

Bereitwillig nennt der Ober, was das Haus zu bieten hat.

Schließlich wird Sahnetorte bestellt.

Der Ober geht, er ist bewundernswert gefasst.

„Nein, Zuvorkommenheit kennen die Menschen nicht."

Die Damen empören sich weiter.

„Da war der Barmixer vorige Woche in der Kaiserbar entgegenkommender. Ach, und wie der mich angeschaut hat. Der war richtig verliebt in mich."

„Kein Wunder, in dem Abendkleid."

„Nicht wahr, es ist himmlisch. Das Dekolleté. Mein Mann war auch begeistert. Das Geld hat er ganz gut verschmerzt."

Wie? Sie meinen, ich male alles schwarz in schwarz?

Natürlich gibt es auch andere weibliche Wesen. Ich schätze sogar, sie sind in der Mehrheit.

Dort hinten in einer Nische zum Beispiel haben drei junge Mädels Platz genommen. Etwas schüchtern bestellen sie eine Kleinigkeit. Sie verdienen ihr Geld schwer und überlegen schon vorher, für was sie es ausgeben. Der Besuch des Cafés ist für sie eine kleine Erholung, nach einer Woche harter Arbeit in der Fabrik oder im Büro. Ihre Kleidung ist einfach und nett.

Mit frischen Gesichtern, ohne viel Malerei erheben sie keinen Anspruch darauf, Aufsehen zu erregen.

Solche Mädchen sind sympathisch, haben allerdings einen „Fehler": Es sind keine Damen.

„Ober zahlen!"

Die Damen werden unruhig.

Der Ober ist schon da.

Er bekommt drei Pfennig „Trinkgeld".

Die Damen rauschen ab. Der Ober atmet auf.

Wir tauschen einen verständnisvollen Blick.

„Ja, ja, die Damen!"
Sie haben richtig getippt, ich bin ein Gegner der Damen.

Die Hühnerzucht

Eigentlich war es die Idee meiner Frau Rosalie, sie wollte unbedingt Hühner haben. Wir hatten uns weit draußen vor der Stadt ein Häuschen gebaut, um dem Lärm und dem Benzingestank im Zentrum des Verkehrs, wo wir früher wohnten, zu entfliehen. Es war nicht groß, das Haus. Für uns reichte es und die Kinder waren begeistert. Weit und breit kein Nachbar, der sie zur Ruhe ermahnte, mit dem Zeigefinger drohte und sagte: „Das werde ich mal euren Eltern erzählen, was ihr für Rangen seid."

Auch ich hatte meine Ruhe vor den Nachbarn, die mich oft davon überzeugen wollten, dass ich meine Kinder besser erziehen müsse und dazu gehöre zur richtigen Zeit eine Tracht Prügel. Auch sonst war das Leben auf dem Lande ruhiger und ich brauchte nicht auf die Kinder aufzupassen.

Meine Frau rumorte in der Küche und wenn dort nichts mehr zu machen war, ging sie in den Garten. Schließlich sehnte sie sich noch nach Hühnern. Wegen der Eier, der billigen Haltung und weil ein kräftiges Hühnersüppchen für mich besonders gut sei.

Zuerst war ich nicht so begeistert davon. „Das bringt nur Arbeit und Ärger", riet ich von der Hühnerhaltung ab. Meine Frau setzte, wie das in einer guten Ehe üblich ist, ihren Willen durch. Ich baute also einen kleinen Hühnerstall aus Holz mit einer schönen Stange für die Hühner und einem Nest für die Eier. Seitlich befanden sich 2 Klappen, eine große zum nächsten Reinigen, eine etwas kleinere um bequem die Eier aus dem Nest zu holen. Futterkasten und Tränke waren dann nur noch eine Kleinigkeit. Eine Ecke im Garten wurde eingezäunt, meine Frau – es sei zu ihrer Ehre gesagt – half begeistert mit. Sogar unsere Älteste erbot sich jeden Morgen die Eier zu holen. Sie wurde fünf und aß Eier für ihr Leben gerne.

Wenige Tage später kamen die Hühner. Drei Amerikanische weiße Leghorn. Es waren schöne Hühner und sie legten auch

Eier. Zwei Wochen später – die Hühner hatten sich gerade eingewöhnt – kamen Bekannte zu Besuch. Natürlich zeigten wir ihnen unsere neue Errungenschaft.

„Sehr schön", lobte der Mann, ein alterfahrener Siedler. „Nur zu wenig Hühner für einen so geräumigen Stall. Es ist schade um den ungenützten Platz. Sie suchen sich ja ihr Futter selbst und legen tun sie bestimmt gut."

Ich bestätigte dies.

Wir kauften also noch sieben Hühner dazu und einen Hahn. Sie fraßen nicht viel und legten flüssig. Nun war auch ich begeistert und es hätte der Kritik eines weiteren Besuches, der Stall sei zu klein für die vielen Hühner, nicht bedurft. Ich plante schon lange Vergrößerung.

Wenn ich plane, kaufe ich mir zuerst die entsprechende Fachliteratur. Auf meinem Schreibtisch türmten sich Bücher und Hefte. Die Initialzündung brachte ein Aufsatz im Modernen Geflügelzüchter über „Die Rationalisierung auf amerikanischen Geflügelfarmen". Was der Verfasser schrieb war äußerst interessant. Das Halten der Hühner in Gelegen sei für den Geflügelzüchter unvorteilhaft. Die Hühner verbrauchten zu viel Kraft, um Futter zu suchen und sind stets der wechselnden Witterung ausgesetzt, was ein Nachlassen der Legetätigkeit zur Folge hat. Mir leuchtete das sofort ein und mit großem Interesse studierte ich den Weg, den die amerikanischen Farmer gehen.

Sie setzen die Tiere in Einzelkäfige, die in langer Reihe und in mehreren Etagen übereinandergestapelt sind. Unter jeder Käfigzeile ist ein Transportband, das zum Reinigen durch einen Druck auf den Knopf in Bewegung gesetzt wird. In wenigen Minuten ist alles sauber. Wasser und Futterversorgung erfolgt automatisch durch besondere Vorrichtungen. Selbst die Eier rollen durch ein Zählwerk aus dem Käfig auf ein Transportband, das hinter den Käfigen montiert ist. Das Legen wird durch die Zählwerke genauestens überwacht. Wer eine bestimmte Eierzahl nicht erreicht, wird geschlachtet.

Tausend Hühner hielt der Mann in einem einzigen Hühnerhaus. Die Zahl der Hühner auf der ganzen Farm ging in die Zehntausende. Eines dieser Hühnerhäuser war abgebildet: Schön, groß und sauber. Abgeschirmte Leuchtstoffröhren an der Decke und mit Klimaanlage. Automation im Hühnerhaus, das war die Sache. Rosalie unterstützte mich kräftig in der Meinung, dass, wenn man schon Hühner zum Eierlegen anschafft, das richtig und rationell machen müsse. Nun, das abgebildete Hühnerhaus war recht lang. Man benötigte dazu eine Menge Käfige und unser Garten reichte zu einem solchen umfangreichen Vorhaben nicht aus.

Bei dieser Lage kam es mir wie gerufen, dass der Besitzer von nebenan, sein Grundstück verkaufen wollte, weil ihm der Boden dort zu schlecht war. Ich überlegte nicht lange. Für den schlechten Boden konnte er schließlich nicht viel verlangen. Doch der gute Mann hatte wohl etwas von unserem Vorhaben gehört. Unter der Hand stieg der Preis auf das Doppelte. Letzten Endes wurden wir doch handelseinig.

Um finanziell flüssig zu werden, wie das die Fachleute so nennen, nahmen wir eine Hypothek auf unser schon arg belastetes Grundstück auf. Trotzdem, es reichte und es gelang. Bald stand das Hühnerhaus. Es war zwar nicht so groß wie das amerikanische, aber eben doch geräumig und für einige hundert Hühner reichend. Nach und nach kauften wir uns die dazu notwendigen Eierleger. Die Eierproduktion stieg von Tag zu Tag. Durch die automatischen Einrichtungen, die zum Teil von mir selbst nachkonstruiert waren, brauchten wir trotz der steigenden Hühnerzahl lange keine Hilfe. Eines Tages wurde es meiner Frau doch zu viel. „Es wäre halt doch besser, wir hätten noch jemand" sagte sie. Ich konnte mich ihren Argumenten nicht verschließen. Damit war das Problem aber noch nicht gelöst. Dieser „Jemand" musste erst gefunden werden. Wer ist schon bereit auf einer Hühnerfarm, so nannten wir unser Anwesen, das Mädchen für alles zu spielen. Wir versuchten unser Glück in einem nahen Dorf. Tatsächlich fand sich dort ein junges

Mädchen, ein aufgewecktes, quicklebendiges Ding, das schon am nächsten Tag seine Stelle antrat. Von unseren automatischen Einrichtungen war sie restlos begeistert, obwohl einige, z. B. das Transportband für die Eier, statt mit einem Elektromotor mit einer Handkurbel bewegt werden mussten.

Leider brachte die Begeisterung unserer Helene – so hieß das Mädchen – einen Stein ins Rollen, mit dem wir ganz und gar nicht gerechnet hatten. Weil ihr die automatische Eierlegerei gar so gut gefiel, erzählte sie in ihrem Dorf von dieser wunderbaren Einrichtung. Dabei war auch keine Gefahr, wir hatten unser Gewerbe angemeldet und die Steuern wurden pünktlich gezahlt. Allein, wir hatten die Rechnung ohne den Wirt gemacht. Eines Tages flatterte ein Schreiben des Bezirkstierschutzvereins „Grüner Wald" auf meinen Schreibtisch. Es würdigte unsere Verdienste in der Hühnerhaltung, aber in einer sehr abträglichen Art und Weise. Es hieß dort:

„Werter Herr Oiach.

Durch einen Zufall erfuhren wir von den auf Ihrer Hühnerfarm herrschenden, zum Himmel schreienden Zuständen. Wie unser Gewährsmann versicherte und wir haben keinerlei Veranlassung, an seinen Worten zu zweifeln, zwingen Sie ihre Hühner Tag und Nacht in einem engen Käfig auf einer Stange zu sitzen. Nicht nur das, durch besonders raffinierte Methoden, z. B. Aussprühen von besonderen Gerüchen, veranlassen Sie die armen Tiere mehr Eier zu legen, als sie physisch dazu in der Lage sind. Die Tiere sind vollkommen ihrer Freiheit beraubt, einige sollen schon vor Sehnsucht nach Freiheit eingegangen sein. Dies, und ihre ständige briefliche Verbindung mit der Ostzone, von unterrichteter Stelle wird uns berichtet, dass Sie vor kurzer Zeit sogar persönlich im Osten waren, lässt die glasklare Schlussfolgerung zu, dass sie auf Ihrer Hühnerfarm russische Methoden praktizieren. Es ist eine Schande für unsere abendländische Kultur, dass Sie sich, der Sie uns doch sonst als recht humaner und allseits angenehmer Mensch bekannt sind, zu solchen Tierquälereien verführen lassen. Wir hoffen und müssen selbstverständlich darauf bestehen, dass Sie unverzüglich diese östlichen Praktiken einstellen. Eine von unseren Mitgliedern frei gewählte Kommission wird in den nächsten Wochen Ihre Hühnerfarm zwecks Überprüfung der Lebensverhältnisse der Hühner aufsuchen. Wir bitten Sie, uns einen Ihnen genehmen Zeitpunkt für den Besuch bekannt zu geben.

Wir hoffen, dass wir Sie von dem verderblichen Ihrer Handlungsweise überzeugen konnten und Sie nun erkennen, was wir und natürlich auch Sie unserer abendländischen Sendung schuldig sind.

Mit vorzüglicher Hochachtung...“

Es folgte eine Unterschrift. In einem Nachsatz heißt es: „Eine Beitrittserklärung zu unserem humanistischen Bund legen wir bei.“

Ich war geschlagen und geladen. Als erstes wanderte die Beitrittserklärung in den Papierkorb. Meine Frau wollte ich mit der ganzen Sache gar nicht erst aufregen. So setzte ich mich an die Schreibmaschine und schrieb:

„Sehr geehrte Herren vom Grünen Wald,

Stil, Ton und Inhalt Ihres Briefes beweisen mir, dass Sie gänzlich falsch unterrichtet sind. Natürlich entspricht es der Wahrheit, dass wir uns ein neues Hühnerfarmhaus gebaut haben. Richtig ist auch, dass wir dieses Haus mit einer neuartigen technischen Einrichtung versehen haben, gegen die es meines Erachtens keinerlei Einwendungen geben kann.

Unsere Hühner sitzen in einem Käfig auf der Stange. Das tun alle Hühner, wenn sie sich ausruhen oder schlafen wollen. Damit sie es wirklich gut haben, sind diese Käfige mit allem Komfort ausgestattet. Vorne links ist das Wasser, rechts das Futter. Wir geben ihnen nur das weltbekannte Hühnerkraftfutter des Onino-Konzerns. Hinten rechts ist das Nest mit der automatischen Eierzähl- und Beförderungsanlage. Das Übrige brauchen sie nur fallen zu lassen und wird durch ein Transportband entsorgt. Es ist also wie in den teuersten und vornehmsten Hotels, sogar noch besser, wenn man die bestens arbeitende Hühnermistabtransportanlage in Rechnung stellt. So etwas gibt es auch in den teuersten Hotels unserer fortgeschrittenen Technik noch nicht. Bei uns wird den Hühnern jeder Weg abgenommen. Ich wüsste nicht, wo die Tierquälerei stattfindet. Sogar Temperatur, Luft und Licht werden automatisch geregelt.

Was das Aussprühen von bestimmten Gerüchen im Hühnerhaus anbetrifft, so dienen diese nicht dem Eierlegen, sondern der Erleichterung der Arbeit meiner Frau und ihrer Gehilfin. Die Gerüche beziehen wir vom bekannten Parfümkonzern „Schwarzes Veilchen" (nicht zu verwechseln mit „Rotes Veilchen"), welches eine absolut keimfreie abendländische Firma ist.

Es stimmt zwar, dass ich vor einigen Wochen in der Ostzone war, aber ich habe dort lediglich unsere Tante Frieda besucht. Das war wegen einer Erbschaft notwendig. Sie besitzt dort eine Drogerie und hat von Hühnerzucht keinen blauen Dunst. Als sie mich in ein HO-Cafe locken wollte, habe ich strikte abgelehnt, woran schon meine abendländische Gesinnung erkennbar ist.

Vollends falsch ist Ihre Annahme, es handele sich bei unserem Hühnerhaus um eine östliche oder östlich inspirierte Tat. Im Gegenteil. Unser Vorbild ist die Methode der bekannten amerikanischen Hühnerfarm „Gix und Gax", die in der Rationalisierung des Eierlegens große Erfolge hatte und bei einem kürzlich im amerikanischen Fernsehen stattgefundenen Wettbewerb den ersten Preis erhielt.

Ich hoffe, Ihnen mit diesen Angaben gedient zu haben und zeichne hochachtungsvoll
Anton Oiach
NB: Ihre Vermutung, ich sei abendlandfeindlicher Gesinnung, ist wohl auch auf meinen Namen zurückzuführen. Er ist jedoch nicht mit jenem Oistrach zu verwechseln, der ständig versucht, unser Land mit bolschewistischer Musik zu infiltrieren."

Diesem Schreiben war ein ungeahnter Erfolg beschieden. Etwa drei Tage später erreichte mich ein Brief des Tierschutzvereins „Grüner Wald" folgenden Inhalts:

„Hochverehrter Herr Oiach,
es tut uns außerordentlich leid, dass Sie einer Verwechslung zum Opfer fielen. Selbstverständlich erkennen wir Ihre hervorragenden Verdienste in der Verbreitung amerikanischer Eierlegemethoden voll an. Ihre Bedeutung für die Verteidigung der abendländischen Kultur ist nicht zu unterschätzen. In rechter Würdigung Ihrer großen Verdienste hat der Vorstand unseres Vereins beschlossen, Sie zum Ehrenmitglied unseres Bundes zu ernennen. Gleichzeitig verleihen wir Ihnen den Leica-Verteidigungsorden I. Klasse. Der Vorstand wird sich erlauben, Sie am kommenden Sonntag an der Stätte Ihres Wirkens aufzusuchen, um Ihnen in feierlicher Form Medaille und Ehrenurkunde zu überreichen. Rundfunk und Fernsehen sowie die freiheitlich-demokratische Presse sind schon verständigt. Wir wünschen Ihnen vorerst noch schriftlich vollen Erfolg und weiteres fruchtbares Wirken im Sinne des Abendlandes.

Mit freiheitlichem Gruß
Tierschutzverein 'Grüner Wald'
Vorstand
i.A.
Josef Herrlichkeit
Unterschrift

NB: Ihren Hinweis auf die verdächtigen Umtriebe eines gewissen Oistrach haben wir mit Interesse vermerkt und an die zuständigen Stellen weitergeleitet."

So wurde ich Ehrenmitglied und Inhaber eines hohen Ordens. Die Medaillen legte ich zu den anderen Orden abendländischer Herkunft. Die Urkunde ließ ich einrahmen, sie hängt nun über meinem Schreibtisch. Erinnerung und Fetisch gegen neue Verdächtigungen.

Erster Klasse

„Entschuldigen Sie bitte", ich versuchte meine Nachbarin zur Linken zu besänftigen, der ich gerade mit meinem garantiert unverwüstlichen Continental-Gummiabsatz auf den rotlackierten Fußnägeln gestanden hatte.

„Oh, bitte sehr,!" sagte ihr roter Mund, die zornig glühenden Augen bewiesen das Gegenteil.

Ich war noch in den Anblick ihres Dekolletee vertieft, da spürte ich die absolut nicht weiche Kante eines Koffers in der rechten Hüfte.

„Es ist nicht gern geschehen" hauchte eine zarte Stimme und die Besitzerin derselben trat mir wie zur Bekräftigung im Vorbeiquetschen auf die Hühneraugen.

Ihr Begleiter schob seinen Saxophonkasten haarscharf an meiner Nase vorbei und massierte mit seinem Ellenbogen beiläufig mein Kinn.

Der Interzonenzug nach Berlin war gerammelt voll. Die Hitze und die Enge in den Wagen machte die Reise zur Qual. Dazu noch so geschubst und gestoßen, erschien es mir unerträglich, acht Stunden in dem schmalen Gang zu stehen. Den letzten Ausschlag gab die zeternde Stimme einer Dame, die von mir verlangte, ich solle doch etwas Platz machen. Sicher hatte sie schon bessere Zeiten gesehen und war gewohnt zu befehlen. Doch ich hatte mir seit 1945 das Gehorchen abgewöhnt.

So fasste ich also den Entschluss, einen Zwanzig-Markschein zu opfern und in die erste Klasse überzusiedeln, was mir bei meinen kritischen Kassenverhältnissen absolut nicht leicht fiel.

Im Wagen erster Klasse umfing mich Ruhe und Geborgenheit.

Alles war hier schöner und besser als in der Klasse des gewöhnlichen Mannes. Vornehme Damen und Herren lagen mehr als sie saßen in den weichen Fauteuils. Über jedem Sitzplatz war noch eine besondere Leselampe angebracht. Sogar die Fenster konnte man sehr leicht mit einer Kurbel herunterdrehen und brauchte sich nicht groß dabei anzustrengen. Außerdem war das untere Viertel der Fenster mit einer Doppelscheibe versehen, um die Reisenden vor Zugluft zu schützen. Welch wohlwollende Fürsorge der Bundesbahn. Schade, dass nur die vornehmen Damen und Herren in den Genuss kamen.

Diese unterhielten sich mit gedämpfter Stimme über vornehme Themen: Kunst und Wissenschaft, Wirtschaft und sogar über das Wohlergehen des Volkes.

Etwas eingeschüchtert öffnete ich die Tür eines Abteils und ließ mich auf den noch freien Platz an der Tür nieder. Die Gespräche stockten für Sekunden.

Neugierige Augen starrten mich an, um sich gleich wieder abzuwenden, so, als wollten ihre Besitzer zum Ausdruck bringen: „Hm, keiner von uns."

Mein Gruß wurde geflissentlich überhört oder mit einem Gemurmel beantwortet.

Von niemand weiter beachtet konnte ich ungestört meine Umgebung studieren. Mir gegenüber saß eine vornehme Dame, Gräfin oder so etwas ähnliches. Jedenfalls entdeckte ich auf einem ihrer kostbaren Ringe eine Grafenkrone. Vielleicht war es auch eine Imitation; so genau kenn ich mich da nicht aus. Auf jeden Fall hochvornehm. Dies wurde auch durch ihre schmalzige Stimme dokumentiert, mit der sie sich mit ihrem Nachbarn – ebenfalls einem vornehmen älteren Herrn mit schon ergrauten Schläfen – unterhielt.

„Ach, sie kennen gewiss auch die Werke von Picasso?"

Ich bewunderte wieder Willen ihre deutliche Aussprache. Sie aß nämlich eine Banane und brachte es fertig, gleichzeitig die Banane zu kauen und ihren Nachbarn in der nettesten Weise zu unterhalten. Einesteils war es ja nicht so schwierig, da er neben ihr saß und deshalb nicht der Gefahr ausgesetzt war, gelegentlich Teile der Banane mitzubekommen. Dafür wurde ich – ihr Gegenüber – mit den wertvollen Vitaminen bombardiert. Ich war gezwungen, die neueste Ausgabe des „Rheinischen Merkur" als Schutzschild zu benutzen, welchen Zweck er hundertprozentig erfüllte.

Picasso schien ihr irgendwie am Herzen zu liegen.

„Ich weiß nicht, aber mir gefallen seine Werke nicht. Sie sind so abstoßend. Ach, er sympathisiert ja auch mit den Russen und Kommunisten."

„Aber" wendet ihr Nachbar ein, „als die Sache mit Ungarn war, hat er sich doch von ihnen distanziert. Das war doch eine eindeutige Erklärung für den Westen."

„Ja, sie haben recht" entgegnete sie geschmeidig, seine letzten Bilder waren ja auch wirklich gut."

Die Banane war alle und die Dame schaute sich suchend nach einem Behälter für die Schale um. Es war keiner da. Sie entdeckte den Aschenbecher. Er war ziemlich klein, doch mit entsprechender Kraftwendung gelang es ihr die Bananenschale hineinzuquetschen.

Damit schien sie noch nicht satt zu sein, denn sie holte aus einer grauen Tüte ein weiteres Exemplar dieser vitaminreichen Frucht und wieder musste ich meine Zeitung als Vitaminauffänger benutzen.

Doch jedes Trommelfeuer geht einmal vorüber, auch die zweite Banane war alle und ich ließ erleichtert die Zeitung sinken. Mein vis-a-vis sah sich wieder suchend nach einem Schalenbehälter um. Sie setzte sogar ihre nach den modernsten Erkenntnissen der Optik gearbeitete Brille ab, um vielleicht mit bloßem Auge das ersehnte Gefäß zu erblicken.

Ja, da war guter Rat teuer. Der Aschenbecher auf ihrer Seite war voll. Sie schielte schon nach meiner Seite hin, doch ich machte ein abweisendes Gesicht. Da hellte sich ihr Blick auf, der rettende Gedanke war wohl gekommen. Sie stand auf, stellte sich in Werferpositur – in diesem Augenblick hätte sie eine ernsthafte Konkurrenz für Marianne Werner abgegeben – und pfefferte mit voller Kraft die Bananenschale ...

Aus dem Fenster?

Nein! Das Fenster war nämlich zu! Die Doppelscheibe in der unteren Hälfte täuschte sozusagen ein offenes Fenster vor. Zudem hatte die Dame ihre Brille abgesetzt. So klatschte die Schale auf die Scheibe, verspritzte die restlichen, noch in ihr verbliebenen Vitamine nach allen Seiten und hinterließ auf der so misshandelten Fensterscheibe einen großen Klecks, der bestimmt eine gute Anregung für einen dieser neumodischen surrealistischen Maler abgegeben hätte.

Alles war starr vor Entsetzen. Steif saßen die Herren in ihrem Polster. Ihre Anzüge, Hemden und Schlipse waren grau gepunktet. Besonders die beiden Herren am Fenster hatten nun plötzlich Sommersprossen im Gesicht.

Die Bananenschale lag unschuldig auf dem Klapptisch am Fenster. Ein Teil umfasste das Glas einer Brille, wie die saugarme eines Tintenfisches ihr Opfer. Ein anderes Schalenende lag auf einer offenen Keksschachtel, als wollte es sich, nach freundlicher Aufforderung, selbst bedienen.

Immerhin war die Werferin sehr geistesgegenwärtig. Sie drehte das Fenster herunter und warf die Schale hinaus. Dann aber fiel sie erschöpft in ihr Polster zurück. Sie war am Ende ihrer Kraft.

Ich hatte beim Wurf instinktiv die Zeitung gehoben. Einmal als Schutzschild gegen weitere Vitamine, zum anderen war es notwendig, meinen Gesichtsausdruck zu verbergen. Das Lachen saß mir im Halse. Als es nicht mehr ging, flüchtete ich auf ein stilles Örtchen, das trotz aller Vornehmheit auch in der ersten Klasse notwendig ist. Hier konnte ich endlich laut herauslachen.

Ich lachte auch noch, als ich das Örtchen wieder verließ und lache noch heute, wenn ich an dieses ergötzliche Schauspiel denke.

Ja, ja, die Schadenfreude!

Das Mädchen mit dem Hund

Sie waren beide unzertrennliche Freunde, ein Mädchen von etwa fünf Jahren und ein großer Schäferhund. Sie hieß Sigrid Wagner und war ein sehr lebendiges und lustiges Mädchen. Ihre Eltern und ihre Freunde nannten sie Sigi oder einfach 'Mädchen'. Sie tanzte und sprang durch die Stuben, manchmal sang sie ein Lied, das sie von der Mutter gelernt hatte.

Jeden Tag ging sie zum Einkaufen. Sie holte die Milchkanne aus dem Schrank und einen kleinen Korb und bat ihre Mutter: „Mutti bitte kämme mich doch mal, ich möchte einkaufen gehen." Die Mutter kämmte ihr die blonden Locken, band eine bunte Schleife in das Haar und gab ihr einen Zettel, auf dem alle die Sachen standen, die beim Kaufmann und beim Metzger geholt werden mussten.

Zum Einkaufen ging sie nie allein, immer war ihr bester Freund bei ihr, ein schöner großer Schäferhund. Er hatte ein rötliches Fell und wurde deshalb Fuchs gerufen, obwohl er außer diesem Fell nichts an sich hatte, was auch nur im Entferntesten an einen Fuchs erinnerte. Sein Fell war weich wie Seide und glänzte in der Sonne; aber auf der Brust war er blendend weiß und warm. Wenn er schnell und weit gelaufen war, spürte man dort den Schlag seines Herzens. Er war nicht bösartig, wie manche Hunde auf der Straße, aber doch ein guter Wachhund. Niemand tat er etwas zu Leide, wenn er in freundlicher Absicht kam. Nur den Vorwitzigen, die es nicht erwarten konnten bis das Gartentor geöffnet wurde, jagte er manchmal einen großen Schrecken ein. Meist versuchten diese Leute mit der Hand durch das Gitter zu greifen, um die Klinke herunterzudrücken oder den Schlüssel umzudrehen. Fuchs stand oder lag in einiger Entfernung an der Haustür und blinzelte in die Sonne, was am Tor vor sich ging beobachtete er ganz genau. War ein Fremder am Gartentor, so schaute er ruhig, aber aufmerksam zu, was dieser machte. Sobald die Absicht des Fremdlings, die Tür zu öffnen, klar sichtbar wurde, sprang er wie ein geölter Blitz an die Tür und bellte den Erschrockenen so an, dass dieser es vorzog, vorerst einmal das Weite zu suchen; denn die Tür war nicht hoch und der Hund hätte mit Leichtigkeit darüber hinwegsetzen können. Doch das lag ihm nicht, sein Revier war der Garten, der sich rings um das kleine Haus erstreckte.

Stieg allerdings jemand über das Tor, so gab es keinen Pardon. Flugs saß er dem Eindringling an den Hosen und riss ihn zu Boden. War niemand da, der ihn zurückrief, so legte er seine beiden Vorderpfoten dem Eindringling auf die Schultern und seine Schnauze dicht an die Kehle. So musste der Mann liegen bleiben, bis ihn der Vater oder die Mutter des kleinen Mädchens erlöste. Unter solchen Umständen wagten es Einbrecher und manch anderes lichtscheues Gesindel nicht, überhaupt nur in die Nähe des Gartens zu kommen.

Natürlich hatte auch Fuchs seine Mucken, sofern man dies als solche bezeichnen kann. Er konnte nicht leiden, wenn ihn jemand foppte und ärgerte. Er merkte sich solche Menschen und in einem geeigneten Augenblick rächte er sich an ihnen. Viele wussten das und hüteten sich wohl, dem Hund ein böses Wort zu sagen. Im Vorbeigehen graulten sie ihn hinter den Ohren oder am Hals, was er sehr gern hatte.

Nur eine Versicherungsvertreterin, sie hieß Xenia, war unbelehrbar. Sie holte alle viertel Jahr die Prämien ab und versuchte bei dieser Gelegenheit den Eltern des kleinen Mädchens immer neue Versicherungen aufzuschwatzen. Schon ihre Stimme war schrill und aufreizend, zudem duldete sie keine Widerrede. Ihr Vorrat an immer neuen Versicherungsarten, die man „unbedingt" haben musste, war schier unerschöpflich. Das Geschäft blühte. Trotzdem hatte sie einen stillen Kummer: Der Hund. Sie sagte nie seinen Namen, obwohl sie ihn kannte, immer hieß er bei ihr „der Hund". Auch Fuchs schien keine große Sympathie für diese Dame zu empfinden. Kaum gellte ihre Stimme durch das Haus, so stimmte er ein lautes Klagelied an. Er heulte in den schauerlichsten Tönen, nicht angriffslustig, sondern tief traurig, eine Art passiver Protest gegen das schwatzhafte Weib. Es half alles Zureden nichts. Da man das Weib nicht zum Schweigen bringen konnte, musste man Fenstern und Türen fest schließen, damit Fuchs die Stimme, die seinen Protest herausforderte, nicht hörte.

Spottlustige Nachbarn erklärten mit ernsthafter Miene, das Tier wittere eine Gefahr und warne die Menschen davor. Wie dem auch sei, Tatsache ist, dass die Dame, bei wiederholten Versuchen, auch die Nachbarschaft in ihr Geschäft mit einzubeziehen, auf menschenleere Gärten und verschlossene Türen stieß. Sie revanchierte sich bei Fuchs für diese Art Geschäftsschädigung mit hinterlistigen Provokationen. Sobald das Gartentor hinter ihr ins Schloss fiel und sie sich sicher wähnte, versuchte sie mit viel „ks ks" und „wuh wuh" das Tier zu reizen. Fuchs wandte kaum den Kopf, doch war damit nicht gesagt, dass er diese Beleidigungen vergaß. Und richtig, das Unheil nahte.

Es war an einem sonnenhellen Tag im Frühjahr. Fuchs lag, die erste natürliche Wärme des Jahres genießend, vor der Haustür in der Sonne. Die Dame von der Versicherung machte gerade einen ihrer Besuche. Türen und Fenster waren fest geschlossen, damit das Tier in seiner Ruhe nicht gestört wurde. Dann ging die Haustür auf und Xenia trat heraus. Sie war eine hübsche Person; blonde Haare, blaue Augen, ein hübsches Gesicht und eine etwas vollschlanke, aber doch gute Figur. Die Dame ging zum Gartentor, öffnete es, hielt im Hinausgehen inne, sah den Hund scharf an, der hob nur gelangweilt etwas den Kopf und zog verächtlich die Luft durch die Nase, da passierte es. Vielleicht hatte der Frühling die Dame unvorsichtig gemacht oder sie fühlte sich zu stark; das „ks ks" kam auf jeden Fall zu früh, das Tor stand noch einen Spalt breit offen, ihre schöne nylonbestrumpfte Wade des linken Beines war noch im Garten und sehr deutlich zu sehen, auch für Fuchs. Er biss nicht fest zu, nur so eben, wie man die Zähne in einen goldigen Apfel gräbt, um zu spüren, ob er hart ist, sie aber schnell wieder herauszieht, weil die Qualität nicht zusagt. Allerdings der Strumpf war hin, das Blut lief auch, also musste ein Arzt geholt werden. Zum Glück war auch Fuchs versichert.

Bei soviel Treue und Klugheit war es zu verstehen, dass das Mädchen Sigi in ihren Fuchs direkt verliebt war. Sie waren unzertrennlich, sie spielte mit ihm, vor allen Dingen ging sie nie aus dem Haus ohne ihren Fuchs. Manchmal legte sie den Arm um seinen Hals und drückte ihn fest an sich. Die Nachbarn kannten die beiden schon. Überall gab es freundliche Blicke und liebe Worte. Ja, es kam vor, dass sich ein Ehepaar gerade zankte, wegen dem angebrannten Mittagessen, den verrauchten Gardinen oder ähnlichen Dingen, was bekanntlich auch in den besten Familien mal vorkommt; da gingen die beiden Freunde, das Mädchen und der Hund, vorbei. Sie hatte die rechte Hand auf den Hals des Tieres gelegt und trug in der linken eine Einkaufstasche und die Milchkanne. Die Schimpfworte verebbten, aller Augen blickten nach dem Paar, man schmunzelte und lachte freundlich und wandte sich wieder seiner Arbeit zu.

Der Mann wusste nicht mehr wo er beim Schimpfen stehen geblieben war, die Frau spülte den Teller, den sie gerade in die Hand genommen hatte, unter der Wasserleitung ab obwohl er schon sauber war und eigentlich einem anderen Zweck dienen sollte.

Die Nachbarn, die vorher wissbegierig der ehelichen Auseinandersetzung gelauscht hatten, ob es im Eheleben etwas Neues gäbe, wussten plötzlich nicht mehr warum sie im Garten standen, nahmen aus Verlegenheit eine Harke zur Hand und harkten den Gartenweg, der es auch mal nötig hatte.

So gingen die Freunde fast jeden Tag den gleichen Weg. Zuerst holten sie beim Metzger etwas Wurst zum Frühstück und für die Brote des Vaters, die er am nächsten Tag zur Fabrik mitnahm. Samstags war Fleisch an der Reihe und oft Gehacktes für die beiden Katzen, den Peter und das Möhrlein, die auch zum Haus gehörten, und etliche Knochen für den Fuchs. Der Fuchs saß während der Zeit des Einkaufs brav vor der Tür, denn Hunde dürfen beim Metzger nicht hinein. Zum Schluss gab die Metzgerfrau oder die pausbäckige Tochter dem kleinen Mädchen zwei große Scheiben Wurst und sagte: „Eine für Dich und eine für den Fuchs, weil er so brav draußen auf Dich wartet." Das Mädchen nahm die Wurst, sagte zu den Metzgerleuten freundlich: „Auf Wiedersehen" und gab vor der Tür dem Fuchs gleich seine Scheibe. Der hatte sie schnell verschlungen und trottete gehorsam neben ihr zum Kaufmann.

Das Mädchen hatte auch schon die Hälfte ihrer Wurst gegessen, da sah sie, dass ihr Freund nichts mehr hatte, schnell gab sie ihm ihre Hälfte noch ins Maul. Dankbar schob er seinen Kopf unter ihren rechten Arm und schmiegte sich an sie.

Beim Kaufmann gab es keine Wurst, nur ab und zu einen Bonbon, dafür schenke ihnen der Inhaber des kleinen Milchladens ein kleines Täfelchen Vollmilchschokolade. Alles wurde redlich geteilt.

Auf dem Weg zum Einholen begegneten ihnen gar mancherlei Leute. Sie waren freundlich und nett zu ihnen. Nur so ein paar Lausbuben, welche die Straße bevölkerten, hatten stets Böses im Sinn. Es waren vier ganz üble Rangen. Bei Dunkelheit erschreckten sie die Passanten, so dass einmal sogar eine ältere Frau ohnmächtig wurde, auf die Straße fiel und durch den Rettungswagen ins Krankenhaus gebracht werden musste.

Der Anführer war der schwarze Robert, ein verwöhnter Junge des reichen Fabrikanten Hirschberg. Er war groß und stark und ging schon Zwei Jahre zur Schule. Die Lehrerin hatte gar große Last mit ihm. Er war nicht dumm, aber sehr faul und wollte nicht lernen. Oft schwänzte er die Schule, um auf der Straße mit seinen Kumpanen, die etwas jünger waren als er, allerlei Allotria und Dummheiten zu treiben. Einmal versuchten sie sogar spät abends in der Dunkelheit einen Kiosk aufzubrechen und Schokolade, Bonbons und allerlei Süßigkeiten herauszuholen. Ein Nachtwächter der Wach- und Schließgesellschaft kam noch rechtzeitig hinzu und konnte größeres Unheil verhindern.

Zu Hause bekamen die Bengels eine gehörige Tracht Prügel, aber was nutzte das. Prügel bekamen sie so oft, dass sie sich schon daran gewöhnt hatten. Die Eltern machten sich viel Gedanken um ihre Kinder, aber ein Mittel, um sie zu bessern, fanden sie nicht.

Der Vater des schwarzen Robert hatte wenig Zeit. Immer nahmen ihn geschäftliche Dinge und „gesellschaftliche Verpflichtungen" in Anspruch. Nur, wenn er von einer neuen Schandtat erfuhr, griff er höchst persönlich zum Stock. „Du wirst noch einmal am Galgen enden", rief er in seiner Wut, wenn der Junge wieder etwas angestellt hatte.

Den Frauen in Hirschbergs Haus tat der Junge leid, weil er doch soviel Schläge bekam. Die Mutter und zwei Tanten, die der alte Hirschberg bei sich aufgenommen hatte, steckten ihm heimlich Süßigkeiten und andere Dinge zu, wenn ihn der Vater wegen irgendeiner Dummheit auf schmale Kost gesetzt hatte. Sonst hatten sie für den Jungen nicht viel Zeit. Sie luden Gäste ein, gaben eine sogenannte Party und ließen sich zu Bekannten einladen. Dann hatten sie sehr viel mit der Schneiderin zu tun, da man ja standesgemäß, immer nach neuester Mode, angezogen sein musste.

Die älteren Geschwister Roberts waren auch schon erwachsen und kümmerten sich nicht um den Nachkömmling. Sie hatten andere Dinge im Kopf.

Der Hauslehrer und Erzieher kam nur stundenweise und nur des Geldes wegen. Innerlich hatte er die Erziehung des Jungen schon aufgegeben.

Robert sonnte sich in dem Mitleid der Frauen und zog gehörig Nutzen daraus. War schon die Prügelerziehung durch den Vater sehr fragwürdig, so musste die Handlungsweise der Frauen ihn vollends verderben. Er wiederum trieb seine drei Freunde zu immer gröberen Untaten.

Das Erste, was die vier taten, als sie das Mädchen mit dem Hund entdeckten war, einen passenden Schimpfnahmen zu suchen. Da ihnen, nach kurzer Beratung, nichts anderes einfiel, riefen sie: „Hundemädchen, Hundemädchen!" Und liefen immer hinter den beiden her. Das Mädchen beachtete die Schimpfereien der Lausebengels nicht. Da warfen sie dem Fuchs Steine zwischen die Beine, um ihn zu ärgern und damit er fortlaufe. Doch auch der Hund ließ sich nicht aus der Ruhe bringen. Das brachte die Bengels in Wut. Nun warteten sie jeden Tag auf das Erscheinen der beiden. Jeden Tag dachten sie sich eine neue Art des Ärgerns aus.

Schließlich wurde ihnen diese Begegnung und Quälerei am wehrlosen Objekt zum täglichen Bedürfnis, wie das Stück Brot, das sie morgens zum Kaffee aßen. Allen voran natürlich jener Robert, Anstifter und Führer dieser kleinen Bande. Es musste die Zeit kommen, da sie wirklich zu Handgreiflichkeiten übergingen, wenn sich nur die Gelegenheit dazu bot.

Eines Tages erschien das Mädchen alleine auf der Straße. Einkaufstasche und Milchkanne trug sie in der linken Hand, doch der Hund, der sonst so brav an ihrer Seite ging, fehlte. Sie machte keinen ängstlichen Eindruck, ruhig ging sie ihren Weg. Nur auf ihrem Gesicht lag ein Schatten von Trauer.

Die Lausbuben schienen sich verspätet zu haben. Das Mädchen kam unangefochten bis zur Metzgerei, da tauchten die Bengels auch schon auf. Während das Mädchen in dem Laden einkaufte, standen sie schräg gegenüber in der Toreinfahrt eines im Krieg halb zerstörten Hauses und beratschlagten, was sie tun wollten. Nun war ja der mächtige Freund und Beschützer des Mädchens nicht da und die Möglichkeit der uneingeschränkten Quälerei gegeben.

Ein kleiner Kerl, den sie „Stift" nannten, schlug vor, den Angriff auf das Mädchen mit einem gehörigen Raub zu verbinden.

„Unsere Gang", so nannte er ihre Bande, „wird über sie herfallen, ihr ein paar derbe Püffe geben und dann blitzschnell mit der Tasche verschwinden. In einer Hausruine wird geteilt und gleich aufgegessen."

Dieser verwegene Vorschlag ging selbst Robert zu weit. „Mensch", sagte er, „wenn so etwas meine Alten erfahren, bin ich total erledigt. Wir wollen doch nicht rauben, nur einen Denkzettel soll sie kriegen, weil sie kein bisschen Respekt vor uns hat."

„Na, klar", meinte Willi, der zaghaftere von den vieren, „wir werden ihr nur einmal tüchtig Angst einjagen, damit sie fortläuft. Vielleicht verschüttet sie dabei noch ihre Milch."

Sie einigten sich schließlich auf die Methode des Angst-Einjagens. Damit die Angst lange anhalte, wollten sie einzeln hingehen. Robert sollte den Anfang machen. Der Rest wartete inzwischen auf der anderen Straßenseite, um sich an der Angst des Mädchens zu erfreuen. Auf diese Weise wollten sie das Mädchen auf dem Heimweg ein Stück begleiten und immer, wenn es niemand sieht, Püffe und Rippenstöße geben.

Die Metzgerfrau merkte gleich, dass mit dem Mädchen etwas nicht ganz in Ordnung war. Sie nahm den Zettel, auf dem Frau Wagner die Sachen zum Einkauf geschrieben hatte und ging daran, Wurst zu schneiden. Während ihrer Arbeit fragte sie beiläufig: „Wo ist denn Dein Freund? Du hast ja heute gar nicht Deinen Hund bei Dir."

„Ach", das Mädchen schluckte, „mein Fuchs ist ganz schwer krank und blutet ganz viel."

„Er blutet?" fragte die Frau voll Teilnahme, „hat er sich denn verletzt?"

„Ja", dem Mädchen standen die Tränen in den kugelrunden Augen und sie konnte kaum noch sprechen. „Gestern ist er in etwas getreten und seitdem blutet er immer mehr und immer mehr."

„Na, ja", sagte die Metzgerfrau, „es wird nicht so sehr schlimm sein. Ich packe für ihn einen extra schönen, großen Knochen ein."

Sie hatte inzwischen alles eingepackt und steckte das Paket dem Mädchen in die Einkaufstasche.

Da rollten dem Mädchen dicke Tränen über die Wangen. „Ach", schluchzte sie, „er ist ja schon so schwach und kann gar keine Knochen mehr beißen."

„Es wird schon wieder werden, liebes Mädchen", sagte die Frau. „Dein Fuchs wird schon bald wieder gesund werden." Bei diesen Worten schnitt sie eine dicke Scheibe Schinkenwurst ab, die das Mädchen so gerne aß und gab sie ihr in die Hand. Sie öffnete ihr noch die Tür und sagte einige tröstende Worte.

Unweit der Tür stand Robert darauf bedacht im rechten Augenblick sein schändliches Vorhaben durchzuführen. Nun stand das Mädchen plötzlich weinend vor ihm. In der linken Hand die Einkaufstasche mit der Milchkanne, in der rechten Hand die Scheibe Wurst. Die Tränen rollten über ihre runden, rosigen Wangen und tropften auf die bunte Bluse und die Wurst, in die sie gerade herzhaft hineinbiss. Er starrte sie an, dann gab er sich sichtlich einen Ruck, trat direkt vor sie hin und fuhr sie an: „Warum heulst Du? Alte Heulsuse! Gib die Wurst her!"

Er riss ihr den Rest der Wurst aus der Hand und stopfte ihn in seinen Mund.

Überrascht blickte sie ihn an. Die Tränen versiegten; nur noch die Streifen, die sie auf den Wangen hinterlassen hatten, waren zu sehen. Die schroffe Anrede schien sie nicht gehört zu haben, denn sie fragte freundlich: „Hast Du einen Hunger Junge? Wie heißt Du? Ich heiße Sigrid, aber Mutti und alle Leute nennen mich Sigi oder auch Mädchen."

Robert starrte sie verblüfft an. Er brachte kein Wort hervor. Schließlich antwortete er gehorsam: „Ich heiße Robert."

Da waren sie auch schon bei dem Kaufmann angelangt. „Wartest Du hier auf mich? Ich bin gleich wieder da", sagte das Mädchen und verschwand im Laden.

Robert wartete an der Tür wo sonst der Hund saß. Seine Freunde standen auf der gegenüberliegenden Straßenseite und machten allerlei Zeichen mit den Händen. Offensichtlich waren sie mit ihm zufrieden und warteten mit Sehnsucht darauf, dass auch sie eingreifen konnten. Er winkte unwillig ab.

Schon nach kurzer Zeit kam das Mädchen wieder zum Vorschein. Der Milchladen war gleich nebenan. Robert hatte kaum zum Sprechen angesetzt, da war sie wieder verschwunden. Als sie wieder herauskam, war die Tasche aufgebeult und offenbar sehr schwer.

„Möchtest Du mir helfen?" fragte sie und schaute ihn mit ihren verweinten Augen an.

Er konnte nichts sagen, nickte nur mit dem Kopf und nahm ihr die Tasche ab. Sie schlug den üblichen Weg in der Richtung des Hauses ihrer Eltern ein: schweigsam ging er neben ihr her.

In etwa hundert Meter Abstand trotteten die drei Kumpane von Robert. „Mensch, der hat sie aber schon mächtig kirre gemacht", meinte der Stift, der immer mit solchen Fachausdrücken aus den letzten Radaufilmen, die sie sich gemeinsam ansahen, bei der Hand war.

„Ich weiß nicht", meldete sich Fritz, „er muss doch endlich richtig anfangen. Ihr einen Schubs geben, die Milchkanne anstoßen, dass sie überschwappt oder etwas Ähnliches."

„Hast Du keine Angst vor mir?" begann Robert erneut das Gespräch.

Sie schaute ihn an. „Warum soll ich Angst vor Dir haben? Du bist doch auch noch ein Kind. Neulich hat meine Mutti zu Vati gesagt: „Die Kinder sind besser als die Großen, noch unschuldig und rein. Sie tun nichts böses, wenn man es ihnen nicht vormacht."

„So, so? Hm! Ich könnte Dir aber jetzt die Milch verschütten."

„Warum solltest Du mir die Milch verschütten, gerade heute, wo ich mehr geholt habe für meinen Fuchs, der ist doch so krank?" Die Tränen liefen ihr wieder über die Wangen, sie weinte.

„Weine doch nicht! Weine doch nicht!" bat Robert. „Es tut Dir doch niemand etwas zu Leide."

„Das weiß ich ja", sie versuchte der Tränen Herr zu werden und wischte sich die Augen aus. „Hast Du noch niemand so richtig lieb gehabt und um ihn geweint, wenn ihm etwas passiert ist?"

„Wen sollte ich lieb haben? Vater gibt nur Prügel, höchstens Mutter, die gibt mir immer Süßigkeiten. Aber ich weiß nicht, warum sollte ich weinen?"

„Und Tiere? Hast Du keine Tiere? Hast Du nicht die Vögel gern, die morgens immer so schön singen?"

„Die Tiere?" Da habe ich noch nicht darüber nachgedacht."

„Ach! Du musst mich einmal besuchen. In unserem Garten sind so viele Tiere und mit meinem Fuchs und Peter und Möhrlein, da kann man so schön spielen. Aber Du gehst ja schon zur Schule nicht? Habt ihr heute frei?"

„Nein!" Robert wurde knallrot, „Es war mir heute nicht gut." Verlegen blickte er zu Boden. „Morgen muss ich natürlich wieder hin."

„Du gehst nicht gern zur Schule?" Das Mädchen war stehen geblieben. Sie schaute Robert vorwurfsvoll an. „Ich komme auch bald in die Schule. Ich freue mich darauf."

„Gern? Ich weiß nicht" antwortete er. „Ich muss halt."

„Wohnst Du hier in der Nähe?" fragte das Mädchen. „Das wäre fein. Da könnten wir jeden Tag zusammen in die Schule gehen."

„Nächste Woche bekommen wir Ferien", sagte Robert plötzlich.

„Ferien? Das ist schön. Da kommst Du mich besuchen. Morgens gehen wir zusammen einkaufen, dann können wir den ganzen Tag im Garten spielen. Da ist auch eine Schaukel und eine Turnstange."

„Meinst Du ich dürfte? Wird Dein Vater nicht schimpfen?"

Sie waren inzwischen an dem Gartentor bei Wagners angelangt.

„Aber nein!" sagte das Mädchen. „Komm; geh gleich mit!"

Sie machte das Gartentor auf und nahm Robert bei der Hand und versuchte, ihn mit sich zu ziehen.

Er wehrte ab. „Nein! Ich mag jetzt nicht. Ich muss nach Hause.

„Kommst Du nächste Woche, wenn Du Ferien hast?"

„Ja, ich komme", sagte er, gab ihr schnell die Tasche und lief rasch weg.

Das Mädchen ging ins Haus. In der Küche lag der Fuchs neben dem Herd. Seine linke Vorderpfote war verbunden und zusätzlich mit Lappen umhüllt, denn das Blut kam überall durch.

„Ach, mein armer Fuchs", sagte das Mädchen zärtlich und ließ sich von der Mutter ein Stück Wurst geben, das sie ihrem Freund ins Maul schob. Dann goss sie ihm noch etwas Milch in seine Schüssel.

„Mutti", erzählte das Mädchen. „Ich habe Robert eingeladen in den Ferien zu mir zu kommen. Wir möchten dann im Garten spielen."

„Welchen Robert?" fragte die Mutter. Sie war eine mittelgroße, kräftige Frau Anfang der Dreißig. Man sah ihr an, dass sie in ihrem Leben viel gearbeitet hatte. In ihrem Gesicht zeigten sich kleine Sorgenfalten, doch es strahlte mütterliche Wärme aus.

„Ach, der auf der Straße immer so die Leute ärgert."

„Ist das nicht ein arger Tunichtgut?" fragte die Mutter besorgt..

„Ich glaube, er ist gar nicht so böse. Er hat mir die schwere Tasche bis vor das Tor getragen. Nur als ich ihn mit hereinnehmen wollte, ist er schnell weggelaufen."

„Er hat sich sicher geschämt", meinte die Mutter. „Das ist eigentlich kein schlechtes Zeichen."

„Nicht wahr Mutti, er darf doch kommen?"

„Natürlich darf er kommen, die Nachbarskinder kommen ja auch. Und", fügte Frau Wagner mit lustigem Lächeln hinzu, „Du kannst ihn ja ein bisschen erziehen."

„Ja", sagte das Mädchen, obwohl das Wort 'erziehen' für sie noch kein rechter Begriff war.

Von seinen Freunden wurde Robert nicht gerade freundlich empfangen. „So was", schimpfte der Stift, „erst eine große Schnauze haben, dann den feinen Mann spielen und die Tasche tragen. Was ist denn mit Dir los?"

„Lass das", wehrte Robert ab, „ich gehe nach Hause."

Das war das Ende ihrer Kumpanei und ihrer schlimmen Taten; denn Robert ließ sich von diesem Tage an nicht mehr bei ihnen sehen und ohne ihn wussten sie nicht was sie tun sollten. Auf dem Platz vor der Kirche warfen sie zwar noch ein paar Mal mit Steinen nach den Tauben, doch bald ließen sie es sein und verstreuten sich unter die anderen Kinder und nahmen an ihren Spielen teil.

Mit Robert ging in diesen Tagen eine gar seltsame Wandlung vor sich. Er wurde still und in sich gekehrt. Stundenlang saß er über einem Buch und grübelte.

„Ich weiß nicht", sagte sein Vater eines Tages zu den Frauen, „Mit dem Jungen ist irgend etwas los. Er ist so still. Ich glaube, er wird krank.

„Du solltest ihn nicht so viel schlagen", erwiderte seine Frau. „Da muss der Junge ja trübsinnig werden."

„Ach was," sagte er grob, „wer nicht pariert, bekommt Schläge."

Die Frau schwieg, denn sie kannte ihren Mann.

Am ersten Tag der Ferien verließ Robert das Haus und ging zu dem Garten, in dem das Mädchen wohnte. Er wagte es nicht ihn zu betreten sondern verbarg sich in einiger Entfernung hinter einer halb verfallenen Gartenmauer. Es dauerte einige Zeit, dann kam das Mädchen heraus. Es trug die Einkaufstasche und die Milchkanne in der Hand und ging die Straße hinunter zur Metzgerei.

Robert verließ sein Versteck und ging ihr nach, aber immer in einem solchen Abstand, dass das Mädchen ihn nicht sehen konnte. Auch auf dem Rückweg verfolgte er das Mädchen wieder. Längst war die Kleine im Garten verschwunden, da stand er immer noch in der Nähe und starrte hinüber. Mit gesenktem

Kopf verließ er seinen Beobachtungsposten und trottete, die Hände in den Hosentaschen, nach Hause.

Am nächsten Tag wiederholte sich das gleiche Spiel. Am dritten Tag trat eine jähe Änderung ein. Wieder stellte sich Robert hinter die Mauer, das Mädchen kam heraus und wollte, wie üblich, zum Einkaufen gehen. Als hätte es den Blick des Jungen gespürt, drehte es sich plötzlich um und schaute nach der Mauer. Robert duckte sich schnell, doch es hatte ihn schon gesehen. Lachend lief es über die Straße. „Robert, Robert!" rief es, „komm heraus. Ich habe dich schon gesehen."

Er saß zusammengekauert hinter den Steinen und rührte sich nicht. Das Mädchen stellte Tasche und Kanne auf das Pflaster und kletterte über die Mauer. „Warum kommst Du denn nicht, ich habe Dich doch schon lange gesehen", fragte es. Als er keine Anstalten machte aufzustehen, fasste es ihn an der Hand und zog ihn hoch. Er folgte gehorsam, mit hängenden Armen stand er da.

„Was ist denn mit Dir? Komm doch mit auf die Straße. Wir wollen schnell einkaufen, dann können wir spielen. Mein Fuchs ist auch bald wieder gesund und darf heute schon im Garten liegen." Es zog ihn auf die Straße. Gemeinsam gingen sie einkaufen.

„Na, Mädchen", begrüßte sie die Metzgerfrau, „Das ist wohl Dein neuer Freund?"

„Ja", sagte das Mädchen, „und Wurst isst er auch gern."

Die Frau lachte und gab jedem eine Scheibe Wurst.

Vom Kaufmann bekamen sie Bonbon und bei dem Milchhändler kleine Täfelchen Schokolade.

Nach ihrer Rückkehr spielten sie im Garten. Fuchs lag vor dem Gartenhaus und schaute zu. Der Tierarzt hatte seine verletzte Vorderpfote verbunden, weil die Wunde noch nicht vollständig verheilt war. Schmerzen hatte er offensichtlich nicht, denn er lag ganz ruhig und blinzelte in die Sonne.

Gegen Abend kam Herr Wagner von der Fabrik. Robert erschrak als plötzlich ein großer, kräftiger Mann vor ihm stand.

„So", sagte der Mann, „das ist also Robert." Er gab Robert die Hand. Sie war hart und voller Schwielen von der schweren Arbeit.

„Junge", dachte Robert und erschrak noch mehr, „wo die hinhaut..."

Doch bei Wagners wurde nicht geschlagen. Auch am nächsten und den folgenden Tagen, als die Kinder aus der Nachbarschaft im Garten waren und es oft sehr laut zuging, verlor Herr Wagner nicht die Ruhe. Nur sorgte er dafür, dass die Kinder pünktlich nach Hause gingen, damit sich die Eltern keine Sorgen machten. Manchmal stand er mit seiner Frau hinter dem verschlossenen Fenster und schaute dem Treiben der Kinder zu.

„Der Robert hat sich ja gut eingewöhnt", sagte er.

„Ja, und wie er sich verändert hat", meinte seine Frau.

„Manchmal ist das gar nicht so schwer und bei soviel Liebe. Sie ist genau wie Du." Er nahm seine Frau in die Arme und küsste sie, aber das hat niemand gesehen.

Das neue italienische Modell

„Du brauchst unbedingt ein Paar neue Schuhe; mit Deinen alten Gurken kann ich mich ja nicht mehr sehen lassen."

„Wieso Du?" Egon Schmidt schaute seine Frau verständnislos an.

„Ja ich!" entgegnete seine Frau Amalie hartnäckig. „Wer wird denn dafür angesehen, wenn Du mit Deinen schäbigen alten Schuhen neben mir über die Hauptwache gehst, wo man ja immer Bekannte trifft?"

„Was soll ich denn mit Dir über die Hauptwache gehen? Ich bin froh, wenn ich zu Hause bin und unsere Bekannten? Ach, ich habe keine Sehnsucht nach ihnen."

„Aber bitte, Egon, verstehe doch, nur angenommen wir gehen zusammen über die Hauptwache; ich könnte genau so gut sagen 'über die Bergerstraße'."

„Ich habe weder an der Hauptwache noch auf der Bergerstraße etwas verloren. Wir wohnen hier in Sachsenhausen und was ein echter Sachsenhäuser ist, der geht mit seiner Frau in den Stadtwald oder in die Mainanlage und genießt die frische Luft. Überhaupt, warum willst Du mich absolut über die Bach nach Frankfurt lotsen? Hast Du Bedarf an Kleidern, Strümpfen, Schuhen oder gar einen neuen Hut, die schon serienweise in unserem Schrank liegen?"

„Egon, jetzt wirst Du ausfallend, das verbitte ich mir, sonst kommen mir die Tränen." Frau Schmidt zog schon mit einer bedrohlichen Handbewegung ihr Taschentuch aus ihrer Tasche.

„Um Gottes Willen! Nur das nicht! Sag was Du haben willst und ich sage Dir ob das Geld reicht."

„Ich persönlich will gar nichts haben, nur ein Paar Schuhe für Dich." Amalie hatte nun wirklich das Taschentuch in der Hand.

Egon unterschätzte in diesem Falle seine treue Amalie. Es ging tatsächlich nicht mehr mit seinen alten Schuhen. Sie sahen nicht nur schlecht aus, sondern ließen bei Regenwetter ungehindert das Wasser ein- und auslaufen. Bei seinem aufreibenden Beruf als Vertreter konnte man ihm wirklich nicht zumuten, noch länger solche Schuhe zu tragen. Es war deshalb absolut keine Schande, wenn ihn seine Frau Amalie innerhalb kurzer Zeit von der Notwendigkeit der Neuanschaffung überzeugte. Am nächsten Samstagvormittag machte er daher eine Pause – trank nicht Coca Cola – sondern ging mit seiner besseren Hälfte Schuhe kaufen; für ihn, versteht sich.

Frau Amalie hatte im Einkaufen Routine. Egon konnte sich also vollkommen ihrer Führung überlassen, obwohl er dem Führersystem, nach den schlechten Erfahrungen der berüchtigten 12 Jahre, abgeschworen hatte. Schaufenster um Schaufenster wurde einer genauen Betrachtung unterzogen, jedoch die eigentliche Einkaufstechnik begann erst, als man in einen vielversprechenden Laden hineinging.

Die Verkäuferin war sehr zuvorkommen. „Die Herrschaften wünschen?“

„Ein Paar Schuhe“, entgegnete Amalie.

„Bitte, die Damenschuhabteilung ist links.“

„Wir gehen aber lieber in die Herrenabteilung, Fräulein“, meldete sich Egon mit einem kleinen Augenzwinkern.

Das Fräulein lächelte verständnisvoll und entschuldigend, ihre Blicke sagten: „Aha, das Schaltjahr.“ Und laut: „Bitte geradeaus.“

„Die Bedienung ist sehr nett“, meinte Egon, „das ist ein gutes Omen.“

„Vielleicht ein wenig zu nett“, bemerkte Amalie spitz und schielte argwöhnisch nach ihrem Gatten, „und das mit dem 'guten Omen' wollen wir noch einmal dahingestellt sein lassen“. Sie ahnte nicht, wie recht sie behalten sollte, allerdings in etwas anderer Hinsicht als sie es meinte.

Wohlgemut ließ sich Egon in einen Stuhl nieder; „es kann losgehen."

Und es ging los.

„Sie legen sicherlich Wert auf die neuesten Modelle?" Bei diesen Worten schleppte das Fräulein eine Menge Kästen herbei.

„Selbstverständlich", meinte Amalie.

Es wurde anprobiert. Nach einigem Hin und Her hatte sie das Richtige gefunden. „Passt er?"

„Er passt", meldete Egon, „aber der hat ja eine so komische spitze Form."

„Das neueste italienische Modell", schaltete sich die Verkäuferin ein.

„Die sind aber doch zu unbequem und werden mich unterwegs drücken."

„Wenn Dich unterwegs nur die Schuhe drücken, dann ist das nicht so schlimm", sagte Amalie sarkastisch mit einem kleinen Seitenblick auf die Verkäuferin. „Überhaupt, was heißt heutzutage bequem? Man muss mithalten und sich nach der Mode kleiden. Nicht wahr Fräulein!"

Diese nickte, von der fraulichen (nicht etwa dämlichen) Energie stark beeindruckt.

Mutig rennt Egon gegen die geschlossene Phalanx der Frauen an.

„Ich möchte ein Paar Schuhe für die Füße und nicht für die Mode. Du weißt doch, Amalie, ich bin grundsätzlich gegen eine Diktatur auch in Modesachen. Mit euch Frauen können sie es ja machen. Ihr zieht einen Ring durch die Nase und geht auf Stelzen, wenn es die dämliche Mode so vorschreibt; aber wir Männer lassen uns nicht vorschreiben, was wir anziehen dürfen und was nicht."

„Aber gnädiger Herr, es will Sie doch niemand zwingen; Sie müssen die Schuhe nicht nehmen", das Fräulein macht sichtlich eine diplomatische Kurve.

„Nun gut", versetzt Egon etwas versöhnlicher, „dann geben Sie mir ein Paar bequeme Schuhe, die vorne etwas breiter sind."

„Die führen wir leider nicht, mein Herr, wer wird denn heute noch so veraltete Modelle in den Laden stellen, wo jeder die neuesten, besonders die italienischen verlangt."

Gerade wollte Egon von wegen verschleierter Diktatur wieder loslegen und über die Verwirklichung der Demokratie ein Kurzreferat halten, da schaltete sich Amalie ein, die befürchtete, dass sich ihr Gatte am Ende noch zu staatsfeindlichen Äußerungen hinreißen ließe.

„Aber Egon!" säuselte sie, „wir sind doch fortschrittliche Menschen und wollen dem Neuen zum Durchbruch verhelfen. Überall ist dieses Modell ausgestellt, es wird viel getragen und sehr gelobt. Sieh dort; der Herr auf dem großen bunten Bild trägt auch dieses Modell. Er lacht und fühlt sich sehr wohl dabei."

„Neu, neu", entrüstet sich Herr Schmidt, „solche engen Schnabelschuhe hat man schon im vorigen Jahrhundert getragen, bis sie der Vernunft weichen mussten; jetzt will man sie uns Männern sozusagen mit etwas verändertem Aussehen aufoktroyieren. Mir ist ganz egal ob das deutsche, italienische oder meinetwegen auch russische Modelle sind, nur vernünftig gearbeitet müssen sie sein und dem Fuß wohltuend, nicht einzwängend. Von der Propaganda lasse ich mich schon gar nicht beeindrucken. Wo würde das denn hinführen? Wer das meiste Geld hat, macht die größte Propaganda, deshalb hat er aber noch lange nicht die besten Modelle."

Wer nun glaubt, dass sich Egon bei solchen vernünftigen und schlagenden Argumenten durchgesetzt hat, der irrt. Egon ist Demokrat und er fügt sich der Mehrheit auch in diesem Falle, obwohl ihm sein Gewissen sagt, dass er falsch handelt und er eventuell bitter dafür büßen müsse. Die Mehrheit siegte, die Schuhe wurden gekauft, Egon zahlte.

Etwa 3 Wochen waren vergangen, da traf ich Egon in der Straßenbahn. Sein Gesicht war schmerzverzerrt.

„Nanu, alter Freund, was schmerzt Dich so?" begrüßte ich ihn.

„Die Mehrheit oder, besser gesagt, das 'neueste italienische Modell', erklärte er mit leidvollem Lächeln.

„Na, wenn Du noch lachen kannst, dann ist es ja nicht so schlimm; aber die Mehrheit? Das neueste italienische Modell? Ich verstehe Dich nicht."

„Komm", meint er, „lass uns auf den Schmerz einen heben."

Gesagt, getan. Wir stiegen aus, suchten uns einen gemütlichen Ort mit Alkoholversorgung und er erzählte mir die ganze Geschichte.

„Ja, was soll ich nun machen?" meine er abschließend.

„Ja, ja", lächelte ich etwas schadenfroh trotz unserer Freundschaft, „die Reue kommt meist nach der Entscheidung und die Rechnung wird nach dem Kauf präsentiert. Übrigens ist die Lösung ganz einfach. Du ziehst eben solche Schuhe an, die Deinen Füßen auf die Dauer wohl tun, wenn sie auch im ersten Moment etwas weniger modern und elegant aussehen."

„Das wäre eine Idee", meinte er, „aber das gibt Stunk."

„Was heißt hier Stunk", entgegnete ich, „auf die Dauer setzt sich sowieso nur das Gute durch. Freilich dauert das manchmal sehr lange. Aber auch Deine Frau wird letzten Endes erkennen müssen, dass sie auf einem falschen Standpunkt steht."

Mein Freund klopfte mir erfreut auf den Arm, „wird gemacht, verlass Dich drauf!"

Wie zu erwarten, gab es ein Nachspiel.

Eines Tages kam Egon von seiner Tour zurück. Seine Frau Amalie schaute ihn von Kopf bis zu Fuß an. Irgend etwas gefiel ihr nicht. Endlich hatte sie es entdeckt. „Egon", ihre Stimme vibrierte gefährlich, „Egon, was hast Du da für Schuhe an?"

Egon wusste was nun kam und bereitete sofort die Offensive vor.

„Ein Paar Neue, Amalie."

„Was, ein Paar Neue und die anderen Neuen sollen wohl im Schrank verschimmeln? Die Du da anhast sehen gar nicht schön und elegant aus."

Egon war die Ruhe selbst, was darauf schließen ließ, dass er eine gute Sache verteidigte.

„Liebe Amalie!" begann er und seine Frau wusste, jetzt gab es keine Widerrede.

„Liebe Amalie! Ich bin absolut für das Neue, für das wirklich Neue, Gute und Richtige. Wenn sich nun aber herausgestellt hat, dass diese Schuhe, die wir gemeinsam gekauft haben, ein Plagiat des vorigen Jahrhunderts und für mich gänzlich ungeeignet sind, so nehme ich mir die Freiheit meine Füße nicht zu vergewaltigen und ziehe diese Fußschrauben nicht an. Meine Schuhe, die ich mir jetzt gekauft habe – noch bevor die anderen abgelatscht sind – sehen zwar nicht so elegant und vornehm aus, doch ich fühle mich sauwohl darin. Wenn auch die Mehrheit der Menschen heute noch dem Glanz huldigt, auch sie werden eines Tages erkennen müssen: 'Es ist nicht alles Gold was glänzt!'"

Die Schlacht

Die Sonne brannte wie in den besten Sommermonaten. Der leichte Herbstwind trug das Feldgeschrei bis in beide Ortschaften. Jeder erfuhr es nun: Die Fehde ist wieder einmal ausgebrochen. Warum? Das wusste meist niemand. Vielleicht fühlte sich Enkheim benachteiligt, weil es im Tal lag und die Sonne prall auf ihm stand oder Bergen ärgerte sich, dass es auf dem Berge schutzlos den kalten Winden preisgegeben war; auf jeden Fall, der Krieg war da und die Kämpfer traten in Aktion. Was ein rechter Bub war, schreien und laufen konnte, nahm daran teil. Wer nicht kam, lief Gefahr, als Laumann oder Muttersöhnchen verschrieen zu werden.

Ach, war das herrlich, zwischen dem Gebüsch und den vielen Obstbäumen auf dem grasbewachsenen Abhang herumzutoben. Mit lautem Geschrei wurde angegriffen und auch weggelaufen. Schreien und Laufen waren nämlich unsere Hauptwaffen. Geschrieen wurde ausgiebig. Die Partie, die den größten Lärm machte, war die Stärkste; die anderen bekamen Angst und gingen laufen.

Einige hatten sich auch mit dem Taschenmesser, auf dessen Besitz jeder sehr stolz war, dünne, aber lange Stöcke aus den Hecken geschnitten, mit denen sie, je nach Geschick, fochten. Dagegen konnte selbst ein Holzsäbelbewaffneter wenig ausrichten, weil er nicht nahe genug herankam.

So hatten wir den Gegner – ich will ihn hier so nennen – schreiend und fechtend bis an die am Ortsrand von Bergen befindlichen Reste der alten Ringmauer zurückgetrieben. Da standen nun die „Bäjer" – so hießen in der schönen Frankfurter Mundart die Bergener Buben – und hielten Kriegsrat. Einige sammelten Erdklumpen, das waren die Geschosse, sofern das Schreien und Laufen nicht ausreichte.

Hier muss ich einschalten, dass es immerhin ein recht humaner Krieg war, den wir führten; denn es gab keine Tote, wenn auch manchmal dieser oder jener Teilnehmer mit einem blauen Auge oder einer Beule auf dem Kopf nach Hause kam. Meist war ja die Ursache falsches Verhalten des Betreffenden. Entweder hatte er nicht schnell genug selbst zugeschlagen oder er war nicht rechtzeitig stiften gegangen. Wenn es ganz „mörderisch" zuging, dienten auch Steine als Wurfgeschosse; aber das war selten, denn niemand wollte ein Blutvergießen.

Bald bemerkten wir, wie einige unserer „Gegner" neben Erdklumpen auch Steine aufnahmen. Zudem bekamen sie unerwartet Verstärkung durch einen älteren Buben mit zwei großen Schäferhunden. Die fletschten die Zähne und zerrten an der Leine. Sie schienen nur darauf zu warten, ihr Gebiss an unserer Hose auszuprobieren. Das wäre sehr peinlich gewesen, denn unsere Mütter verstanden in diesen Dingen keinen Spaß.

Wir beschlossen, dem „Gegner" zuvorzukommen und mit einem überraschenden Vorstoß die Fehde zu beenden. Das war ein schwieriges Vorhaben. Ein steiler Abhang musste bezwungen werden und oben warteten die „Bärjer", bereit, jeden Angreifer mit aller Kraft den Abhang hinunterzustoßen.

Mit wildem Geschrei stürmten wir vorwärts. Erbittert wurde gekämpft. Schließlich flogen auch Steine durch die Luft. Die „Bärjer" suchten hinter den Resten der dicken Ringmauer Schutz und wichen in die Gassen hinter der dort stehenden Kirche zurück. „Ihnen nach", brüllte Adam unserer Anführer. In blindem Eifer liefen einige hinterher und warfen mit Steinen. Das war unfair und rächte sich bitter. Schon nach den ersten Würfen klirrte eine Fensterscheibe. Damit war der Krieg aus. Wie begossene Pudel zogen wir langsam ab. Uns war nicht ganz wohl zu Mute und die böse Ahnung trog nicht.

Zu Hause war es nicht schlimm, das blieb sozusagen in der Familie, außerdem gab es bei uns wenig Schläge. Aber am nächsten Tag in der Schule kam die Sache an die Öffentlichkeit. Unser Klassenlehrer war ein dicker gemütlicher Herr, der den Unterricht oft mit Späßen würzte. Nahm er jedoch den Rohrstock zur Hand, dann wurde es ungemütlich. „Wer war dabei?" Zögernd und erfüllt von bangen Ahnungen standen wir auf. Jeder musste vorkommen und bekam seine Abreibung. Geknickt suchten wir unsere Plätze wieder auf und rieben heimlich den misshandelten Körperteil. Ein Trost blieb uns in der bitteren Stunde, unseren „Gegnern" ging es ebenso. So war das moralische Gleichgewicht wieder hergestellt.

Der Leser irrt, wenn er glaubt, die Schläge hätten dem Kriegführen gegolten. Das wäre ungerecht gewesen, obwohl ich heute der Meinung bin, dass man den richtigen Kriegsvorbereitern die Hosen stramm ziehen soll. Unser „Krieg" war sozusagen Tradition. Schon unsere Großväter haben ihn geführt. Er hatte nichts gemein mit den großen Kriegen. Niemand verdiente an ihm und machte riesige Rüstungsprofite; auch gab es keine Toten. Er war wie heutzutage ein sonntägliches Fußballspiel, nur wurden die Aktiven nicht bezahlt und es gab nicht soviel Verletzte. Deshalb kann man auch darüber schreiben und sagen: „Es war doch schön."

Die Installateure

„Heute ist aber auch gar nichts los". Die Augen von Karl-Heinz gleiten missmutig durch das Zimmer. Er mochte etwa sieben Jahre alt sein und trug eine Brille mit dicken Gläsern, die ihn mit seinen lustigen Augen noch pfiffiger erscheinen lassen, wie er schon ist.

„Uff" stöhnt sein Freund Rolf und legt sich flach auf den Boden. Das hat er von den Sioux-Indianern gelernt, die ihr Ohr an die Erde legen, um das Nahen der Feinde zu erkunden.

„So sind die Großen, lassen uns ganz allein im Zimmer und sagen nicht einmal, wo etwas zu helfen ist." Nachdenklich legt er seine Stirn in Falten.

„Ach ja, Deine Mutter ist genau so wie meine", bemerkte Fritz, der Dritte im Bunde. „Immer haben die Frauen Angst, dass wir etwas anstellen, dabei sind wir doch groß genug um zu wissen, was sich gehört. Gerade deshalb müssten wir heute etwas tun, was von Nutzen ist."

„Ja, richtig!" Rolf ist Feuer und Flamme. „Das müsste aber dann schon etwas sein, was viel Geld kostet, wenn es die Handwerker machen. Aber was kann das nur sein? Ach, mir fällt aber auch gar nichts ein."

Rolfs Mutter hat gerade große Wäsche und war mit der Oma in der Waschküche. Die Frauen hatten natürlich berechtigte Angst, dass die Kinder, wenn sie allein sind, etwas anstellen. Nach einigem Überlegen war man zu dem Schluss gekommen, dass im Wohnzimmer die beste Gelegenheit zum Spielen sei. Draußen war es ein recht nasskaltes Wetter und die Buben hätten beim rein und raus laufen den ganzen Flur schmutzig gemacht. Es wurde ihnen also anbefohlen ja im Zimmer zu bleiben und nicht auf den Hof zu gehen.

Da war natürlich guter Rat teuer. Man konnte doch nicht stundenlang tatenlos herumsitzen. Das Wohnzimmer war zwar schön eingerichtet, aber das interessierte die Buben nicht und so saßen bzw. lagen sie und hielten Kriegsrat.

„Hach, das ist doch klar", die anderen beiden blickten Rolf – der diese Worte rief – erwartungsvoll an. „Wir setzen einen Spülstein" rief er jubelnd und hüpfte vor Freude im Zimmer umher.

„Einen Spülstein, einen Spülstein", sangen sie nun alle drei und tanzten um den Tisch herum wie Rumpelstilzchen um das Feuer. Ihre Augen leuchteten vor Freude.

Vor wenigen Tagen waren nämlich die Installateure im Haus gewesen und hatten einiges repariert. Unter anderem war auch ein neuer Spülstein gesetzt worden. Rolf war den Handwerkern nicht von der Seite gewichen. Alles hatte er sich genau angesehen. Das kam ihm nun gut zustatten.

Jetzt wurden die Aufgaben verteilt.

Fritz holte Hammer und Meißel, die in der untersten Schublade des Schuhschränkchens lagen.

Karl-Heinz besorgte Sand und Wasser.

Rolf zeichnete indessen an die Wand unter dem Fenster einen Plan, wo nach ihrer gemeinsamen Entscheidung der Spülstein hin sollte. So hatte er es dem Handwerksmeister abgesehen.

Als alles Werkzeug und Material da war, ging es los.

Mit Hammer und Meißel wurde unter dem Fenster der Verputz abgehauen. Rolf hielt den schweren Meißel, Fritz fasste mit beiden Händen den Hammer und schlug mit aller Kraft zu. Ab und zu traf er den Meißel nicht, dafür aber die Finger von Rolf. Zuerst verbiss dieser den Schmerz. Als aber der Daumen einen Volltreffer erhielt und dieser sogar anfing zu bluten, da half auch gutes Zureden nichts. Rolf wollte absolut abwechseln. Schließlich stimmte Fritz zu und hielt selbst den Meißel. Rolf legte das Taschentuch von Karl-Heinz als Notverband um seinen Daumen und nahm den Hammer. Die Schläge dröhnten durch das Haus. Manchmal waren sie sogar in der Waschküche zu hören, die ein ganzes Stück vom Haus entfernt war.

Rolfs Mutter horchte auf. „Siehst Du, nun sind sie doch gekommen". Ein triumphierendes Lächeln umspielte ihre Lippen.

„Wer ist gekommen", Oma schaute ganz verständnislos.

„Na, die Elektriker, sie sollten doch Licht in den Keller legen. Da sieht man wieder einmal, was es für einen Zweck hat, die Männer zu schicken. Zweimal war Georg da. Jedes Mal haben sie es versprochen und sind doch nicht gekommen. Gestern bin ich hingegangen und habe dem Becker meine Meinung gegeigt und siehe da, obwohl sie erst Montag kommen wollten, sind sie schon heute da. Ach ja, die Männer lassen sich zu leicht abspeisen."

„Aber dass die Leute so einfach anfangen", wandte die Oma ein.

„Na, die haben jetzt natürlich Angst, noch einmal mit mir ins Gehege zu kommen. Außerdem wissen sie, wie es gemacht werden soll. Trotzdem werde ich nachher noch einmal nachsehen. Man weiß ja nie ...".

Im Wohnzimmer waren die „Arbeiter" inzwischen schwer am Werk. Endlich war es so weit. Unter dem Fenster war ein schönes großes Viereck aus dem Verputz geschlagen.

Rolf wischte sich den Schweiß von der Stirn. „Junge, Junge, das wäre geschafft."

„Nun den Spülstein ran", meinte Karl-Heinz tatendurstig.

„Ja, Mensch, den Spülstein brauchen wir ja noch, das haben wir ja ganz vergessen, sonst hat das Ganze ja keinen Zweck." Zum Glück erinnerte sich Rolf, dass die Handwerker den alten Spülstein im Keller abgestellt hatten. „Auf in den Keller!" Rolf ging voran, weil kein Licht vorhanden war und er die Örtlichkeiten besser kannte.

Es war direkt unheimlich. Durch die kleinen Kellerfenster fiel nur spärliches Licht. An den Händen gefasst tasteten sich die drei langsam vorwärts. Da durchzuckte Karl-Heinz ein eisiger Schreck. Ihm war's, als hielte ihn jemand am Fuß fest und er fiel in den Kellerdreck. Die Ursache war nur eine alte Sprungfedermatratze, an der er mit dem Fuß hängen geblieben war. Schnell rappelte er sich wieder hoch.

Sie fanden den alten Spülstein in einer dunklen Ecke an die Wand gelehnt. Die drei fassten zu und mit „Hau Ruck" ging es los bis zur Treppe. Das war verhältnismäßig leicht. Nun aber die Treppe rauf. Jede Stufe mußte einzeln genommen werden. Es schien, als nehme der Stein an Gewicht zu je höher sie kamen.

In der Mitte der Treppe legten sie eine kleine Schnaufpause ein. Die Brille von Karl-Heinz war angelaufen und er versuchte sie mit dem Rockzipfel zu putzen. Der war aber von dem Hinfallen so schmutzig, dass die Gläser nur noch schmieriger wurden. Da nahm er kurz entschlossen den Hemdenzipfel.

Gerade wollten sie wieder mit „Hau Ruck" weiter, da verdunkelte sich die Treppe. Rolfs Mutter stand am Kellereingang. „Was macht Ihr denn da?" Nichts Gutes ahnend kam sie näher.

Rolf fuhr zusammen, obwohl er sich eigentlich keiner Schuld bewusst war. „Der Spülstein, der Spül..." stotterte er und blieb mitten im Satz stecken.

Helfend sprang Karl-Heinz ein. „Ach. Frau Schmidt, wir wollten Ihnen nur das Geld für die Installateure sparen. Da haben wir gedacht, das bisschen können wir auch selbst machen." Nun war auch er am Ende.

Eigentlich wäre nun Fritz an der Reihe gewesen. Da tönten laute Schreie durch das Haus. „Dina, Dina, komm doch mal schnell her! Ach du lieber Gott! Ach du lieber Gott!"

Den dreien tönten die Schreie der Oma wie die Posaunen von Jericho in den Ohren. (Die Posaunen von Jericho kannten sie allerdings noch nicht).

Die Mutter wurde blass. Sicherheitshalber nahm sie ihren Rolf an der Hand und ging nach oben. Ergeben trotteten die anderen beiden hinterher.

In der Stube stand die Oma vor der Bescherung. Unter dem Fenster blickten dem Beschauer die blanken Ziegelsteine entgegen. Der losgeschlagene Putz lag auf dem frisch gebohnerten Fußboden. Couch und Möbel waren mit einem grauen Staub bedeckt. In der Mitte des Zimmers hatte Karl-Heinz schon mit Sand und Wasser „Mörtel" gemacht.

Zu allem Unglück kam auch noch – angelockt von den Schreien der Oma – der Opa hinzu.

Alles spielte sich nun in Sekundenschnelle ab. Er schrie nicht. Ein Blick genügte ihm. Dann ergriff er mit der einen Hand den Hammer am verkehrten Ende, legte mit der anderen die Buben nach der Reihe übers Knie und versohlte sie mit dem Hammerstiel, dass es eine Art hatte.

Ratlos standen die Buben eine Weile später hinter der Hausecke und schauten sich an. Was war nur in die Großen gefahren? Sie hatten doch alles wie die Handwerker in der vorigen Woche gemacht. Oder war da doch irgendwo ein Fehler?

„Schade", bedauerte Karl-Heinz und rieb sich einen gewissen Körperteil, „wir warn doch beinahe fertig."

Am Fluss

Eigentlich war ich daran Schuld, dass wir nun am Fluss saßen und froren, denn der Sommer drehte in diesem Jahr allerlei Kapriolen. Es war kalt und unsere billigen Badehöschen reichten zum Wärmen nicht aus. Wir froren gottsjämmerlich. Wir konnten ja auch nicht wissen, dass an diesem Tag der Sommer kein Sommer war. Trotzdem empfanden wir es schön am Fluss, nachdem wir uns unter Zähneklappern und Fluchen wieder angezogen hatten. Unser Fluss war doch etwas Einmaliges. Ein frischer Wind wehte das steil abfallende Ufer herauf, es roch nach See, ja man konnte schon sagen: Es roch nach Meer.

Spaziergänger waren heute nur wenige unterwegs. Der Wind war den Menschen wohl zu kühl und er hatte auch über Mittag an Stärke etwas zugenommen. Umso eifriger kurvten auf dem Wasser die Segelboote. Segeln musste ein toller Sport sein. Manchmal lagen die Boote fast flach auf dem Wasser. Die Wellen kräuselten sich ab und zu, ein Zeichen, dass kleinere Böen den Seglern zu schaffen machten.

„Das müsste man auch einmal versuchen." Die anderen drei schauten mich an, um sich gleich wieder der neuen Brücke zuzuwenden, die unweit von uns wie ein Brett auf Pfeilern die beiden Ufer miteinander verband. Sie war einfach, aber doch schön gebaut und passte sehr gut in die Landschaft. Eine kühne Konstruktion aus Stahl und Beton. Nur von zwei Hauptpfeilern, die ziemlich an den beiden Ufern, aber noch im Wasser standen, gingen von Masten getragen mächtige Stahltrossen nach dem Befestigungsschwerpunkt der Brücke über der Mitte des Flusses.

„Das ist nichts für uns." Peter, der kleinste von uns, schaute mich schief von unten an. „Ich meine das mit dem Segeln." Der Heulton einer Schiffssirene zwang mich mit der Antwort noch zu warten. Ein langer Zug schwarzer Kohlenschiffe, von einem kräftigen Schlepper gezogen, kämpfte sich stromaufwärts. Ein Segelboot war offensichtlich zu nahe gekommen und der Schiffer hatte den etwas leichtsinnigen Segler nachdrücklich mit der Sirene gewarnt. Auf dem gegenüberliegenden, etwas flacheren, Ufer waren trotz der kühlen Witterung Zelte aufgebaut. Paddelboote lagen kieloben auf der nur spärlich mit Sträuchern bewachsenen Böschung.

„Du hast wohl Angst?" Ich triumphierte. Endlich konnte ich mal beweisen, dass ich Mut hatte.

„Mut haben und nichts tun kostet nichts", warf Georg ein, den wir nur Wasserkopf nannten. Er hatte einen dicken Kopf und immer eine zu kleine Mütze auf. Der Kohlentrimmer, eigentlich hieß er Egon, sagte nichts. Sinnend schaute er einem Motorboot nach, das gerade aus einem kleinen Hafen hervorschoss und mit laut aufheulendem Motor in Richtung der alten Brücke stromaufwärts immer kleiner wurde und schließlich in der Ferne verschwand.

Von uns Vieren hatte nur ich keinen besonderen Namen, wenigstens nicht offiziell. Natürlich wusste ich, dass mich die anderen drei insgeheim Großmaul nannten.

„Was heißt hier Mut?" sagte ich. „Ihr denkt wohl, ich maulfechte?" Wir waren schon auf dem Heimweg und gingen unter der neuen Brücke hindurch und dann an der Ufermauer entlang bis zu dem Eingang des kleinen Hafens, aus dem das Motorboot gekommen war. Im Hafenbecken waren auf Schwimmern und Pflöcken mehrere Bootshäuser aufgebaut. In den oberen Stockwerken, etwa in Uferhöhe, befanden sich Restaurants. Es war, entsprechend dem kühlen Wetter, wenig Betrieb.

Ein Auto fuhr vorbei und wirbelte eine Menge Staub auf, der uns in die Augen flog. Kohlentrimmer fluchte am meisten, obwohl der doch den Dreck gewohnt sein müsste. Er ist aber kein richtiger Kohlentrimmer, sondern heißt nur so, weil er immer einen dreckigen Hals und schwarze Beine hatte, als komme er gerade vom Kohlentrimmen.

„Der darf hier gar nicht fahren", stellte Wasserkopf sachlich fest. „Das hier ist ein Uferweg und außerdem kann er an der neuen Brücke gar nicht weiter." Tatsächlich hatte er mit der letzten Feststellung recht. Die Straße befand sich hinter der großen Ufermauer, die den fast drei Meter niedriger liegenden Uferweg zur Stadt hin abschloss. Die dahinter liegende Straße sollte von ihr gegen Hochwasser geschützt werden. Sicherlich handelte es sich bei dem Autofahrer um einen Wassersportler, der hier beim Segeln seinen Mut unter Beweis stellen wollte. Wenn mich nicht alles täuschte, sah ich durch die Scheiben sogar Segelfliegerohren. Ich sagte aber den anderen nichts davon, denn in dieser Beziehung hatte der Mann große Ähnlichkeit mit mir.

Im Hafenbecken schaukelten drei Segelboote auf den Wellen. Sie waren angekettet und die Maste umgelegt. „Ich glaube, die sind zu vermieten", Knallkopf stieß mir in die Seite. „Nun? Was ist? Ich mache mit! Oder hast Du etwa Angst?" Er ahmte meinen Tonfall nach. Ärgerlich stieß ich zurück und kletterte über den Laufsteg zum Bootshaus. Am hinteren Ende an einer nicht überdachten Plattform aus Holz lagen die Boote. Eine Tür der Bootshalle stand offen. Doch schien niemand da zu sein.

„Rein und ab" sagte Kohlentrimmer. Bei solchen Sachen war er immer bei der Hand. Ich überlegte noch, ob das ratsam erschien.

„Na, Ihr wollt doch wohl nicht comsi comsa machen", schreckte mich eine raue Stimme aus meinen Gedanken.

„Sehen wir etwa so aus?" Wasserkopf hatte schnell geschaltet und spielte den Entrüsteten. „Verleihen Sie die Boote?" fing ich ganz geschäftig an.

Der Alte schaute uns zweifelnd an. „Ja, schon", sagte er zögernd. „Könnt Ihr überhaupt segeln?"

„Und ob" sagte ich ganz in meinem Element. „Ich bin schon oft ..."

„Die Treppe herunter ..." sagte Knallkopf leise, dass der Alte es nicht verstand.

„... gesegelt" vollendete ich würdevoll, während die drei wie die Kobolde kicherten.

„Ich weiß nicht" sagte der Alte. „Hast Du denn einen Segelschein?"

„Leider habe ich ihn vergessen", erwiderte ich und mir war nicht ganz wohl dabei. „Wir wollten auch gar nicht herunterkommen, aber meine Freunde meinten, ich könnte demnächst wiederkommen und dabei den Schein vorzeigen."

„Gut", meinte der Alte und schaute prüfend zum Himmel. „Aber ich gebe Euch ein ziemlich narrensicheres Boot mit großem Schwert, damit Ihr nicht kentert. So ganz traue ich Euren Künsten nicht."

Wir zahlten vier Mark und lotsten unser Boot durch die schmale Wasserrinne zwischen den Bootshäusern und dem Damm, der den Hafen nach der Wasserseite abschloß. Am Ende des Dammes erfasste die Strömung unser Boot. Schnell setzten wir das Segel.

Vom Ufer aus sah sich das Segeln doch leichter an, wie es wirklich ist. Vorerst steuerte ich das Boot so, dass wir den Wind im Rücken hatten. Dies ging gut und war wunderbar. Das weiße Segel bauschte sich dick auf und trug das kleine Schiff wie eine Feder über die Wellen. Auf der Ufermauer standen drei Mädchen in hellen leichtren Sommerkleidern, die der Wind aufbauschte und winkten uns zu. Stolz winkten wir zurück.

Ich steuerte immer noch geradeaus. Offensichtlich war das im Segelsport etwas ungewöhnlich, denn die anderen Segelfreunde machten sich, sobald wir in ihre Nähe kamen, aus dem Staub oder sagt man beim Segeln aus dem Wasser?

Wir waren schon eine schöne Strecke gesegelt. Es war einfach herrlich. Die Zeltleute am anderen Ufer bewunderten uns und schauten unserem Boot nach. Sie warteten wohl auf ein kühnes Manöver, wie das bei den Seglern so üblich ist. Ich probierte auch einmal eine kleine Kurve. Gleich legte sich das Boot auf die Seite. Meine Freunde zeterten, am lautesten Wasserkopf, dessen Mütze ins Wasser gefallen war. Was konnte ich dazu. Sollte er sich doch größere, passende Mützen kaufen.

Das Boot legte sich noch mehr auf die Seite. Ich bekam es mit der Angst und versuchte wieder die alte Richtung zu steuern. Gott sei dank richtete sich das Boot wieder auf. Die drei sahen mich bewundernd an. Ich lächelte stolz. Doch meine Freude war nur von kurzer Dauer. Inzwischen waren wir nämlich der neuen Brücke bedenklich näher gekommen und es kam darauf an, zwischen den beiden Pfeilern gut hindurchzukommen. Der Zwischenraum war sehr breit für einen der segeln konnte. Für mich war es eine schmale Tür, deren Enge mich ängstigte. Leise fing ich an zu beten. Wenn ich von meinem Platz am Steuer über den Bug unseres Bootes schaute, hatte ich genau den einen Brückenpfeiler im Visier. Ich musste das Boot etwas nach rechts wenden. Langsam drückte ich das Steuer herum, langsam neigte sich das Boot auf die Seite. Wieder zeterten meine Freunde, weil sie den Brückenpfeiler als unser Ziel noch nicht erkannt hatten. Wasserkopf kam sogar nach hinten ans Steuer. Ich richtete das Boot wieder auf. Da tauchte hinter dem Brückenpfeiler eine Reihe Lastkähne auf. Sie machten die Tür, die für mich an sich schon sehr schmal war, noch enger. Wasserkopf fing an zu schimpfen. Ohne etwas zu sagen, richtete ich seinen Kopf nach vorne. Er sah die Gefahr, erblasste und drückte selbst das Steuer herum. Das Boot legte sich so schief, dass ich mit meinen Füßen fast im Wasser stand. Doch ich hatte keinen Durst, sondern gewaltige Angst, weil der Brückenpfeiler uns im Wege war. Der Wind blies jetzt kräftiger. Eine Böe ergriff unser Boot und es flog wie ein Pfeil unter der Brücke hindurch. Zu zweit umklammerten wir das Steuer, aber wir brauchten keine Entscheidungen mehr zu treffen. Wir starrten wie gebannt auf die immer näher kommende Steinwand des Pfeilers. Aber wir hatten einen guten Schutzengel. Das Boot flog dicht an der Wand vorbei und klatschte auf der anderen Seite der Brücke ins Wasser. Wir paddelten und ruderten, um uns über Wasser zu halten und hatten Glück, dass wir nicht unter das Segel gerieten, das nun flach auf dem Wasser lag. Irgendwo hatte ich einmal gehört, dass man ein umgekipptes Segelboot wieder aufrichten kann, wenn man sich geschickt auf das Schwert stellt und so die Kraft hat, das Segel wieder aus dem Wasser zu ziehen. Ich rief den anderen zu, was sie machen sollten und sie kamen alle auf die Seite, wo das Schwert zu sehen war. Gott sei Dank war es ziemlich groß, so dass wir uns alle draufhängen konnten. Aber wie wir dadurch das Boot wieder aufrichten könnten, war uns ein Rätsel. Das Segel trotzte allen unseren Bemühungen und fühlte sich offenbar im Wasser wohl. Erst die Wasserpolizei, die mit einem Motorboot ankam, half uns aus der Patsche und richtete das Boot wieder auf. Lachend sagte der Leiter des Bootes der Polizei: „Ihr solltet mal richtig eine Segelschule mitmachen, damit ihr wenigstens euer Boot gerade auf dem Wasser halten könnt." Wir dankten den Polizisten, aber sie lachten und sagten „Wir machen das doch gerne, die Rechnung bekommt ihr nämlich später." Als wir das Boot zurückbrachten, glaubte uns der Alte nichts mehr von vergessenem Segelschein und was wir noch für Ausreden hatten. Wir sind beim Baden nass geworden, wollten wir ihn weismachen. Aber er lachte uns aus. „Ich gebe euch einen guten Rat" sagte er. „Egal was eure Eltern sagen. Wenn ihr schon gerne segeln wollt, dann macht einen ordentlichen Segelschein. Das ist gar nicht so schwierig, man muss halt nur damit beginnen und auf manches andere verzichten."

Acht Tage später kam ein Strafmandat und eine Rechnung der Wasserpolizei. Jetzt erzählten wir erst unseren Eltern, was uns passiert war. Sie hatten sehr viel Verständnis für uns und meinten „Das hättet ihr uns leicht ersparen können, denn wenn man segeln will, muss man es auch können und dass ihr euch, ohne eine Ahnung davon zu haben, in ein Segelboot setzt und glaubt dann, es ist zu steuern wie ein Motorboot oder wie jedes andere Boot auch, dann habt ihr euch eben geirrt." So kam ich zu meinem wirklichen Segelschein, den ich dann im nächsten Sommer machen musste, denn mein Vater kannte kein Pardon und er denkt sehr praktisch.

Der Held

Man trifft oft Bekannte, manchmal auch solche, die man nicht sehen möchte. Aber so war es bei Fritz und Georg nicht. Sie freuten sich beide, als sie einander ansichtig wurden, klopften sich auf die Schultern und schüttelten sich die Hände.

Obwohl sie beide dem gleichen Kegelklub angehörten, hatten sie sich lange nicht gesehen. Georg hatte nämlich geheiratet und fehlte seit diesem Tag beim Kegeln. Nun flogen die Fragen hin und her, jeder hatte viel zu erzählen und wollte vom andern viel wissen.

Dann greift Fritz das heikle Thema auf: „Sag mal, Georg, warum lässt Du Dich gar nicht mehr beim Kegeln sehen?"

Georg ist etwas verlegen, „Du weißt doch, Fritz, ich bin jung verheiratet und da kann man nicht so, wie man gern möchte."

„Was denn, das mit der Heirat ist doch schon ein Jahr her und die Flitterwochen sind doch bestimmt schon vorbei", Fritz lacht gutmütig und stößt seinen Freund in die Seite.

„Ja", meint Georg etwas kleinlaut, „die Flitterwochen sind vorüber; aber meine Frau möchte nicht, dass ich abends noch weggehe."

„Na, na, Du wirst doch nicht jetzt schon unter dem Pantoffel ...? Weißt Du was, ich gebe Dir einen guten Rat. Heute ist doch unser Kegelabend. Du gehst jetzt nach Hause, schlägst mit der Faust auf den Tisch dass es kracht und schmeißt etwas Porzellan durcheinander. So ein kleiner Krach ist dann der beste Grund den Mantel anzuziehen und ins Wirtshaus zu gehen."

Am Abend sind die Brüder beim Kegeln, da taucht Georg auf. Er wird mit großem Hallo empfangen.

„Na", ruft Fritz, hebt das Bierglas und trinkt Georg zu, „es hat also geklappt? Ja, mein Rezept! Oft erprobt und immer gut gegangen."

„Kann man wohl sagen", Georg tut Bescheid.

„Erzähl doch mal", fordert sein Freund ihn auf.

„Das ging alles sehr einfach und glatt", beginnt Georg. „Ich kam nach Hause, schlug mit der Faust auf den Küchentisch - im Wohnzimmer steht nämlich noch keiner – riss das Geschirr aus dem Küchenschrank, zerschmetterte es auf dem Fußboden und zum Schluss warf ich noch unsere große antike Vase von Tante Emma dazu, denn die hatte mich schon immer geärgert – die Vase meine ich -. Den Mantel an, raus und die Vorplatztür zugeschlagen, dass die Scheiben klirrten, war eins. Jetzt bin ich hier."

Die Kegelbrüder sind begeistert ob solchen Mannesmutes, den sie oft selbst nicht aufbrachten. „Ja und Deine Frau, was sagte denn Deine Frau?" fragen sie gespannt.

„Wieso meine Frau?" Georg ist ganz verwundert. „Die ist doch seit 8 Tagen verreist zu Tante Emma."

Der gute Onkel

„Und einen schönen Gruß von Mutter."

„So, so, von Mutter? Es ist nett von Margarethe, dass sie an mich denkt. Und sonst?"

„Sonst geht es uns ganz gut."

„So, so, ganz gut. Hm; da bist Du also zu Deinem Onkel gekommen um zu sehen, ob es ihm auch noch gut geht?"

„Ganz richtig Onkel, ob es Dir gut geht und ... und ..."

„Na, und ...?"

„Und ob Du mir vielleicht helfen kannst."

„Ich, Dir helfen? Wobei denn? Bei den Schulaufgaben?"

„Nein! Die schaff' ich schon alleine. Ich meinte nur so mit etwas Geld."

„Geld? Wo soll ich denn Geld her haben? Ich bin ein alter Mann und habe mich längst zur Ruhe gesetzt!"

„Ja, Onkel; ich weiß, wenn es Mutter nach gegangen wäre säße ich ja auch jetzt nicht hier."

„Deiner Mutter nach? Wieso?"

„Sie sagte: „Lass doch den alten Geizhals, der rückt ja doch nichts heraus."

„Geizhals? Alter Geizhals, hat sie gesagt?"

„Ja, aber ich dachte: „Der Mensch ist oft besser als sein Ruf und bin doch hergegangen."

„Geizhals hat sie gesagt. So wird man verkannt. Da schufte ich mein ganzes Leben und halte die Moneten immer hübsch zusammen, dann sagt meine eigene Schwester ich sei ein Geizhals und will Dich, meinen Neffen, der in Not, davon abhalten, zu mir zu kommen."

„Aber Onkel, ich bin ja doch gekommen, ich bin ja hier."

„Das war auch Dein Glück, mein Junge, denn wo solltest Du sonst Geld herbekommen? Die Menschen sind ja heutzutage so engherzig. Es ist doch wohl nicht viel?"

„Wie man's nimmt. Ich brauche 200 Mark."

„Was? 200 Mark? Wofür brauchst Du soviel Geld?"

„Ach, Onkel, weißt Du, ich möchte in meinem Urlaub gerne mit dem Motorroller nach Italien fahren."

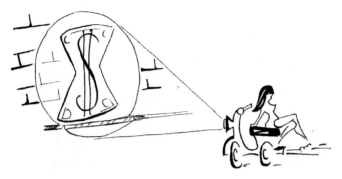

„Sieh mal einer an. Du willst nach Italien fahren und Dein alter Onkel, der sich in seinem ganzen Leben nicht viel gegönnt hat, der soll die Reise bezahlen. Nee, mein Junge, dafür nicht und auch noch so viel. Ja, wenn es 50 Mark gewesen wären, dann vielleicht."

„Es hängt aber für mich sehr viel davon ab. Etwas habe ich ja auch gespart, das reicht aber nicht. Wir werden überhaupt sehr sparsam leben müssen unterwegs."

„Wir? Wer ist wir? Etwa ein Mädchen? Hach, für solche A-benteuer bin ich schon zu haben."

„Ja, das heißt nein..."

„Du kannst mir ruhig die Wahrheit sagen, wenn Du mir etwas vorgaukelst, bekommst Du das Geld nicht."

„Also gut. Da ist Luisa Petzold, die Tochter des Wäschefabrikanten..."

„Was? Mit der Tochter eines Mannes, der mich um Tausende Mark betrügen wollte, willst Du die Reise machen und ich soll mein gutes Geld dafür hergeben? Nein, das schlage Dir mal aus dem Kopf. Wie kommst Du überhaupt an die? Hast Du am Ende etwas Ernstes mit ihr vor? Da rate ich Dir aber dringend davon ab. Das wäre ein Triumph für diesen Knicker: Seine Tochter heiratet den Neffen und Erben seines alten Rivalen und er gelangt auf diese Art und Weise an mein Geld. Das ist doch nicht auszudenken."

„Um Gottes Willen, Onkel, ich will doch nicht heiraten!"

„Papperlapapp, wer weiß was da unterwegs alles passiert. Fahre mit einem anderen Mädchen und Du bekommst das Geld."

„Ich meinte doch nur so ... Lieber würde ich ja mit Lilli fahren, aber ..."

„Aber?"

„Lilli ist arm."

„Na, und? Für was hast Du Deinen Onkel, den Du sowieso einmal beerben wirst?"

„Also in diesem Falle müssten es mindesten 300 Mark sein."

„300? Das ist viel Geld. Früher haben wir solche Abenteuer mit 30 Mark durchgestanden und haben damit eine kleine Rheintour gemacht. Na ja, die Technik schreitet fort und es ist zwecklos ihr Widerstand entgegenzusetzen."

„Das hat doch mit der Technik nichts zu tun!"

„Red' nicht so viel" Du bekommst 300 Mark und fährst mit Lilli. Warte, ich gebe Dir einen Scheck."

„Vielen Dank Onkel, es ist wirklich sehr nett von Dir, dass Du mir so bereitwillig aus der Klemme hilfst."

„Ach, ist nicht der Rede wert, mein Junge. Machs gut und fahr nicht so schnell."

„Auf Wiedersehen, Onkel!"

„Auf Wieder... Halt! Halt! Sag mal, wie heißt eigentlich Deine Lilli weiter?"

„Lilli?" Die heißt ... Lilli? Hm..."

„Nur heraus mit der Sprache. Lilli...?"

„Lilli B...B...P...Palmer."

„Palmer? Palmer? Kenne ich nicht. Ist wohl zugezogen?"

„Ich glaube, ja, zugezogen."

„Ich glaube? Na, kümmere Dich mal etwas gründlicher um Deine Liebste. War ja auch mal jung gewesen, aber den Namen habe ich immer genau gewusst. Na, dann saust mal los und

schickt Eurem alten Onkel mal eine Ansichtskarte, Du und
Deine Lilli."

Der Streit

In der rechten Hand hatte Werner eine Gieskanne voll Wasser. Er trug schwer, setzte aber auf dem Weg zum Garten seiner Eltern nicht ein einziges Mal ab.

Mensch, der hat Kraft, dachte Bernd, der ihn von seinem Platz auf der Schulhofmauer aus beobachtete.

Auf dem Platz vor der Schule spielten, wie jeden Samstag, die älteren Schuljungen Fußball. Der Platz war nicht groß und lag eingezwängt zwischen der Schulhofmauer und dem Weg, der zu den Wiesen und Obstgärten führte, die ihn nach der dritten Seite begrenzten. Nach dem Dorf hin lief der Platz fast spitz zu. Jenseits des Weges waren einige Gärten eingezäunt. Die Arbeiter, die in den wenigen Häusern am Schulweg wohnten, pflanzten hier ihr Gemüse und ihre Kartoffeln für den Winter an. In einem dieser Gärten goss Werner die Gemüsepflanzen, seine langen blonden Haare hingen ihm dabei ins Gesicht. Manchmal warf er sie mit einem kräftigen Ruck nach hinten, was aber nicht viel nützte. Als die Kanne leer war, verließ er den Garten, hakte das Vorhängeschloss wieder ein und schloss ab. Eine Weile schaute er dem Fußballspiel der Jungen zu.

Aus den Wiesen sah Bernd zwei große Burschen kommen. Sie wollten anscheinend ins Dorf. Die kenn ich gar nicht, dachte Bernd. Was die wohl bei uns wollen? Langsam schlenderten die Fremden den Weg entlang. Sie waren schon beinahe bei Werner angelangt. Da flog der Ball vom Platz auf den Weg, der nur durch einen kleinen Graben von ihm getrennt war. Einer der Fremden hob ihn auf und schoss ihn in hohem Bogen in die Gärten. Zuerst waren die Jungen starr vor Staunen, dann schimpften sie. „So eine Gemeinheit! Was wollt ihr eigentlich hier? Macht dass ihr in euer Kaff kommt!"

Die beiden blieben stehen. „Halte Dein Maul, sonst kriegst Du deine Fresse poliert!" rief der eine Theo Kern zu, der ihm am nächsten stand. Er machte Miene, seinen Worten Taten folgen zu lassen.

Da trat Werner auf ihn zu und sagte „Warum hast Du das getan?" Weiter kam er nicht, denn der große von den beiden, er hatte lange schwarze Haare, machte einige Schritte nach vorn und fasste Werner am Kragen. „Dich kenne ich", brüllte er. „Mit Dir habe ich sowieso noch abzurechnen."

Einen Kampf erwartend, sammelten sich die Jungen um die Gruppe. Auch Bernd war von seiner Mauer gerutscht und stieg in der Nähe auf einen kleinen Erdhügel, damit er besser sehen konnte.

Werner fasste die Hand des Angreifers und schleuderte sie von sich. Zuerst schien es, als hätte der Schwarze die Lust am Kampf verloren. Er wandte sich ab und machte einige Schritte in die Richtung, aus der sie gekommen waren. Aber plötzlich sprang er auf Werner zu und schlug ihm mit der Faust ins Gesicht. Das war ein heimtückischer Angriff. Werner stürzte nach rückwärts zu Boden und konnte sich gerade noch mit beiden Händen aufstützen. Dann schnellte er hoch und schlug blitzartig zu. Der Treffer saß an der linken Backe des Schwarzen. Der Schwarze war überrascht, dass ihm hier einer Widerstand leistete. Er hatte wohl mehr damit gerechnet, dass sein Gegner nach seinem überraschenden und kräftigen Schlag am Boden liegen bleiben würde. Er schien unentschlossen, dann wandte er sich jedoch mit seinem Kumpanen zur Flucht. In gehöriger Entfernung ließen sie noch einmal eine Schimpfkanonade los. Niemand verfolgte sie. Werner betupfte mit dem Taschentuch sein Auge. Es war blau und schwoll zusehends an.

„Warum habt ihr ihm nicht geholfen?" fragte Bernd einen der älteren Schuljungen, der schon groß und stark war.

„Ach, das verstehst Du nicht, da bist Du noch zu klein für" wimmelte der ihn ab und ging mit seinen Freunden den Ball suchen.

Das Gewitter

Er sah weder die Heckenrosen am Wege, noch spürte er die Hitze, die schillernd über den abgemähten Wiesen lag. Wie ein Blinder tapste er auf dem schmalen Fußweg den Abhang herauf. Die Sonne brannte ihm auf den kahlen Schädel. Es war drückend schwül und aus dem grünen See im Tal saugten die brennenden Strahlen der Sonne das Wasser, das nun wie dünner, milchiger Dampf nach oben stieg.

Ab und zu verschwand seine Gestalt hinter einer Hecke, tauchte wieder auf, um erneut zu verschwinden, mit jedem neuen Auftauchen mir näherkommend. Ich konnte schon die dicken Schweißtropfen auf seiner Kopfhaut erkennen, welche die Sonne dort hervorzauberte.

Der aufgekommene Wind zerteilte den Wasserdampf über dem See und trieb die Fetzen in den angrenzenden Wald. Bald wurde er zum Sturm, wie er einem heranziehenden Gewitter vorausgeht, peitschte den See, dass sein vorher so sattes grün sich gelblich färbte. Die Sonne verhüllte ihr Gesicht.

Nun stand er auf einer kleinen vorspringenden Anhöhe, starrte auf den See tief unter ihm, mit dessen Wassern der Sturm sein wildes Spiel trieb. Plötzlich hatte er ein Seil in der Hand und warf es geschickt über den dicken Ast eines Baumes. Das andere Ende knotete er zu einer Schlinge und prüfte die Festigkeit. Die Sonne verschwand vollends, er aber suchte auf dem Boden nach einem Stein, auf den er sich stellen konnte.

Ich wollte rufen, aber es wurde nur eine heiseres Krächzen.

Jetzt schien der Mann etwas geeignetes gefunden zu haben; er bückte sich. Da löste sich der Bann. Ich schrie; doch mein Schrei wurde verschluckt von einem gewaltigen Donnerschlag. Blitze zuckten tausendfach und der Himmel öffnete seine Schleusen. Der See lag in düsterem Grau, der Wald war nur noch eine dunkle Masse. Die Gestalt war wie ein Spuk verschwunden.

Mir wurde kalt. Zitternd presste ich mich an den Stamm einer Linde. Da tauchte unweit vor mir der Mann mit der Glatze auf. Er sah mich nicht. Beide Hände hatte er schützend um etwas Kleines, wolliges gelegt und strebte, den Regen nicht achtend dem Dorf zu. Jetzt konnte ich es genauer sehen. Es war ein kleines Kätzchen, das sich fest an seine Brust schmiegte.

Als ich den Dorfrand erreichte, war es schon wieder heller geworden. Zurückblickend erkannte ich in der Ferne den Baum, an dessen Ast das Seil schwerfällig und einsam im Wind hin und herpendelte.

Eis im Blut

Heute war sie wieder da. Sie trug ein hellgraues Kostüm, beste Maßarbeit. Die Haare waren schwarz gefärbt und an beiden Händen trug sie Ringe, die denen einer Fürstin nicht viel nachgaben. Der Leiter unserer Fürsorgestelle schaute ihr lange nach.

Als sie kam, schickte er mich unter einem nichtigen Grund hinaus. Ich hätte das genau so gut auch morgen oder übermorgen erledigen können.

Der Junge, den sie alle vier Wochen hier abholte, war sieben Jahre alt. Es war so vereinbart, dass sie ihn alle 4 Wochen holte. Mehr wusste ich nicht. Wer sie war, wie sie hieß. Ein Name bedeutet nichts. Sie war schön, das sah man, zumindest für einen fast fünfzigjährigen Abteilungsleiter der Städtischen Fürsorge, wie er es war. Der Mann war in sie verknallt, soviel begriff ich auch. Sonst hätte er mich nicht unter einem nichtigen Grund aus dem Zimmer geschickt.

Wie sie ging. Ihr dicker Hintern zeichnete sich unter dem engen Rock des Kostüms scharf ab. Er sah ihr nach. Die Augen quollen fast aus den Höhlen, als wolle er im nächsten Augenblick zuspringen und in ihr fleischiges Hinterquartier beißen.

Im Vorgarten – unser Amt liegt außerhalb der Stadt – drehte sie sich noch einmal um und legte ihre rechte Hand unter die linke Brust, die sich weit wölbte. An der linken Hand führte sie den Jungen.

Ja die beiden hatten etwas miteinander. Der Alte und das junge Weib. Mich empörte es. Nicht weil ich selber ..., nein, dazu war ich zu jung und mein Lehrlingsentgelt hätte kaum ausgereicht, um ihren finanziellen Ansprüchen zu genügen.

Aber das letzte Mal sah ich sie nachmittags mit dem Jungen im Cafe. Sie stopfte ihn voll Sahnetorte und ähnlichen Dingen und unterhielt sich mit ihm. Ob es gut schmeckt, was sie in dem Heim machten, ob er sich wiegen wolle usw.; dabei hielt sie in der rechten Hand eine Zigarette in einer langen Spitze und schielte andauernd nach einem gutaussehenden Mann, der ihr schräg gegenüber saß.

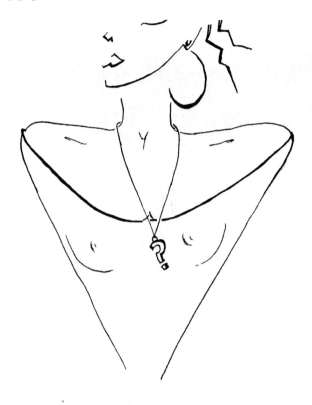

Dann schickte sie den Jungen zum Wiegen, stieß mit ihrem wohlgeformten Fuß an den Schuh des Mannes; der lächelte. Sie tuschelten miteinander, dabei beugte sie sich weit über den Tisch, damit ihr der Kerl in den Blusenausschnitt schauen konnte. Er griente noch stärker und nickte ein paar Mal mit dem Kopf.

Der Junge kam zurück, hielt die Wiegekarte in der geschlossenen Faust. „Rate mal wie viel?"

„Mach keinen Heckmeck", sagte sie grob und nahm ihm die Karte ab.

Sie gingen und ich folgte ihnen, da der Kerl auch aufgestanden war und das Lokal verließ. Vor dem Heim, es ist gleich neben unserem Amt, verabschiedete sie den Jungen. Er drückte sich an sie und suchte Mutterliebe. Sie aber strich ihm flüchtig über den Rücken und schaute zu dem Kerl hinüber, der unweit an der Ecke stand.

Meine Geduld ist zu Ende. Heute will ich unserem Leiter die Augen öffnen. Er schloss das Fenster und drehte sich zu mir um. „Na", sagte er und rieb sich die Hände wie ein Börsenmakler nach einem guten Geschäft, „ist das nicht eine tolle Frau?" Es war das erste Mal, dass er mit mir über sie sprach.

„Ja, aber", stotterte ich, „sie liebt den Jungen ja gar nicht."

„Warum soll sie auch den Jungen lieben. Er ist ihr doch bloß lästig."

„Aber das geht doch nicht", wandte ich ein, „sie ist doch seine Mutter.

Er lachte nur. „Hast Du nicht ihren Sex bemerkt? Das sind Formen. Aber davon verstehst Du ja nichts." Ich wurde glühend rot und schämte mich für ihn. „Aber", versuchte ich es noch einmal, „Sie sind doch Leiter der Fürsorgestelle für unmündige Kinder."

„Leiter der Fürsorgestelle? Ja, dafür werde ich bezahlt. Was ich privat mache hat damit aber gar nichts zu tun. Und heute Abend besuche ich sie, ganz privat, verstehst Du mein Junge?"

Ich wollte es erst meiner Mutter erzählen. Aber sie hat es am Herz und hätte sich furchtbar aufgeregt. Was wollte ich auch. Die beiden passten doch gut zusammen, der Alte und das Weib, sie hatten beide Eis im Blut.

Der unheimliche Schatten

Das Wetter ist nicht dazu angetan, besonders gute Gedanken aufkommen zu lassen. Der Himmel ist dunkel und verhangen. Ein leichter Nieselregen macht das Pflaster feucht und glitschig. Die Bewohner der Stadt bleiben bei solchem Wetter lieber daheim in ihren gemütlichen warmen Wohnungen.

Die Straßen sind leer. Nur ab und zu strebt ein einsamer Spaziergänger mit schnellen Schritten seiner Behausung zu. Auf dem Platz vor dem Kino spiegelt sich die bunte Neonbeleuchtung in einigen kleinen Pfützen und zaubert unnatürliche Reflexe auf das feuchte Kopfsteinpflaster.

Da wird mit einem Schlag die Stille unterbrochen. Das Kino öffnet seine Pforten und spuckt eine lange Menschenschlange auf die Straße. Vor dem Kino streben die Besucher nach allen Seiten auseinander. Ein Teil geht links, der andere rechts die Straße hinunter. Nur wenige überqueren den Platz oder bleiben – sich rege unterhaltend – noch eine Weile vor dem Kino stehen.

Es sind meist Jugendliche, die das Kino verlassen. Gesprächsfetzen wie: „Na er hat's ihm aber gegeben..." „... Polizei hat sich verdammt dumm angestellt!" „... Der Gauner war ein schlauer Bursche." dringen an das Ohr des Vorübergehenden. Es muss wohl ein Gangsterfilm gegeben worden sein, wie sie dem Publikum heute vielfach vorgesetzt werden. Ein Blick auf die schreiende Ankündigung über dem Kinoeingang bestätigt dies.

„Der unheimliche Schatten" steht dort in großen ausgefransten Buchstaben. Zu allem Überfluss ist dieser Schatten auf der linken Seite des Schildes zu sehen. Deutlich sticht seine Pistole von dem hellen Hintergrund ab.

Es dauert nur wenige Minuten, dann hat sich die Menge vollends verlaufen. Das Eisengitter wird zugezogen und der Eingang des Kinos verschlossen. Die letzten Nachzügler machen sich auf den Heimweg. Wieder liegt der Platz verlassen da.

Einige Straßenecken weiter gehen zwei der Nachzügler. Der eine trägt einen Anorak und hat die Hände tief in die Taschen seiner Manchesterhose mit den nach unten eng zulaufenden Beinen vergraben. Die Gummisohlen seiner Schuhe quietschen auf dem nassen Pflaster. Er mochte 17 Jahre alt sein.

„Nein, Werner, ich möchte da nicht mitmachen. Was würde meine Mutter sagen?"

„Ach, Du hast Angst, das ist alles!" entgegnet der mit Werner angeredete unwirsch. „Immer schiebst Du Deine Mutter vor. Braucht sie denn etwa kein Geld? Oder glaubst Du, sie wird Dir ein Moped von der Kriegshinterbliebenenrente kaufen? Von den paar Pfennigen. Nee mein Lieber, wenn wir vorwärts kommen wollen, müssen wir Geld machen. Und wir können das innerhalb ganz kurzer Zeit. Meine Idee!" Er wirft sich in die Brust und sieht seinen Freund von der Seite an.

„Soll es mir etwa genau so gehen wie meinem Vater? Sein ganzes Leben hat er geschuftet und was ist dabei herausgekommen? Na, ich brauche Dir das nicht zu erzählen. Ich will jedenfalls hochkommen, und Geld haben, und Auto fahren, an die Riviera oder Gott weiß wohin. Nur nicht schuften für andere, die nicht nur ein, sondern mehrere Autos haben und über unsereins hinwegsehen, als wären wir Dreck. Die Ellenbogen muss man gebrauchen. Diese Herren haben das auch so gemacht."

Heinz hat den Redeschwall seines Freundes wortlos über sich ergehen lassen, jetzt unterbricht er ihn: „Glaubst Du etwa, dass alle Geldleute mit Stehlen angefangen haben?"

„Na, jetzt halt mich doch nicht für so doof. Ob gestohlen oder nicht gestohlen, vom Arbeiten sind sie jedenfalls nicht so reich geworden. Sag mir doch mal: Wie viel verdient bei Euch in der Bude ein Durchschnittsarbeiter?"

„Ja, so um die zwei Mark."

„Du bist großzügig, aber bleiben wir bei den zwei Mark. Im Jahr wären das 4680 Märker und da gehen noch die Steuern usw. ab. Rechnen wir rund 4000 DM. Er arbeitet 50 Jahre, dann hat er rund 200 000 DM verdient. Jedes Kind weiß, dass man mit 90 DM in der Woche gerade so leben kann. Größere Sachen werden auf Pump gekauft. Wie kommt es nun, dass es Leute gibt, die Millionen besitzen? Da stimmt doch was nicht? Na, fällt endlich der Groschen?"

„Siehst Du, die Amerikaner sind ehrlich. Sie zeigen das ganz klar in ihren Filmen. Jeder ist des anderen Feind, einer begaunert den anderen. Der eine brutal und offen, der andere versteckt. Wer es tut sitzt oben, wer es nicht tut, bleibt ewig unten, Kuli für die Geldsackleute."

Heinz ist sehr nachdenklich geworden. Schließlich gibt er sich einen Ruck. „Gut, ich mache mit."

„Siehst Du, ich habe ja gewusst, dass Du Mumm in den Knochen hast."

Sie biegen in die Straße hinter dem Park ein. Der Regen ist mittlerweile etwas stärker geworden. Am Park bleiben sie stehen und schauen sich um. Niemand ist zu sehen. Langsam und immer Umschau haltend gehen sie weiter.

„Es ist alles gut vorbereitet", Robert flüstert als könnte jemand hinter ihnen stehen und zuhören. „Ich habe eine Menge Dietriche, außerdem liegt eine Brechstange und ein Sack im Gebüsch."

Die Straße macht nun eine Biegung. Vor ihnen zeichnet sich die Silhouette eines Kiosk ab. Die beiden nähern sich vorsichtig. Sie schleichen um das Häuschen herum.

Keine Menschenseele, alles ist still.

Werner untersucht die Fenster und die Tür. Die Fensterläden sind durch massive Eisenstangen gesichert, die innen verschraubt werden. Außer dem üblichen Türverschluss hängt noch ein Vorhängeschloss an der Tür. Er fummelt mit einem Eisen daran herum.

„Menschenskind! Es ist schon auf. Ich glaube der Idiot hatte gar nicht abgeschlossen."

Nun zwängt er das Eisen in den Türspalt, sie gibt sofort nach.

„Geh schon rein, ich hole nur den Sack."

Heinz betritt den dunklen Raum. Obwohl er nichts erkennen kann, hat er plötzlich das Gefühl, dass sich schon jemand im Raum befindet. Heiß und kalt läuft es ihm über den Rücken. Wenn die Polizei... Ach, Unsinn! Wer konnte schon wissen, dass sie heute so ein Ding drehen wollten.

„Na, Bürschchen! Hebe mal die Hände hoch." Die Worte kommen leise aber bestimmt aus dem Dunkel. Dabei ist der Tonfall eher wohlwollend denn feindlich. Doch das merkt Heinz nicht. Ihm schlottern die Knie vor Angst. Es sitzt ihm wie ein Kloß im Hals. Zu allem Überfluss fühlt er noch den Lauf einer Pistole im Rücken. Kalter Schweiß tritt auf seine Stirn. Wo blieb nur Werner? Warum hilft er ihm nicht?

Eine Hand tastet seine Taschen ab. Jetzt kann er schon die Umrisse eines großen breiten Mannes erkennen.

„Na, wo ist denn Dein Kumpan? Wohl ausgerissen? So ein Hasenfuß! Du kommst mir gerade recht. Ich kann das Zeug sowieso nicht allein tragen. Hier schnapp mal den Sack."

Der Mann schiebt ihm das Ende eines Sackes in die Hände. Er ist nur zur Hälfte gefüllt und nicht besonders schwer. Mit Leichtigkeit legt ihn Heinz auf die Schulter.

„So, mein Junge, und nun gehst Du durch den Park bis zur Straße auf der anderen Seite. Diese überquerst Du und verschwindest in der Laubenkolonie, die sich von dieser Straße bis zur Bahn hinzieht. Am ersten Querweg wird im Gebüsch gewartet bis ich komme.

Nun mach schon, sonst greift uns noch die Streife, die ist sowieso schon fällig."

Heinz erhält einen Rippenstoß und trollt davon.

Der Weg durch den Park ist nicht gefährlich. Hier kommt um diese Zeit niemand hin. Die Gedanken wirbeln ihm durch den Kopf. Was soll er nur tun? Den Sack wegwerfen und stiften gehen? Aber das ist zu gefährlich. Sicher geht der andere in einiger Entfernung hinter ihm her. Er lauscht, hört aber keine Schritte. Vorsichtig schielt er zurück, nichts, nur Dunkelheit und Büsche und Bäume. Da ist auch schon die Straße. Er bleibt stehen. Doch jetzt gibt es kein Besinnen mehr. Schon hat er den Fuß auf der Straße. Da nähert sich ein Geräusch. Nur schnell zurück. An allen Gliedern zitternd lässt er sich in ein Gebüsch fallen. Ein schwaches Licht kommt näher und entfernt sich wieder.

Ein Radfahrer. Er rappelt sich auf. Über die Straße muss er sowieso um nach Hause zu kommen, und wenn schon, dann wird der Sack mitgehen. Daheim konnte man dann schon überlegen, was mit dem Zeug anzufangen ist.

Der schmale Weg zur Laubenkolonie bog ein paar Schritte oberhalb der Straße ab. Heinz hat ihn bald erreicht, da wird die Straße von starken Scheinwerfern erhellt. Ein Auto nähert sich in Richtung der Stadt fahrend. Heinz kann gerade noch die wenigen Schritte zum Fußweg machen, dann wirft er sich flach auf die Erde. Ein Gebüsch oder eine andere Deckungsmöglichkeit ist nicht in der Nähe.

Es dauert eine Ewigkeit bis der Wagen vorbei ist. Jetzt verlangsamt er noch sein Tempo, so, als suche er etwas.

„Die Streife" schießt es Heinz durch den Kopf. Noch fester schmiegt er sich an den Boden. Warum hatte er sich nur in diese verdammte Sache hineinziehen lassen. Das Licht der Scheinwerfer huscht über ihn weg. Er wagt kaum zu atmen.

Da – Heinz droht das Herz stillzustehen – kurz hinter der Abbiegung hält der Fahrer an. Er hört Männerstimmen und Schritte nähern sich.

„He! Was ist denn mit Dir los?"

Heinz wagt nicht aufzublicken. Ohne Zweifel war das die Polizei.

„Nanu, betrunken?" hört er eine zweite Stimme fragen.

„Nein," meint der erste, „das scheint mehr zu sein. Betrunkene pflegen sich nicht so stilgerecht und noch dazu mit einem Sack auf die Straße zu legen."

„Na, mein Junge, steh mal auf!" Eine Hand fasst Heinz am Oberarm und zieht Heinz empor. „Na, siehst Du wohl, er lebt ja noch."

Nun steht Heinz auf den Beinen. Er bringt kein Wort hervor. Die Polizisten fragen auch nicht viel. Sie schauen in den Sack und dann wissen sie Bescheid. Schnell wird er in das Auto verfrachtet und dann fahren sie los.

Auf dem Revier macht Heinz einen kläglichen Eindruck. Er erzählt die Geschichte mit dem fremden Mann mit der Pistole, den er nur schattenhaft gesehen hat und der ihn gezwungen hat, mit dem Sack auf dem Buckel loszugehen. Nur Werner erwähnt er nicht.

Die Polizisten lachen.

„Sag mal, mein Lieber, warst Du vielleicht gestern im Torkino?"

Heinz bejaht, erstaunt und ängstlich von einem zum anderen blickend.

„Da haben wir's", sagt der Frager und fügt zu seinen Kollegen gewandt hinzu: „Dort wird nämlich so ein Verbrecherfilm gezeigt. Hauptproblem ist, der Gangster braucht ein Alibi und dann ist er gerettet. Da hat sich dieses Bürschchen so ein nettes Märchen ausgedacht. Na, wir werden ja sehen."

Niemand will Heinz die Geschichte glauben. Die Polizei will nur wissen, wer sein Kumpan war. Man hatte die Brechstange gefunden und an ihr sowie an der Tür und an dem Regal Fingerabdrücke festgestellt, die nicht von dem Inhaber des Kiosk herrührten.

Die Fingerabdrücke an dem Regal sind von Heinz. Dort hatte er sich, als er den Raum betrat, festgehalten. Die an der Tür und an der Brechstange sind noch nicht identifiziert.

Es dauerte nicht lange, dann wird Werner gebracht. Als Eigentümer der Brechstange hatte sich ein Handwerker in Werners Hof gemeldet.

Nun gibt er zu, dass er sie dort weggenommen hat.

Die Fingerabdrücke stimmen, die Beweiskette ist geschlossen. Nur das Hauptdiebesgut ist nicht zu finden. Es soll nach Angaben des Besitzers des Kiosk noch ein ganzer Sack voll gewesen sein, außerdem wenigen, was man bei Heinz fand. Die Polizei vermutet – und das entspricht der Logik – dass Werner das Diebesgut auf die Seite geschafft hat.

„Die Angeklagten sind zwar noch jung, aber verstockt und bleiben beim Lügen", erklärt die Stimme des Staatsanwalts bei seinem Plädoyer und beantragt sechs Monate Gefängnis und Überführung in eine Erziehungsanstalt.

Der Verteidiger spricht nicht sehr lange. Insbesondere beklagt er sich über die schlechten Filme, die auch im vorliegenden Falle die Hauptursache der Straftat der beiden Angeklagten sei. Er spricht auch von Gangsterliteratur, die die heutige Jugend verderbe und die Eltern, die angeblich ihre Kinder nicht richtig erziehen.

Das Gericht zieht sich zur Beratung zurück.

Nach einer kurzen Weile wird das Urteil verkündet: Sechs Monate Gefängnis für beide Angeklagte und Erziehungsfürsorge.

Die Angeklagten werden abgeführt. Sie sind völlig zerknirscht. Ihr Blick ist auf den Boden geheftet, als sie den Gerichtssaal zwischen den Beamten in den grünen Uniformen verlassen.

Der Film, „Der unheimliche Schatten" läuft noch heute.

Maria Hagenfeld und der Gelegenheitsdieb

Er ging die Straße entlang wie einer, der recht viel Zeit hat. Ab und zu blieb er vor einem Schaufenster stehen als würden ihn die ausgestellten Waren interessieren. Oft zögerte er, ob er nicht in den Laden gehen sollte. Dann ließ er es doch wieder sein. In seinem Gesicht zeigte sich Mutlosigkeit und Traurigkeit. Besonders seine Augen waren müde von vielen Enttäuschungen in seinem Leben. Unter dem Arm trug er eine alte Aktentasche, die nur zur Hälfte mit verschiedenen Sachen angefüllt war. In seiner Hand hatte er einen Packen Ansichtskarten, die er offenbar zum Kauf anbieten wollte. Er hieß Robert Badolio. Dem Namen nach hätte man ihn für einen Italiener halten können, das traf jedoch nicht zu. So genau wusste das allerdings niemand. Sein Vater, der vielleicht darüber hätte Auskunft geben können, lebte nicht mehr. Niemand in der Nachbarschaft hatte ihn je gekannt, obwohl die Badolios schon sehr lange in der Stadt und in dem alten Haus des Schusters wohnten.

Richard selbst hatte seinen Vater nie gesehen. Im Sommer 1916 - das Hurra-Geschrei war schon etwas verebbt - traf die Nachricht von seinem "Heldentod" in der Heimat ein. Damals wohnten die Badolios noch auf dem Land. Die Mutter trug Richard unter ihrem Herzen, als sie der Schmerz über den Verlust ihres Mannes auf das Krankenlager warf. Tagelang lag sie im Fieber, schließlich setzte sich ihre starke Natur durch und sie genas.

In der Zeitung erschien eine Todesanzeige und ein Nachruf des Bürgermeisters: „...fand den Heldentod, ...ein Beispiel und Vorbild, ...wir werden ihn nicht vergessen."

Doch all' die schönen Worte halfen der Mutter nicht. Bis zuletzt musste sie in der Munitionsfabrik arbeiten, dann fuhr man sie ins Krankenhaus, weil man den weiten Weg zum Dorf nicht mehr wagte. Es war eine Frühgeburt.

162

Man sagt, dass sich Leid und Schmerz in der Zeit der Schwangerschaft auf die Kinder auswirken. Sicherlich ist das nicht klar erwiesen. Im Falle von Robert könnte es eher der Steckrübenwinter von 1917 und der Hunger gewesen sein. So, wie die Dinge lagen, wollte der Junge Robert nicht so richtig gedeihen. Er besuchte die Schule und war eigentlich kein schlechter Schüler, im Gegenteil, sein Geist war hell wach und er konnte das, was der Lehrer ihnen erzählte und vorgab, schnell erfassen. Als er aus der Schule kam, war er kränklich und schwach. Er bekam trotz der relativ guten Zeugnisse keine Lehrstelle, denn kein Meister wollte einen Lehrling, der wochenlang fehlte. Da nutzten ihm auch seine verhältnismäßig guten Schulzeugnisse nichts. Er musste Hilfsarbeiten annehmen.

Nun war er schon über vierzig und hatte keinen richtigen Beruf. Er verkaufte Ansichtskarten. Die Wochen vor Weihnachten, Neujahr und Ostern wusste er geschickt auszunutzen, um Glückwunschkarten an den Mann zu bringen. Diese Wochen stellten für ihn, wie für seine begüterten „Kollegen", die hinter einer Theke standen und einen Laden ihr Eigen nennen konnten, die Hochsaison dar. Sonst bot er in den Kur- und Badestädten Ansichtskarten an. In seinem grauen Lodenmantel fuhr er von Stadt zu Stadt und über Land, immer die billigen Wege ausnutzend und war froh, wenn er am Wochenende oder Wochenanfang, seine „Reisespesen", die niedrig genug waren und sein bisschen Essen heraus hatte; denn er war kein Streber, der „über Leichen geht", wie der Volksmund sagt.

Eine Unterkunft hatte er durch einen mitleidigen Nachbar erhalten, der ihm nach dem Tode seiner Mutter eine kleine Dachstube überließ, die er sich notdürftig einrichtete und nun bewohnte. Die Miete war nicht hoch, trotzdem kam er oft in Rückstand. Nur unter größten Anstrengungen gelang es ihm dann, den Vermieter zu beschwichtigen und einen Ausgleich zu schaffen.

An solchen Tagen, da ihn die Verzweiflung packte, wurde ihm sehr oft bewusst, dass er in seinem Leben gegenüber vielen anderen Menschen benachteiligt war. Warum konnte er nicht solche Eltern haben, die in der Lage waren, seine Zukunft zu sichern. Der Wohlstand, den er aller Orten sah, verbitterte ihn. In solchen Augenblicken fiel es ihm schwer, seine Karten anzubieten. Er war aufgeregt, seine Hände zitterten; doch er bezwang sich, denn er musste ja leben.

Oft ging er in ein vornehmes Restaurant oder Café, um seine Karten zu verkaufen. Die Menschen schauten ihn an, meist war eine Dame dabei, die den Mann im Lodenmantel geringschätzig musterte und ihrem Kavalier einen flehenden Blick zuwarf, sie doch von der Gegenwart dieses Menschen zweiter Klasse zu befreien. Meist genügte schon ein empörter, scharfer Blick, um Robert hinwegzuscheuchen. Dann flackerten seine kleinen, schwarzen Augen ängstlich, als habe er keine Behördliche Zulassung oder ein schlechtes Gewissen, weil seine ärmliche Erscheinung nicht in diese vornehme Umgebung passte. In der Angst und Verlegenheit überschlug er einige Tische und wagte erst am dritten oder vierten Tisch einen neuen Vorstoß.

Oft unterhielten sich auch die Gäste über ihn. Sie lebten im Wohlstand und fühlten sich weit über ihm stehend. Sie sagten: „Warum arbeitet er denn nicht? Überall werden Leute gesucht. Er ist wohl zu faul dazu. Ja, ja, viele Menschen haben zwei linke Hände."

Arbeiten? O, er hatte schon versucht eine geordnete Arbeit zu bekommen. Zuletzt auf dem Bau, da sagte der Polier mit einem mitleidigen, verächtlichen Blick auf seine kleine, schmächtige Gestalt: „Sie sind ja nur eine halbe Portion und bei dem hohen Lohntarif? Wenn ich noch so ein paar von Ihrer Sorte bekomme, können wir den Laden zumachen. Im Akkord kommen Sie schon gar nicht mit."

Wie ein geprügelter Hund schlich Robert von dannen.

Er hätte natürlich auf einem Büro wirklich etwas leisten können. Früher hatte er schon oft dort gearbeitet. Aber mit zunehmendem Alter nahm auch seine Langsamkeit zu, die ihm dann keine Chance ließ. Außerdem kamen die vielen neuen Geräte. Es wäre notwendig gewesen, Lehrgänge zu besuchen, aber wer schickte ihn schon zu einem Lehrgang hin. Jüngere Kräfte sind flinker als ein Mann von vierzig Jahren, zudem beanspruchen sie kein zu hohes Gehalt. Was nützte da schließlich seine schöne Handschrift und sein Wille zu arbeiten. Er stellte keinen großen Aktivposten in der Kalkulation dar. Außerdem wurden gerade die Älteren von den Unternehmern unter irgendwelchen Vorwänden abgeschustert. Darauf kam es aber an, selbst gelernte Kräfte hatten unter diesen Tatsachen zu leiden. Wie sollte es ihm, dem ungelernten, unter solchen Umständen besser gehen?

Er war ein Greis, er war es schon mit dreißig. Die nach vorne gebeugten Schultern, der eigentümliche greisenhafte Gang, die linke Körperseite immer etwas nach vorne gedrückt, die Unsicherheit beim Gehen, wegen der ihn seine Mitmenschen auslachten; alles erinnerte an einen vom Leben und den Sorgen des Alltags ausgelaugten Menschen. Nur sein Gesicht wies den Beschauer darauf hin, dass dieser Mann noch nicht so alt sein könne. Als wolle die Natur hier einen Ausgleich schaffen, hatte sie seinem Gesicht eine frische, rosige Farbe gegeben und erhalten. Die leicht gewölbte Stirn mündete in eine kurze Glatze, die von den schwarzen Haaren hell abstach.

Entgegen seinem sonstigen greisenhaften Eindruck entwickelte er im Kartenverkauf, den er sich nun zum Broterwerb erwählt hatte - soweit man unter diesen Umständen überhaupt noch von wählen sprechen kann - trotz geradezu vernichtender Rückschläge, eine unnachahmliche Energie. Viele, die sich zu den sogenannten besseren Schichten zählen, hätten lieber zum Strick oder Gift gegriffen - das damals gerade Anfing modern zu werden - als unter solchen elenden Bedingungen sein Brot zu verdienen. Natürlich wagte er es, wenn er aus einem Cafe oder Restaurant hinausgewiesen wurde, nicht gleich wieder am nächsten Tag dort hineinzugehen. Solche Lokale waren ihm dann für einige Tage ein Gräuel. Er stellte sich lieber irgendwo an eine Straßenecke und bot seine Karten an, obwohl dort der Absatz wesentlich schlechter war. An manchen Tagen dauerte es Stunden, bis er die ersten drei Karten verkauft hatte. Schließlich trieb ihn die rückständige Miete und der Geldmangel doch wieder dazu, den Schritt in die Restaurants zu wagen.

An solchen Tagen kam ihm sein kärgliches Leben so richtig zum Bewusstsein. Er haderte mit seinem Schicksal und fragte sich: „Warum gerade ich? Warum muss ich es sein, der so ein jämmerliches Leben führt? Konnte nicht auch mein Vater ein Industrieller und meine Mutter eine Frau „von" und „zu" sein? Warum darf ich nicht auch mal in ein schönes Cafe gehen, mir einen guten Kaffee und ein leckeres Gebäck servieren lassen? Warum darf ich nicht auch mal in so einem schönen Badeort ein paar Wochen Urlaub verbringen? Warum...? Ja, warum hat der Herrgott solche Unterschiede unter den Menschen geschaffen, da doch alle vor ihm gleich sein sollen?" Er wusste keine Antwort auf alle diese Fragen.

Als er sich wieder einmal in einer solchen Stimmung befand, winkte ihm das vermeintliche Glück. Es war wenige Wochen vor Weihnachten. Robert hatte wieder einmal den Moralischen und von Cafés und Restaurants die Nase voll. Diesmal wollte er es in Ladengeschäften versuchen.

Wieso er ausgerechnet in ein Antiquitätengeschäft gegangen war, konnte er nachher nicht mehr sagen. Vielleicht hatte ihm der Verkäufer, der zufällig nach der Straße schaute, einen Wink gegeben. Niemand wusste es. Er selbst war sehr erstaunt über die gute Aufmachung in den Ausstellungsräumen. Der Verkäufer hatte ihm den Stoß Karten abgenommen, sich an seinen Schreibtisch gesetzt und sah sie nun akribisch durch. Inzwischen hatte Robert Zeit, sich in dem Geschäft umzuschauen. Unter Antiquitäten hatte er sich immer alte Möbel vorgestellt, die verstaubt und vernachlässigt irgendwo in einer Ecke standen. Nun wurde er eines Besseren belehrt. Es waren etliche Leute im Laden. Einer, ein Amerikaner offenbar, befühlte und betastete gerade einen restaurierten Tisch mit 4 Stühlen, der wirklich wunderbar aussah. Robert schaute sich gründlich um und kam dann wieder an den Eingang zurück, wo der Verkäufer an seinem Schreibtisch saß. Er war mit dem Aussuchen noch nicht fertig. Robert musterte nun auch die anderen Leute, die offenbar Interesse an diesen alten Möbeln hatten. Da entdeckte er auf einem Abstellplatz für Gepäck und Taschen eine dicke Brieftasche. Die lag da mutterseelenallein und Robert dachte, da muss ja allerhand drin sein, das wäre etwas für dich. Da könnte er mit einem Schlag seine Mietrückstände bezahlen. Er wäre sicherlich für eine ganze Zeit aus dem Schlimmsten heraus. Er schaute sich noch einmal um, aber von den interessierten Käufern von Antiquitäten hatte niemand Interesse für ihn. Nun, so dachte Robert, das wäre eine gute Gelegenheit – aber ist das wirklich deine Sache, eine fremde Brieftasche an dich zu nehmen. Wem mag sie gehören? Die Leute, die sich in der Weite des Ladens verliefen, sahen alle gut betucht aus. Sie konnte jedem gehören. Offenbar traf es also keinen Armen, wenn er es riskierte, die Brieftasche an sich zu nehmen. Auf der anderen Seite meldete sich sein Gewissen. Ist das richtig, was du tun willst? Hast du nicht immer jene Menschen verachtet, die andere übervorteilten und immer nur auf sich selbst und ihr Fortkommen schauten und ansonsten in Saus und Braus lebten? War es nicht so, dass der Pfarrer, mit dem er ab und zu sprach, ihm sagte: „Robert, du bis zwar ein armer Mann, aber du bist ehrlich und das meine ich, ist das Wichtigste an Dir."

Es stimmt, dachte Robert. Ihm brach der Schweiß aus allen Poren. Er war aufgeregt wie noch nie. Aber, überlegte er, ich könnte mit einem Schlag meine Mietrückstände bezahlen. Wiegt das nicht auch sehr schwer? Wenn ein Mensch ohne Schulden da sein will und Weihnachten vielleicht mal eine warme Bude haben möchte? Ich möchte auch einmal in einem etwas teureren Café sitzen, eine gute Tasse Kaffee trinken und eine schöne Torte essen. Ist das eigentlich zu viel verlangt vom Leben?

Der Verkäufer gab ihm die Karten wieder zurück und Robert verließ schnell den Laden. In der Innentasche seines Mantels spürte er die dicke Brieftasche. Er hatte keine Routine im Stehlen und wusste zuerst nicht, was er nun damit anfangen sollte. Einmal war er glücklich, dass er offenbar etwas Geld hatte, aber er hatte ja noch gar nicht reingeschaut in den angeeigneten Besitz eines Anderen. Was enthielt die Brieftasche? Er musste unbedingt einmal hineinsehen. Aber auf der Straße konnte er das nicht tun. Er hatte eine furchtbare Angst vor der Polizei und dem Entdeckt werden. Was hätte nun ein richtiger Gauner gemacht? Er hätte seine Eroberung in die Tasche gesteckt und wäre seelenruhig seines Weges gegangen. Aber er war ja kein Gauner. Er irrte eine ganze Zeit lang ziellos durch die Straßen, von verschiedenen Gefühlen innerlich zerrissen. In jedem Passanten auf der Straße glaubte er einen Polizisten in Zivil zu entdecken. Er wusste einfach nicht, was er tun sollte. Sollte er erst nach Hause gehen oder sollte er am Ende gleich in eines jener Cafés gehen, wo die wunderbaren Leckereien ausgestellt waren, um sich einmal diese Seeligkeit zu gönnen, ruhig im Café zu sitzen, seinen Kaffee zu schlürfen und ein Stück Torte zu essen. Er wusste nicht ein noch aus. Er überlegte noch einmal. Es war doch am besten, wenn er erst einmal nach Hause ging und dort in Ruhe nachsah, was in der Brieftasche eigentlich drin ist. Dann konnte er überlegen, was zu tun sei. Zu Hause angekommen, zog er aufgeregt seinen Mantel aus, nahm die Brieftasche heraus und legte sie auf den Tisch. Als er die Brieftasche aufschlug, traf ihn fast ein Schlag. Sie war dick angefüllt mit Geldscheinen. Er wusste nicht, wie ihm war. Er nahm einen Schein heraus, es war ein Hundertmarkschein. Er würde gerade reichen, um seine rückständige Miete zu zahlen. Dann gab es noch einige kleine Scheine und Kleingeld, das nahm er heraus und steckte es in die Tasche. Er war so aufgeregt, er wusste nicht, wo er die Brieftasche hin stecken sollte. In der Aufregung zog er eine Schublade auf, in der er immer seine

Papiere, Rechnungen, Quittungen, usw. aufbewahrte. Er schob die Brieftasche hinein und schob die Schublade wieder zu. Abschließen konnte er sie nicht. Da klopfte es schon an die Tür. Schnell stopfte Robert den Hundertmarkschein in die Tasche und ging zur Tür. Es war sein Vermieter, der ihn nach der rückständigen Miete fragte. Wie viel es denn sei, fragte Robert. Hundertzehn Mark. Robert gab ihm den Hundertmarkschein und sagte, das ist alles was ich habe, den Rest will ich gerne in einer Woche bezahlen. Der Vermieter war erstaunt, nahm die hundert Mark und ging verblüfft aus der Tür.

Was sollte er jetzt tun, fragte sich Robert. Da erfasste ihn wieder die Sehnsucht, endlich einmal in einem Café zu sitzen, Kaffee zu trinken und Kuchen zu essen. Er verließ seine Wohnung und begab sich auf den Weg zur Innenstadt. Das Geld knisterte in seiner Tasche. Immer wieder musste er es berühren und sehen, dass es noch da sei. Bald hatte er das Café seiner Träume erreicht. Wie ein Magnet zog es ihn an. Schon nach wenigen Minuten saß er an einem der kleinen viereckigen Tischchen mit den Marmorplatten. Er setzte sich gemütlich in einen der Sessel, mit feinem Kunstleder überzogen. Herrliche Wärme flutete von den Heizkörpern unter den Fenstern herüber zu ihm. Zufrieden betrachtete er die Blumen, die auf seinem Tisch in einer kleinen Vase standen.

Da kam auch schon die Bedienung. Ein junges, hübsches Mädchen mit einer blendend weißen Servierschürze. „Sie wünschen, mein Herr?" Sie lächelte etwas zurückhaltend.

Ohne sich lange zu besinnen, bestellte er ein Kännchen Kaffee und ein Stück Schwarzwälder Torte. Er hätte genauso gut gleich zwei Stück Torte bestellen können, aber dazu konnte er sich nicht aufraffen.

Das Mädchen ging und er war wieder mit sich und seinen Gedanken allein. So ein Cafehaus erfüllte ihn mit einer seltsamen Ruhe. Allein die Atmosphäre gab ihm Sicherheit und der Geruch nach starkem Bohnenkaffee, nach Kuchen und süßem Gebäck gab ihm das Gefühl der Glückseligkeit. Ein Summen und Flüstern lag in der Luft. Das Mädchen brachte den Kaffee und die Torte. Er ließ sich die wunderbaren Sachen gut schmecken und dachte, so ein Stück Torte ist doch etwas Gutes. Und er nahm befriedigt einen gehörigen Schluck Kaffee. Auch der war nicht schlecht, was schon der aromatische Duft bewies, der von ihm ausging. „Wie gut haben es doch die etwas betuchteren Leute" simulierte Robert. „Ich werde meine Lebensgewohnheiten doch ganz und gar umstellen, mit so einem Haufen Geld kann man allerhand anfangen. Später fragt dann kein Mensch mehr danach, wie ich zu meinem Reichtum gekommen bin. Vielleicht spekuliere ich auch ein bisschen an der Börse. Dafür wird ja so viel Reklame gemacht. Oder ich kaufe Aktien für fest, die eine gute Rendite abwerfen. Ja, natürlich, alle großen Männer besitzen Aktien, rauchen dicke Zigarren und leben einen guten Tag. Wer fragt die schon danach, woher sie ihr Geld haben. Und wenn sie schon mal bei einer Schieberei auffallen, das hat man ja schon bei den vielen Korruptionsfällen erfahren, da muss man nur den richtigen Rechtsanwalt haben, dann läuft die Sache schon glatt ab. Oder haben Sie schon einmal gehört, dass jemand wegen Korruption in den Knast wanderte? Na, da gibt es eben ein paar Jahre auf Bewährung und der Betreffende kommt nicht in den Knast, sondern lebt draußen einen guten Tag." Robert erschrak, hatte er eben laut gesprochen? Er schaute sich um, niemand beachtete ihn. Robert verstand von Aktien nicht viel. Was er so darüber dachte, hatte er in Zeitungen gelesen oder in Rundfunk und Fernsehen gehört. Er wusste nur, dass solche Papiere Dividenden bringen. Sie waren für ihn nur ein Anlass gewesen, davon zu träumen. Manchmal las er in einer alten Zeitung, die ihm sein Vermieter überließ, dass diese oder jene Firma 10, 12 oder gar 14 % Gewinn auszahlte. Ja, das wäre ein Geschäft. So etwas lohnt sich. Robert besaß das, was vielen Menschen abgeht. Eine blühende Fantasie. Er konnte träumen mit offenen Augen. Das war sozusagen der Ausgleich für die von der Natur empfangenen Benachteiligungen auf der wirtschaftlichen Seite. Er sah sich schon im Mercedes sitzen, eine gute Zigarre im Mund, neben ihm der Chauffeur. Die Zigarre brachte ihn in die Wirklichkeit zurück. Die konnte er eigentlich jetzt rauchen. Warum auch nicht. Sein Kleingeld würde für so viel reichen. Aber dazu kam er nicht mehr.

„Sie verkaufen Weihnachts- und Neujahrskarten?" fragte ihn ein Mann in Zivil, der plötzlich vor ihm stand. Ein zweiter kam hinzu, er war groß und hatte Hände wie Schmiedehämmer. Die eine legte er wie aus Verlegenheit auf die linke Schulter von Robert. Dieser sah sich hilfesuchend um. Die übrigen Gäste waren aufmerksam geworden. Ungeniert und neugierig reckten sie ihre Hälse. Sie witterten eine Sensation. Helfen wollte keiner. Da die Sensation ausblieb, erlosch auch schnell das Interesse.

Robert dachte nicht an Widerstand oder Flucht, es war alles aus. All die hochfliegenden Pläne vom künftigen schönen Leben durch ein müheloses Einkommen zerplatzten wie Seifenblasen. Irgendwo war ein Fehler im Getriebe. Irgendwo war ein Haken an der ganzen Geschichte. Er konnte es nicht sagen, wo und wie. Mit hängendem Kopf ging er zwischen den beiden Beamten zum Ausgang. Er war nicht gewohnt, auf diese Art im Mittelpunkt des Interesses zu stehen und atmete auf, als er endlich in dem Polizeiwagen saß. Die Beamten fuhren ihn zum Präsidium. Ein großes Gebäude mit hohen Decken. Die Treppe, die sie hinaufgingen, war wie eine Freitreppe bei Grafens oder Direktors. Der Kriminalassistent nickte zufrieden mit dem Kopf, denn man konnte einen Fall wieder einmal vollkommen lösen. Mit seiner gepflegten Hand strich er über sein glatt rasiertes Kinn. Der Schreiber tippte mit vor Eifer gerötetem Kopf die Aussage des Häftlings in die Maschine. So glatt und erfolgreich hatte man selten einen Fall gelöst. Diesen Augenblick mussten sie auskosten bis zur letzten Minute. Der Kriminalkommissar, oder was er war, Robert hatte nicht genau zugehört, als er sich vorstellte, nahm eine Zigarette aus einem goldenen Etui. Zuvorkommend bot er seinem Gegenüber eine an. Robert bediente sich, seine Hände zitterten, als er die Zigarette aus dem Etui nahm und ansteckte. Sie rauchten und schwiegen eine Zeitlang. An und für sich war das Verhör schon beendet, das Protokoll war gemacht, vorgelesen und von dem Angeschuldigten auch unterschrieben. Aber dem Kommissar lag daran, zu dem Mann, der vor ihm saß, ein paar nette Worte zu sagen. „Das war wohl das erste Mal?" begann er das Gespräch.

„Ja, es war das erste Mal. Gewiss habe ich alles falsch gemacht."

Der Kommissar lächelte: „Das kann man wohl sagen. Vor allen Dingen war es falsch, dass Sie so etwas überhaupt angefangen haben."

Robert schwieg. Was sollte er auch sagen. Er war deprimiert. Der Kommissar sagte einige Worte zu dem anderen Beamten, der offenbar nur ein Assistent oder etwas ähnliches war, dann wandte er sich wieder an seinen Gegenüber: „Wir müssen jetzt von Ihnen die Fingerabdrücke nehmen und einige Bilder machen. Weh tut das nicht, aber es ist für Sie gewiss sehr peinlich. Danach erfolgt Ihre Überführung in das Untersuchungsgefängnis."

Der andere Beamte tippte ihm auf die Schulter und sagte: „Kommen Sie mit." Die Fingerabdrücke waren schnell gemacht. Auch mit den Bildern gab es keine Schwierigkeiten. Er saß auf einem Stuhl, der von dem Beamten mit einem Knopfdruck bedient wurde. Er drehte sich nach allen Seiten, immer wurden Bilder gemacht, er wusste schon gar nicht mehr wie viel. Dann winkte ihm der Beamte wieder und führte ihn hinaus. In der Zelle fühlte er sich komischerweise irgendwie befreit. Er hatte alles hinter sich gebracht und schlief trotz der vielen Aufregungen erstaunlich gut.

Am nächsten Morgen holte ihn ein Wachtmeister zum Untersuchungsrichter. Zu allem Überfluss legte man ihm vor der Zellentür auch noch silbrig glänzende Handschellen an, die er bisher nur vom Hörensagen kannte. Der Beamte führte ihn an schweren eisenbeschlagenen Türen anderer Zellen vorbei, über verschiedene Treppen, durch schwere eiserne Gittertüren, sie wurden geöffnet und wieder sorgfältig abgeschlossen, bis sie in einen Teil des Gebäudes gelangten, in dem offenbar die Büros untergebracht waren. Der Wachtmeister öffnete eine der Türen und zog Robert in den Raum.

Hinter einem großen Schreibtisch thronte ein hagerer Mann, der Untersuchungsrichter. Richter Wimmer war ein in den Kreisen der Justiz sehr bekannter Mann. Seine Kollegen, die Rechtsanwälte und die Herren von der Staatsanwaltschaft sagten ihm ein hervorragendes Fingerspitzengefühl in der Behandlung der straffällig gewordenen nach. In seinen Händen wurden sogar hartgesottene Rechtsbrecher wie Lämmer. Er verstand es, in die Psyche der Menschen einzudringen und sie an ihren oder ihrer empfindlichsten Stelle zu fassen. Hinter seinem Rücken erzählte man sich, dass seine Ehe auf ähnliche Weise zustande gekommen sei. Sicher waren die Urheber dieser Gerüchtemeinung neidische Menschen, denn seine Frau war die einzige Tochter eines reichen Bankiers.

Nun schaute er sich Robert durch seine Brillengläser geradezu wohlwollend an. So etwa, wie ein Beichtvater, der seine Sünder aus einer langjährigen Erfahrung kennt.

„Nehmen Sie Platz", sagte er freundlich, wies mit der rechten Hand auf einen seinem Schreibtisch gegenüberstehenden Stuhl und blätterte in einer dünnen Akte, die vor ihm auf dem Schreibtisch lag.

Mit sanftem Druck schob der Wachtmeister seinen Häftling auf den bezeichneten Stuhl. Er selbst nahm in einer Ecke des Zimmers Platz im Rücken seines Schutzbefohlenen, so dass dieser ihn nicht sehen konnte.

Indessen kämpfte Robert mit seinen Händen, die durch die Handschellen ihrer Bewegungsfreiheit beraubt, keinen richtigen Platz finden konnten. Der Untersuchungsrichter strich sich über seine grauen Haare und beobachtete mit einem belustigten Lächeln die Verlegenheit seines Gegenübers. Schließlich half er ihm und sagte: „Legen Sie die Hände einfach zwischen die Knie. So machen es die meisten, das ist sicher das bequemste."

„Sie heißen Robert Badolio" begann er die Vernehmung.

„Ja", sagte Robert und blickte den Grauhaarigen scheu an.

Nach Überprüfung der Personalien kam der Richter zur Sache: „Sie werden beschuldigt, einen Diebstahl begangen zu haben und zwar haben Sie eine Brieftasche mit einem Inhalt von", er stockte etwas, schmunzelte dann, „sagen wir mal einigen tausend Mark entwendet. Sie haben diesen Diebstahl bei Ihrer Vernehmung durch die Polizei zugegeben." Er las mit monotoner Stimme das Protokoll der Polizei vor. „So", fuhr er dann in väterlichem Tone fort, „jetzt erzählen Sie alles noch einmal ganz genau, wie es gewesen ist."

Robert erzählte. Der Richter hörte aufmerksam zu und diktierte dem Schreiber, der links von ihm an einem kleinen Tisch saß, in die Maschine. Manchmal unterbrach er auch den Erzählenden und stellte eine Frage. Als Robert geendet hatte, schüttelte er den Kopf und sagte: „Wie kann ein an sich ehrlicher Mensch nur auf solche Abwege geraten. Sie werden natürlich für diese Tat bestraft. Bis zur Eröffnung der Hauptverhandlung kommen Sie in Untersuchungshaft."

„Hauptverhandlung, Untersuchungshaft", murmelte Robert und in einer plötzlichen Gefühlsaufwallung, die er sich selbst nicht erklären konnte, rief er lauter als wohl beabsichtigt: „Ach, es gibt keine Gerechtigkeit in der Welt".

„Was rufen Sie nach Gerechtigkeit", fragte der Untersuchungsrichter, nunmehr mit einem scharfen Unterton in der Stimme. „Ihnen wiederfährt doch Gerechtigkeit. Sie haben gestohlen und werden dafür bestraft. Das ist Gerechtigkeit."

„Was kümmert mich diese Gerechtigkeit, die sich auf Paragrafen stützt, auf Gesetze, von Menschen geschaffen, zum Nutzen der Reichen", begehrte Robert auf.

„Die Gesetze sind zum Nutzen und Frommen aller geschaffen. Jeder hat die gleichen Rechte, alle haben die gleichen Pflichten."

„Warum gibt es dann nicht ein Gesetz, das jedem Menschen Arbeit gibt, so wie er kann und ihm ein Auskommen garantiert.

Warum sind die einen Millionäre und fahren im Luxusauto in ein feudales Bad und die anderen haben noch nicht einmal Arbeit oder müssen sich abschuften für niedrige Löhne, die oft sogar unter den Tarifen, die mit den Gewerkschaften vereinbart sind, liegen?"

„Na, na, junger Mann", der Richter hob beschwörend die Hände, „Sie können doch nicht, nur weil Sie nicht nach Monte Carlo fahren können, das Rechtsgefüge der modernen Welt einreißen. Wo kämen wir da hin."

„Ich will ja gar nicht nach Monte Carlo fahren, ich will ja nur meine Miete bezahlen und die paar Mark hätten mir ganz gut über die Feiertage hinweggeholfen."

„Ja, ja, doch", beschwichtige ihn der Richter, „ich verstehe Sie ja ganz gut, aber Sie haben nun einmal gegen die Gesetze verstoßen. Die Strafe wird ja auch nicht so hoch ausfallen", fuhr er tröstend fort, „es ist ja das erste Mal."

„Bis dahin ist schon die nächste Miete fällig."

„Führen Sie sich in der Verhandlung vernünftig auf, dann wird alles nicht so schlimm. Bei Ihrer Entlassung bekommen Sie schließlich von den Wohlfahrtsverbänden eine kleine Unterstützung, so dass Sie auch Ihre Miete bezahlen können. Hat man übrigens Ihnen schon gesagt, dass Sie einen Rechtsanwalt haben können."

„Einen Rechtsanwalt?" fragte Robert. „Ich kann doch keinen Rechtsanwalt bezahlen, wovon denn?"

„Nun ja, Sie bekommen vom Gericht einen zugeordnet, den brauchen Sie nicht zu bezahlen. Das wird vom Staat bezahlt. Nur müssen Sie natürlich einen Rechtsanwalt beauftragen. Am besten, ich veranlasse, dass Sie einen Verteidiger zugeordnet bekommen."

Robert wusste nicht, wie ihm geschah. Er war von der Milde des Richters und seinen tröstenden Worten tief beschämt. Es war alles so ganz anders, wie er sich das immer vorgestellt hatte. Und der Richter, wie viel besser war dieser doch als er, ein Mann mit festen Grundsätzen, voll Milde mit jenen, die sich gegen Recht und Gesetz vergangen hatten. Er aber wollte an den Grundfesten des Rechts rütteln. Nur weil er arm war und den Millionären ihren Reichtum nicht gönnte. Wäre er doch so wie dieser Mann, so voll Demut und Zufriedenheit mit seinem Schicksal. Er saß mit gesenktem Kopf. „Ja", sagte er leise, „das wäre sehr schön."

Rechtsanwältin Maria Hagenfeld war eine nette Frau, die alle ihre Kollegen recht gern mochten. Manche sahen in ihr eigentlich weniger die Kollegin, als die Frau, mit der man gerne einmal ausgehen möchte. Aber Maria Hagenfeld hatte, nach der Auffassung einiger ihrer Kollegen, einen Fehler, sie ließ sich nämlich nicht anbaggern und war gegen schnelle Bekanntschaften, wie sie einige ihrer Kollegen gerne mochten. Einige nannten sie deshalb auch Maria mit dem Heiligenschein, weil sie die Auffassung vertraten, sie mache nur in solchen Fragen Theater, damit die Männer auf sie aufmerksam werden. Dabei hatte Maria durchaus nichts gegen Männer. Nur sah sie sich ihre Leute immer sehr genau an und hatte deshalb auch einen Kollegen als Freund, der sie akzeptierte als Kollegin und den sie akzeptierte, nicht nur als Kollege, sondern auch als Mann. Maria war keine Schönheit an sich, aber sie hatte ein ausdrucksvolles Gesicht und, was viele eben nicht bemerkten, wunderschöne Augen. Ihr Freund und Kollege Dr. Peter Brunner, er kam aus Norddeutschland, schätzte sie sehr und war restlos davon überzeugt, in ihr die Frau fürs Leben gefunden zu haben.

Jetzt war sie auf dem Weg ins Gerichtsgefängnis, denn sie war als Pflichtverteidigerin für Robert Badolio eingeteilt worden und pflegte sich auf solche Sachen, wie eine Pflichtverteidigung, auch sehr gründlich vorzubereiten. Als erstes wollte sie den Angeklagten selbst sehen und mit ihm sprechen, ohne vorher von irgendwelchen Berichten, Zeugenaussagen usw., beeindruckt zu sein. Sie sah zuerst den Menschen, dann kam die Rechtslage.

Der Beamte an dem Gittertor begrüßte sie irgendwie freundlich: „Ah, Frau Hagenfeld, Sie vertreten den Mann, der gestern hier eingeliefert wurde, Badolio oder so ähnlich heißt er. Also ich kann Ihnen zu dieser Sache nicht gratulieren."

Maria blieb stehen, schaute ihn an und fragte: „Wieso sagen Sie das?"

„Nun, weil ich Sie darauf aufmerksam machen möchte, dass dieser aufstrebende Staatsanwalt, den hier jeder so gut riechen kann, die Anklage vertritt. Und so weit ich gehört habe, hat er die Absicht, diesen Fall als Steigbügel zu benutzen."

Maria schaute ihn noch einmal an. „Sie wissen, dass Sie mir das nicht sagen dürfen?".

Der Beamte lächelte. „Ach, Frau Hagenfeld. Sie wissen doch, wir sind hier so manches gewohnt. Und Staatsanwälte haben wir hier schon sehr viele kennen gelernt. Deshalb sage ich Ihnen, er hat die Absicht, den armen Kerl zu einer Höchststrafe zu verdonnern. Zwei Jahre will er beantragen. Zwei Jahre soll der arme Kerl aufgebrummt bekommen."

Jetzt lächelte Maria Hagenfeld. „Will er? Mal sehen, danke."

Als sie nun dem Angeklagten Robert Badolio gegenüberstand, fuhr es ihr durch den Kopf: „Ja, so habe ich mir das vorgestellt. Das ist für diesen Staatsanwalt das richtige Opfer." Sie begrüßte Robert freundlich. „Bitte nehmen Sie Platz", sagte sie und stellte sich dann vor: „Maria Hagenfeld, ich bin Ihnen zugeordnet als Pflichtverteidigerin. Das bedeutet nicht, das möchte ich betonen, dass Sie eine billige und weniger gute Verteidigung haben. Wir werden es dem Herrn von der Staatsanwaltschaft so schwer wie möglich machen, auch nur die geringste Haftstrafe gegen Sie durchzubringen. Dazu ist notwendig, dass Sie mir alles haarklein erzählen, damit ich über jeden Haken, über jede Ecke Kenntnis besitze und mich entsprechend auf die Auseinandersetzung vorbereiten kann. Ich will Ihnen gleich sagen, das wird nicht leicht fallen. Was hierbei besonders schwer wiegt ist, dass sie versucht haben, das Falschgeld auszugeben."

Robert war perplex. „Wieso Falschgeld, ich wüsste nicht, dass ich Falschgeld gehabt habe."

„Was?" fragte Maria Hagenfeld, „Sie wissen nicht, dass in der Brieftasche, die Sie angeblich entwendet haben, Falschgeld war? Also, dann müssen wir das alles noch einmal ganz genau durchsprechen. Und zwar von dem Augenblick an, da Sie dieses Antiquitätengeschäft betreten haben."

„Einverstanden", sagte Robert. Er erzählte ihr den ganzen Vorgang einschließlich seiner inneren Kämpfe und Widersprüche, die er hatte, bevor er die Brieftasche überhaupt nahm und in die Tasche steckte.

Plötzlich sagte Maria: „Halt, warten Sie mal, Sie haben bemerkt, dass da noch mehrere Leute in dem Antiquitätengeschäft waren? Können Sie mir die Leute beschreiben oder ist Ihnen ein Mann oder eine Frau besonders aufgefallen?"

„Aufgefallen?" er überlegte. „Doch, es kann schon sein. Zwei fielen mir besonders auf. Das eine war eine ältere Frau, die sich im vorderen Teil des Ladens die Möbel ansah." Er beschrieb sie so gut er konnte.

„So, ja, das ist gut", meinte die Rechtsanwältin. „Und wer war da noch?".

„Ja, das andere war oder schien dem Aussehen nach und auch wie er sich benahm, ein Amerikaner zu sein."

Sie lächelte. „Haben Sie denn schon einmal einen Amerikaner kennen gelernt?"

„Oh ja", meinte er, „hier gibt es eine Menge Lokale, wo Amerikaner verkehren, und da habe ich auch schon meine Karten verkauft. Ich muss sagen, die waren immer sehr freigebig."

„Ja, also gut", die Rechtsanwältin wusste sich noch kein richtiges Bild zu machen. „Wie sah er aus, wie hat er sich betragen?"

„Ja, er betrachtete sich in dem hinteren Teil des Ladens, den man von vorne nicht einsehen kann, einen Tisch, der offenbar restauriert war. Er war wunderbar gemacht, mit vier Stühlen. Also ich fand ihn sehr schön. Er strich mit der Hand über die Oberfläche und nickte anerkennend, so als, na, den können wir nehmen."

„So und wer war noch alles in dem Laden? Können Sie sich an weitere Besucher erinnern?"

„Nein, leider nicht", sagte Robert. „Die Leute verteilten sich in dem großen Laden mit so vielen Nebenräumen und Hinterräumen, dass sie gar nicht beobachtet werden konnten. Offenbar hatte der Inhaber des Ladens das auch so beabsichtigt, damit jeder in einem Raum für sich sein konnte, um zu einem Entschluss zu kommen. Was nicht bedeutet, dass er vielleicht in jedem Raum ein Beobachtungsgerät installiert hatte. Aber es ist ja schwer, so ein Stück Möbel unter den Arm zu klemmen und den Laden zu verlassen."

„So, jetzt kommen wir mal zu der Brieftasche. Wie sah die Brieftasche aus?"

„Es war offensichtlich ein teures Stück und prall gefüllt mit Scheinen."

„Waren die Scheine irgendwie gebündelt mit so einer Banderole?"

„Nein, das war nicht der Fall. Sie steckten in zwei Briefumschlägen, wo sie gerade so reinpassten."

„Das ist ja eigentümlich", meinte Maria; „denn wer steckt schon seine Scheine zuerst in Briefumschläge bevor er sie in seiner Brieftasche verstaut."

„So, was mich jetzt noch interessiert", sagte die Rechtsanwältin, „ist, wie man Sie bei der Polizei behandelt hat, wie man Sie vernommen hat, was man Ihnen gesagt hat. Es sollte Ihnen ja gesagt werden, so ist es bei uns hier üblich, weshalb Sie verhaftet werden oder festgenommen worden sind."

Robert sagte etwas verzweifelt „Na ja, wegen Diebstahl."

Die Rechtsanwältin warf ein: „Wegen Diebstahl ist so ein allgemeiner Begriff. Was sollen sie gestohlen haben? Hat man Ihnen das genau gesagt?"

„Eine Brieftasche, und das habe ich ja getan und es auch gegenüber der Polizei zugegeben."

„Und hat man Ihnen gesagt, was in der Brieftasche war, wie viel Geld usw.?"

Robert wurde stutzig. „Nein, allerdings hat der Richter plötzlich von einigen tausend Mark gesprochen."

„Man hat Ihnen", fragte noch einmal die Rechtsanwältin, „Man hat Ihnen also nicht gesagt, dass das Geld in diesen Briefumschlägen Falschgeld war?"

„Nein", sagte Robert.

„Man hat Ihnen auch nicht gesagt, wer die Strafanzeige erstattet hat?"

„Nein, auch nicht."

„Dann will ich Ihnen mal sagen, wie meiner Ansicht nach die Geschichte gelaufen ist; damit Sie sich selbst einmal ein Bild machen können, was hinter der ganzen Sache steckt. Ich bin nämlich der Auffassung, dass hinter der Sache mehr steckt, als nur so ein kleiner Diebstahl, wie Sie ihn durchgeführt haben. Wir werden das mal sehen. Also, Sie haben, als Sie nach Hause gekommen sind, wiederholen Sie noch einmal genau, was Sie da gemacht haben."

Robert erzählte: „Also, ich habe meinen Mantel ausgezogen, habe ihn an den Haken gehängt. Dann habe ich aus dem Mantel die Brieftasche herausgenommen und habe sie mir angesehen, was sie für einen Inhalt hat. Ich war fast erschlagen, wie ich den Haufen Geld gesehen habe. Ich habe von diesem Geld einen Schein in die Tasche gesteckt. Also hundert Mark und das Kleingeld, das ich noch gefunden habe, steckte ich so in meine Manteltasche. Und dann klopfte es an die Tür, da habe ich die Brieftasche schnell in eine Schublade gelegt, in der ich meine Schreibsachen und was so kommt an Mahnungen und Rechnungen aufbewahre. Ich ging zur Tür, machte die Tür auf, da war es der Vermieter. Der Vermieter wollte seine restliche Miete haben. Da griff ich in die Tasche und gab ihm den Schein, den ich zusammengeknüllt in die Tasche gesteckt hatte.

Er schaute sich den Schein an, war ganz erstaunt wie mir schien, und sagte im Weggehen, dass ich noch zehn Mark zu zahlen habe, also einhundertzehn Mark war die rückständige Miete, wie er sagte. Das war's. Er ging dann und ich überlegte nicht lange, zog meinen Mantel wieder an und ging in dieses Café."

„Das ist sehr interessant", sagte Maria, „denn der Vermieter ist offenbar derjenige, der die Strafanzeige erstattet hat. Angeblich hat er versucht, mit dem Hundertmarkschein einzukaufen und dabei ist man darauf gestoßen, dass es sich um Falschgeld handelt. Er sagte sofort der Polizei, dass er das Geld von Ihnen habe und erstattete auf Anregung der Polizei Strafanzeige. Ja, ich glaube, soweit ist die Sache klar. Was wir jetzt herausbekommen müssen, ist: Wem gehört die Brieftasche. Außerdem ist es sehr wichtig zu wissen, was sonst noch in der Brieftasche war. Gab es dort Papiere, die auf den Besitzer hinweisen; wie etwa persönliche Dokumente, Briefe oder Notizen."

„Das kann durchaus sein", meinte Robert, „denn neben diesen beiden Briefumschlägen mit den Banknoten waren noch andere Briefumschläge. Leider habe ich sie nicht näher angesehen. Ich war über das viele Geld, das in der Brieftasche war so betroffen und handelte, wie ich es Ihnen geschildert habe."

„Gut, Herr Badolio, im Moment muss ich nicht mehr wissen. Ich werde also Ihre Verteidigung vorbereiten und mich insbesondere bei der Polizei erkundigen, was sie mit der Brieftasche gemacht haben und was sonst noch in der Brieftasche war, das interessiert uns ja auch." Sie verabschiedete sich, an der Tür blieb sie noch mal stehen. „Nun, seien Sie nicht so traurig, Kopf hoch. Wir werden schon etwas erreichen."

Robert wurde wieder in seine Zelle geführt. Der Beamte sagte, so als führe er Selbstgespräche: „Machen Sie sich keine großen Gedanken, die Rechtsanwältin ist sehr in Ordnung. Das weiß hier jeder. Sie wird bestimmt alles versuchen, Sie hier heraus zu bekommen." Dann war Robert wieder in seiner Zelle.

Die Rechtsanwältin nahm den Weg zum Polizeipräsidium und fuhr dann zum Gericht. Es schwirrten ihr so viele Probleme durch den Kopf; in solchen Augenblicken brauchte sie ihren Freund, den Kollegen Dr. Peter Brunner. Und da es um die Mittagszeit war, ging sie in die Gerichtskantine, wo sie richtig Dr. Brunner fand. Er begrüßte sie freudig und umarmte sie und gab ihr einen Kuss. Sie wehrte etwas ab und sagte „Na, hier vor allen Leuten."

„Wieso?" meinte er, „das weiß doch sowieso jeder. Ich gratuliere Dir zu Deinem neuen Fall und ich habe so das Gefühl, das wird der Fall der Fälle."

„Ja, das könnte er werden", antwortete Maria. Ich danke Dir für Deine Gratulation. Wie sagen unsere Fußballer: 'Das nächste Spiel ist immer das schwerste Spiel. So weit ich hören konnte, will der Staatsanwalt Siegfried Menzel, Du weißt ja, er ist noch ein junger Mensch, eine Anklage vorbereiten, die mit dem Antrag auf zwei Jahre Gefängnis endet."

Dr. Peter Brunner schaute Maria Hagenfeld liebevoll an. „Du hast wieder einen schweren Kampf vor Dir, und in einem schweren Kampf braucht man eine gute Stütze."

Maria lachte „Und diese Stütze heißt Peter Brunner" sagte sie und drückte seine Hand. „Es ist mir wirklich nicht so leicht, gerade weil der Fall so ganz klar zu liegen scheint. Also mir ist es doch etwas eigenartig, dass die Polizei dem Angeklagten nicht mitgeteilt hat, dass in der Brieftasche, die er gestohlen haben soll, Falschgeld war. Als ich heute mit ihm gesprochen habe, war er ganz erstaunt, dass es sich um Falschgeld handelte. Und dann musste ich ihm erst einmal klar machen, wie die ganze Sache gelaufen ist und dass die Anzeige bei der Polizei auf Anregung der Polizei von seinem Vermieter kam, der ja angeblich so nett und freundlich ihm sein Daheim vermietet hat."

Peter Brunner überlegte. „Also, das kann ja nicht alles sein. Wenn der Staatsanwalt sich so ins Zeug legt, steckt mehr dahinter und nicht nur ein einfacher Diebstahl. Wie Du sagst, hat die Polizei tatsächlich versäumt, dem Beschuldigten die Falschgeldgeschichte mitzuteilen. Für uns ist es aber nicht deshalb wichtig, dass sie ihm das nicht mitgeteilt hat, sondern, dass offenbar gerade dieser Punkt von dem Herrn Staatsanwalt Siegfried Menzel als der Schwerpunkt angesehen wird. Darauf wird er seine Hauptanklage stützen und wenn das von seiner Überlegung aus klappt, dann kann er natürlich auch zwei Jahre Haft verlangen."

„Er wird sagen: „Der Beschuldigte hat Falschgeld besessen und versucht, es unter die Leute zu bringen." Sagte Maria. „Hier müssen wir nachweisen, dass der Beschuldigte gar nicht gewusst hat, dass es sich um Falschgeld handelt, er also auch nicht die Absicht haben konnte, Falschgeld in Umlauf zu bringen, wie der Staatsanwalt sehr wahrscheinlich argumentieren wird, sondern, dass er eben nur seine Miete bezahlen wollte. Er ist kein gewiefter Gauner, das sieht man schon daran, dass er die Brieftasche in eine Schublade legte, die noch nicht einmal abzuschließen ist. Daran kann man sehen: Der Beschuldigte ist ein ganz harmloser Mann, der nur ganz zufällig zu einem Diebstahl kam. Dieser Diebstahl wurde nur dadurch ermöglicht, dass diese Brieftasche noch nicht einmal an einem versteckten Ort, sondern, relativ offen, in einer Ablage vor der Theke des Antiquitätengeschäfts lag. Um das nachzuweisen, müsste man sich mit dem Verkäufer oder Händler, ich weiß gar nicht, ob er selbst der Inhaber ist, unterhalten. Und weißt Du, was ich noch für außerordentlich wichtig halte? Diesen Amerikaner zu finden, von dem mir der Beschuldigte, Robert Badolio, erzählt hat und der auch als Kunde in dem Antiquitätengeschäft war. Er scheint mir eine zwielichtige Person zu sein, die bei der Falschgeldaffäre wohl doch eine wichtige Rolle spielt. Deshalb hatte ich es auch darauf ausgelegt, von der Polizei zu erfahren, was in der Brieftasche alles enthalten war. Bisher konnte ich darüber noch nichts erfahren, weil angeblich die Akten und alle Unterlagen in der Staatsanwaltschaft liegen."

Peter Brunner lachte. „Ich habe so das Gefühl, dass der Herr Staatsanwalt diesmal auf sein Näschen fallen wird."

Maria musste ebenfalls lachen.

Peter sprach weiter „Ich erbiete mich, gemeinsam mit meinem Gehilfen, den Du ja kennst und der für solche Sachen durchaus geeignet ist, den Antiquitätenhändler zu besuchen und herauszufinden, was das für ein Amerikaner war, wie er sich verhalten hat, ob vielleicht der Verkäufer etwas Sonderbares an dem Mann bemerkt hat. Ich glaube, wenn wir das herausbekommen, haben wir ein gutes Pfund in der Hand."

„Ja", sagte Maria, „ich werde mich um den rechtlichen Ablauf kümmern, nämlich überall, wo das möglich ist, Akteneinsicht verlangen und auch noch einmal den Angeklagten befragen, ob ihm nicht doch etwas über diesen Amerikaner eingefallen ist."

„Na, denn,, sagte Peter, „auf gute Zusammenarbeit."

Sie hoben ihre Kaffeetassen und stießen damit an.

Ein paar Tische weiter saßen einige jüngere Kollegen und beobachteten den Vorgang. „Na, was haltet ihr von diesen Beiden?" fragte einer, der nach seiner Kleidung und seiner Haltung besseren Kreisen entsprungen war. Der älteste von ihnen lächelte, „Ich würde sagen ein schönes Paar und ich wünsche ihnen viel Glück."

„Ach", sagte der vorhergehende Sprecher, „Du wünschst ihnen viel Glück?"

„Na ja, ihr habt es wohl noch nicht gehört, sie kämpfen gegen diesen Emporkömmling bei der Staatsanwaltschaft. Und ich sage euch, das wird ein schwerer Kampf werden. Wer Zeit hat, sollte in der Hauptverhandlung sein."

„Und wann ist diese Hauptverhandlung?" fragte ein anderer in etwas salopper Kleidung und ohne Schlips.

„So weit ich gehört habe in 14 Tagen oder 3 Wochen."

„Na, denn, wünschen wir den beiden alles Gute."

Am Nachmittag war Peter Brunner und sein Gehilfe Alex schon unterwegs zum Antiquitätengeschäft. Sie hatten Glück, der Verkäufer war über die Sache schon informiert und zwar dadurch, dass die Polizei zweimal bei ihm war. Er teilte ihnen das auch gleich mit.

„Und" meinte Peter, „haben sie auch nach diesem Amerikaner gefragt?"

„Nach dem Amerikaner, wieso? Nein, die haben das nicht. Aber jetzt, wo Sie es sagen, den Amerikaner, der ist mir doch auch komisch vorgekommen."

„Die Polizei hat sich also gar nicht darum gekümmert, von wem eventuell die Brieftasche sein könnte?"

„Nein", meinte der Verkäufer, „sie haben nur festgestellt, wo sie lag. Das habe ich ihnen gezeigt, obwohl ich ja gar nicht gesehen habe, wo die Brieftasche weggenommen wurde; aber nach dem Protokoll der Polizei befand sie sich dort auf dieser Ablage. Sonst haben sie gar nichts gefragt."

„Na, das ist schon etwas", meinte Peter Brunner. „Und wie ist Ihnen der Amerikaner vorgekommen?,,

„Ja, das war eigenartig. Der Amerikaner kam rein, da war dieser Ansichtskartenverkäufer noch nicht da. Er ging hier umher und erkundigte sich nach Möbeln, restauriert, so im Empire-Stil. Mir kam das schon deshalb eigenartig vor, weil diese Möbel hier wenig verlangt werden. Ich habe ihm gesagt, dass hinten einiges steht, das soll er sich mal anschauen. Das ist zwar, na ja, nicht so genau Empire."

Peter Brunner lachte. „Na ja, aber wir sind ja nicht von der Polizei. Uns interessiert, wie der Amerikaner sich betragen hat oder wir nehmen ja an, dass es kein Amerikaner war, denn er hat ja wohl seinen Ausweis nicht gezeigt."

„Nein", der Verkäufer lachte, „hier muss keiner den Ausweis zeigen. Es sei denn, er will uns etwas schuldig bleiben."

Inzwischen ging der Gehilfe von Dr. Brunner durch den Laden und sah sich alles an. Er stellte sich an die Tür, schaute nach hinten, dann fragte er plötzlich: „Können Sie mir sagen, wo der Amerikaner überall hingegangen ist."

„Oh", antwortete der Verkäufer, „das kann ich Ihnen genau sagen. Er schaute sich hier vorne nur kurz um, dann ging er

hinten in diesen Nebenraum rein. Da steht ein neu aufgearbei-
teter Tisch mit vier Stühlen. Der ist übrigens sehr schön."

„Ja, Herr Dr. Brunner, würden Sie einmal da hinten reinge-
hen." Peter dachte schon, dass sein Gehilfe was im Auge hatte.
Also geht er erst einmal vorne eine Runde, und dann direkt
hinten in den anderen Raum. Er war verschwunden.

„Wunderbar", sagte der Gehilfe. „Ich glaube, mir ist schon
alles klar."

„Na", meinte Peter Brunner, „jetzt gib mal nicht so an. Wer
weiß, was Du wieder im Kopf hast."

„Nun", wir werden nachher zusammen Kaffee trinken und
dann erzähle ich Ihnen einiges.„ Der Gehilfe war ein flotter
Bursche mit Bürstenhaarschnitt. Meist hatte er eine dunkle Le-
derjacke an, die er nie zuknöpfte. Aufmerksame Beobachter,
die öfters mit Dr. Brunner zu tun hatten, merkten, dass er einmal Sie und ein andermal Du zu seinem Chef sagte. Danach befragt erklärte er das so: „Wenn Fremde, Geschäftsleute usw.
zugegen sind benutze ich das Sie, von wegen der Reputation,
ansonsten sage ich Du, weil wir uns schon lange kennen."

Dr. Brunner wandte sich an den Verkäufer: „Und, wie hat er
sich betragen?„ fragte er noch einmal. „Sie sagten doch, er sei
Ihnen irgendwie komisch vorgekommen."

„Ja, das kann man wohl sagen. Denn die meisten Kunden
bleiben erst vorne bei mir stehen und dann unterhalten wir uns
etwas, was ihre Wünsche sind und wo sie hier im Laden etwas
davon finden können. Der Amerikaner fragte zwar auch nach
Empire-Möbeln, und ich sagte ihm da hinten, er wusste genau,
wo der Tisch stand und dann war er verschwunden und er hielt
sich lange da hinten auf. Dann kam er heraus, schaute sich hier
noch einmal um, schaute auf die Straße raus, dann ging er wieder woanders hin und dann schaute er noch einmal auf die Straße raus und dann meinte er, er hat im Hotel etwas vergessen. Er
fragte: 'Ich darf doch noch einmal wiederkommen?' dabei
schaute er sich überall so komisch um. Irgendwie zeichnete sich
in seinem Gesicht Enttäuschung ab und dann ging er."

„Ja", meinte der Gehilfe von Dr. Brunner, „so habe ich mir das vorgestellt. Jetzt brauchen wir nur noch irgendwie so ein Phantombild von dem Mann."

„Was?" fragte der Verkäufer erstaunt, „ein Phantombild, warum denn Phantombild?"

„Wieso?" Dr. Brunner und sein Gehilfe sahen den Verkäufer fragend an.

„Na, Sie können ein richtiges Bild von ihm haben", sagte der Verkäufer stolz. „Na ja, das ist so: Mein Sohn ist ein Bastler. Er beschäftigt sich mit Fotosachen, so Fotografie in seinen speziellen Formen. Er arbeitet auch in einer entsprechenden Fabrik. Die haben in ihrer Firma eine Apparatur entwickelt, mit der man einen Raum genau überblicken kann und wenn ein Mann den Raum betritt, läuft die Kamera an und wenn er ihn wieder verlässt, dann hört sie auf zu laufen, so ähnlich. Ich bin darin kein Fachmann. Sie brauchten, um ihre neuen Entwicklungen zu erproben, einen Raum. Wir haben zufällig diesen Raum ausgewählt, weil er von vorne nicht einsehbar ist. Zur Zeit ist dort eine solche Kamera angebracht. Wenn sie richtig funktioniert, werden wir sehr wahrscheinlich eine Aufnahme von dem Mann haben."

Dr. Peter Brunner und sein Gehilfe waren baff. „Das wäre ja ein Ding" meinte der Chef.

„Sie müssen aber noch einmal herkommen, weil ich mich mit der Apparatur nicht auskenne", sagte der Verkäufer. Am besten ist, ich rufe meinen Sohn an und frage ihn, wann er das machen kann. Wann könnten Sie denn wieder da sein? Ach warten Sie, ich rufe gleich mal an."

Er ging zum Telefon und telefonierte, dann meint er, „In einer Stunde ist mein Sohn hier und da können wir uns das gemeinsam ansehen."

„Ausgezeichnet", sagte Peter Brunner und rieb sich die Hände. „Ich danke Ihnen einstweilen, in einer Stunde sind wir wieder da." Sie verabschiedeten sich und verließen das Geschäft.

Im nächsten Café suchten sie sich eine ruhige Ecke, wo man sich unterhalten konnte, ungestört und ohne Lauscher. Alex, der Gehilfe, saß schon auf heißen Kohlen. Nachdem sie ihren Kaffee bekommen hatten, legte er los. „Also", meinte er, „die Sache war so. Der Amerikaner ist so ein Art Agent von dieser Fälscherwerkstatt oder Fälschergruppe. Der hat nun belastendes Material in der Tasche und zwar eine ganze Menge. Offenbar wurde er von der Polizei beobachtet oder verfolgt oder fühlte sich verfolgt und ging schnell in den Antiquitätenladen hinein. Er muss auch schon öfter hier gewesen sein, denn wie uns der Angestellte sagte, ging er ja dann, nachdem er kurz ein paar Worte gesagt hatte wegen der Empire-Möbel, in diesen Nebenraum. Damit war er aus dem Blickfeld der Leute, die da eventuell auf der Straße nach ihm suchten. Ja, wenn wir jetzt das Glück haben und sogar ein Bild von ihm kriegen, na, also manchmal glaube ich, so ein Glück kann man gar nicht haben."

Dr. Brunner lachte. „Du bist mal einer. Ich glaube, Du musst Dich bald mal entscheiden, was Du wirklich werden willst, entweder Rechtsanwalt oder Detektiv. Aber so, wie Du bist, passen wir wunderbar zusammen."

Sie unterhielten sich noch lange über die Möglichkeiten, wie es gewesen sein könnte und die rechtlichen Auswirkungen.

Als sie nach einer Stunde wieder zu dem Antiquitätengeschäft kamen, war der Sohn schon da. Er begrüßte sie freudig, auch deshalb freudig, weil er nachweisen konnte, dass seine Einrichtung, die seine Firma da erfunden hatte, funktionierte und dass sie sehr nützlich ist. Also, er nahm die beiden mit in einen Nebenraum und bastelte dort an einem schwarzen Kasten herum. Dann hatte er eine Kassette und schob diese Kassette in einen Videorekorder. Und siehe da, schon hatten sie ihren Amerikaner.

„Was Sie da in Händen haben", sagte Dr. Brunner anerkennend zu dem jungen Techniker, „ist wertvolles Beweismaterial. Was wir noch brauchen, wären eine paar gute Bilder von diesem Mann, der da zu sehen ist."

„Ja", sagte der Junge stolz, „das können wir machen. Sie können die Bilder in etwa einer Stunde abholen. Ich kann Ihnen auch eine Kopie von dem Film machen."

„Ja, beides wäre sehr schön. Und wenn Sie das mal benötigen, werde ich gerne bescheinigen, dass diese Einrichtung außerordentlich nützlich ist." Er lachte und gab dem Jungen die Hand.

„Ich lasse die Bilder und die Kopie des Bandes abholen, vielleicht kann wieder mein Gehilfe vorbei kommen. Ist Ihnen das recht? Für Ihre Unkosten komme ich natürlich auf."

„Ist in Ordnung", sagte der Techniker. ..

Sie verabschiedeten sich von dem jungen Techniker mit dem Versprechen, in einer Stunde die Kopie des Bandes und einige der besten Bilder abzuholen.

Dr. Brunner eilte zum Gericht, um dort Maria Hagenfeld aufzusuchen und sie von dem Erfolg ihres Besuches in dem Antiquitätengeschäft zu unterrichten.

Sein Gehilfe begab sich zum Büro, um dort alles für eine kurze Vorführung der Kopie des Bandes vorzubereiten. Pünktlich eine Stunde später erschien der Gehilfe wieder in dem Antiquitätengeschäft, wo der junge Techniker schon auf ihn wartete. Bei dieser Gelegenheit bemerkte der Gehilfe zum ersten Mal, dass dieser junge Mensch wirklich wie ein Erfinder aussah, wie man ihn sich so landläufig vorstellt. Die Haare schienen ungekämmt zu sein und standen teilweise vom Kopf ab. In der äußeren Brusttasche seiner Jacke steckten verschiedene Utensilien, wie z. B. Polprüfer, verschiedene Schraubenzieher und einige Farbstifte verschiedener Art. Auch der etwas weltabgewandte Blick, den man häufig solchen Leuten andichtet, war vorhanden. Dabei stand dieser junge Mann mit beiden Füßen fest auf der Erde. Er erklärte dem Gehilfen noch einmal genau, wie seine Apparatur funktionierte und weshalb sie weit bessere Bilder zeigte als dies bei den normalen Aufnahmegeräten, die bisher im Handel waren, der Fall ist.

Der Gehilfe bedankte sich ordentlich bei dem jungen Mann und versprach ihm, dass er ihn über den Fortgang des Prozesses schnellstens unterrichten wolle. Mit seiner Beute eilte er schleunigst ins Büro, wo tatsächlich schon Maria Hagenfeld und Dr. Brunner eingetroffen waren. Sie sahen sich die Kopie des Bandes an und fanden, dass es eine hervorragende Arbeit sei. Anhand dieses Bandes müsste die Polizei in der Lage sein, diesen Mann sehr schnell ausfindig zu machen. Deshalb fragte Maria Hagenfeld den Gehilfen, ob er von dem Band nochmals zwei Kopien anfertigen könnte. Eine Kopie, so meinte sie, sollte mit einem der Bilder dem Gericht übergeben werden und eine Kopie sollte mit einigen Bildern dem Kommissar Baumann von der Kripo übergeben werden, der die Ermittlungen bisher geleitet hatte. Dr. Brunner warnte davor, große Hoffnungen auf den Kommissar zu setzen. Er wolle ihn nicht direkt als parteiisch bezeichnen, jedoch habe er Vorbehalte insbesondere gegen die Arbeit von Maria Hagenfeld und gegen ihn. Nebenbei gesagt seien die Vorbehalte gegen seine Person noch älteren Datums, weil er häufig Angeklagte vertrete, für deren Anklage die Polizei das Material geliefert hatte, welches Herr Dr. Brunner in der Verhandlung dann zerpflückte. Deshalb herrschte stetiger kleiner Ärger zwischen dem Kripomann und dem Rechtsanwalt, der es mit der Vertretung seiner Mandanten sehr ernst nahm. Für ihn waren wirklich alle Menschen gleich und er behandelte sie auch alle gleich. Ein Angeklagter ist nur dann schuldig, wenn das Beweismaterial gegen ihn wirklich einwandfrei ist und auch einwandfrei zustande gekommen ist.

Am Nachmittag machte sich Maria Hagenfeld auf, um noch einmal ins Gericht zu gehen, mit dem Richter zu reden und ihm einen kurzen Schriftsatz und das Beweismaterial zu geben und vielleicht ihren Mandanten schon vor der Hauptverhandlung frei zu bekommen.

Dr. Brunner machte sich den Spaß und marschierte mit dem neuen Beweismaterial zur Kripo und suchte den Kommissar Baumann auf. Schon sein Erscheinen ließ Baumann nichts Gutes erhoffen. Er kannte den Rechtsanwalt genau und wusste, wenn der zu ihm kam, dann hatte er, wie man so sagt, ein Pfund in der Tasche. Und er hatte ja auch mit dieser Meinung nicht unrecht. Als ihm Dr. Brunner die Kopie des Bandes und einige Bilder, die der Techniker gemacht hatte, auf den Tisch legte, meinte der Kommissar: „Und wer soll das sein?". Er betrachtete sich das Bild, konnte sich aber keinen Reim drauf machen. Er rief eine Sekretärin herbei und sagte ihr, sie möchte doch mal ihr Videogerät einschalten und die Kassette hineinstecken. Dann schauten sie sich gemeinsam die Bilder an.

Dr. Brunner erläuterte, dass dies auf dem Bild ein Mann sei, wahrscheinlich ein Amerikaner, der zur Tatzeit oder kurz vor der Tatzeit in das Antiquitätengeschäft gekommen war und offenbar eine Verfolgung durch die Polizei vermutete. Er verschwand in einem hinteren Raum, der aber durch einen Zufall von einer neu entwickelten Kamera probeweise beobachtet wurde. Wie zu sehen war, seien die Bilder absolut einwandfrei und es käme jetzt darauf an, dass dieser Mann schnellstens gefunden werde. Er müsse der Besitzer der geklauten Brieftasche sein und der Hersteller oder Transporteur von den falschen Geldscheinen, die sich in der Brieftasche befanden. Mit einem kleinen Lächeln bemerkte Dr. Brunner noch: „Es ist bestimmt für die Polizei ein Leichtes, diesen Mann ausfindig zu machen und als Zeuge ins Gericht zu bringen."

Kommissar Baumann war doch etwas geschockt. Denn ihm wurde klar, dass er bzw. seine Mitarbeiter hier einiges unterlassen hatten. Sie hatten sich, das kam ihm zu Bewusstsein, nicht nach den anderen Besuchern des Geschäfts näher erkundigt. Ob die These von dem Rechtsanwalt richtig war oder falsch, das konnte sich erst herausstellen, wenn sie diesen Mann als Zeugen vernehmen konnten. Baumann war ärgerlich, was zu verstehen ist. Er war auch auf die beiden Rechtsanwälte Maria Hagenfeld und Peter Brunner ärgerlich, weil sie in Kenntnis der Rechtslage genau das getan hatten, was das Recht vorschreibt. Sie hatten das neue Beweismaterial sofort der Polizei übergeben und, wie Kommissar Baumann vermutete, natürlich auch dem Gericht mit einem Beweisantrag. Damit hatte er den Schwarzen Peter in der Hand, denn er musste jetzt reagieren. Er konnte nicht über den Beweisantrag und über das Material, das ihm übergeben wurde, einfach hinweggehen. Also musste er sofort eine Fahndung herausgeben. Bei dem Wort Fahndung zögerte er und überlegte: „Es ist wohl besser, da bisher keinerlei Beweise gegen den Mann vorliegen, wenn ich das Bild mit einer kurzen Notiz der Presse übergebe. Dann habe ich etwas getan, was zur Auffindung des Mannes führen könnte und doch nichts riskiert. Wenn ich jedoch über diesen Mann, über den ich gar nichts weiß, eine Fahndung herausgebe und es stellt sich heraus, dass es ein harmloser Bürger ist, dann werde ich von den Gazetten in der Luft zerrissen. Wenn wir bis zur Verhandlung keinen Erfolg haben, kann das Gericht einen Beschluss fassen, dass eine Fahndung eingeleitet werden soll. Damit habe ich den Schwarzen Peter an das Gericht weitergegeben." Er sagte über seine Gedanken nichts dem Rechtsanwalt, sondern behielt das wohlweislich für sich.

Dr. Brunner ging nun zurück zum Büro und überlegte, was noch getan werden könnte. Er führte einige Telefongespräche und eilte plötzlich aus dem Büro. Der Sekretärin sagte er, dass er noch einmal zum Polizeipräsidium müsse. Ihm war eingefallen, was sie längst hätten machen müssen, sich mit einer anderen Abteilung der Kriminalpolizei in Verbindung zu setzen, nämlich mit dem Falschgelddezernat. Er hatte sich mit dem Leiter schon telefonisch verständigt und ihm einige Hinweise gegeben, worauf dieser sagte, unter den vielen Verdächtigen, die sie auf ihrer Liste haben, könnte durchaus der Betreffende sein.

Als er im Polizeipräsidium ankam, war schon etliche Zeit vergangen und das Ende der Arbeitszeit im Präsidium nahte. Der Leiter der Falschgeldabteilung erwartete ihn schon. Er hieß Alexander Marlow und war ein älterer Herr, von dem man sich erzählte, dass er auf dem Gebiet des Falschgeldes ein Phänomen sei. Er hatte durch seine Arbeit schon viele Erfolge eingeheimst und war deshalb in die höchsten Ränge der Kriminalpolizei aufgestiegen. Dr. Brunner hatte ihm die Kopie des Bandes mitgebracht und sie sahen es sich gemeinsam mit einigen Mitarbeitern an. Als der Film abgelaufen war, sagte einer der Mitarbeiter: „Na, den kennen wir doch." „Ja, das stimmt, er tritt oft als Amerikaner auf. Vielleicht stammt er auch aus Amerika, zumindest spielt er den Amerikaner sehr gut und hat schon einiges auf dem Kerbholz. Wir schauen mal nach, was sein letzter Wohnsitz war und ob wir ihn unter Umständen sehr schnell zu einer Vernehmung holen können."

Der Leiter des Falschgelddezernats bedankte sich bei Dr. Brunner für die Mitteilung und die übergebenen Unterlagen und versprach, wenn sie in der Fahndung irgendeinen Erfolg erzielen konnten, ihn sofort anzurufen.

Die Rechtsanwältin Maria Hagenfeld war inzwischen bei dem zuständigen Richter und saß ihm gegenüber. Sie überreichte ihm einen Beweisantrag, der die neuen Materialien, die Kopie des Bandes und die vorhandenen Bilder zum Gegenstand hatte. Der Richter war nicht abgeneigt, beides als Beweis zuzulassen. Nur machte er die Einwendung, dass er natürlich dem Staatsanwalt Siegfried Menzel eine Information zukommen lassen müsste.

Die Rechtsanwältin ihrerseits wies darauf hin, dass der Staatsanwalt durchaus berechtigt sei, den Beweisantrag zu erhalten, jedoch auf die Unterlagen des Beweisantrages keinen Zugriff über den Richter bekommen sollte, zumal in einem geordneten Verfahren der Staatsanwalt von der Kripo unterrichtet werde und die Kripo besitze beides, die Kopie von dem Band und einige Bilder, die von dem Band gemacht wurden.

Der Richter meinte, dagegen habe er nichts einzuwenden und empfahl ihr, sich gerade auf diese Sache, auf diesen Beweisantrag, gut vorzubereiten, denn die Kripo und auch der Staatsanwalt hätten dann immer noch einige Argumente und bestimmt auch entsprechende Unterlagen in petto.

Die Rechtsanwältin war damit zufrieden, sie hatte den Richter nicht im Dunkeln gelassen und trotzdem klar zum Ausdruck gebracht, dass das Verhältnis Richter und Staatsanwalt nicht überhand nehmen dürfe.

Vor der Hauptverhandlung hatten sie noch ein gemeinsames Gespräch, die Rechtsanwältin Maria Hagenfeld, der Rechtsanwalt Dr. Peter Brunner und sein Gehilfe. Es ging darum, wie die Sache von ihrer Seite aus ablaufen sollte. Der Gedanke, den Maria Hagenfeld zuerst hatte, dass Dr. Peter Brunner voll mit in die Verteidigung einsteigen sollte, wurde verworfen. Es war besser, wenn Dr. Brunner von dieser Seite her frei und nicht belastet war, damit er eventuell notwendig werdende Mitteilungen an die Presse geben kann. Diese sollten rechtlich einwandfrei und den Verfahrensvorschriften entsprechend formuliert sein.

Der Staatsanwalt Siegfried Menzel erhielt, wie Maria Hagenfeld vorausgesehen hatte, von Kommissar Baumann einen Anruf, er möge doch mal zu ihm kommen, er habe angeblich neues Beweismaterial erhalten. Es betreffe die Sache mit dem armen Hund, wie er den Angeklagten bezeichnete und der Absicht des Herrn Staatsanwalts, in dieser Sache seine ganze Kraft zu konzentrieren, um eine hohe Bestrafung zu erreichen.

Der Staatsanwalt erschien auch sofort bei Kommissar Baumann, der ihn bat, sich die Kopie des Bandes anzusehen. Sie schauten sich beide das Band noch einmal an, dann fragte der Staatsanwalt, „Wo soll da ein Beweis sein, ich sehe keinen Beweis."

„Nun", meinte der Kommissar, „es kann durchaus sein, dass der auf den Bildern abgebildete Mann ein größerer Fisch ist, als vermutet wird und ich muss natürlich nach den gesetzlichen Vorschriften jedem Hinweis nachgehen. Ich gebe ja zu, dass wir bei den Ermittlungen einen Fehler begangen haben, weil wir uns nach den anderen Anwesenden am Tatort nicht näher erkundigt haben."

Der Staatsanwalt beruhigte den Kommissar: „Nach meiner Auffassung bringen diese Materialien, nämlich die Kopie des Bandes und die Bilder, keine neuen Fakten, die sich auf meine Argumentation auswirken könnten. Auf dem Band ist lediglich ein Mann zu sehen, der Möbel betrachtet und befühlt, mehr a-ber nicht. Um wen es sich hierbei handelt, ist noch völlig offen. Unter den gegebenen Umständen kann man nicht vermuten, dass er irgendetwas mit dem Diebstahl der Brieftasche zu tun hat. Die Brieftasche haben wir, den Dieb haben wir und er hat ein Geständnis abgelegt. Oder", so fragte er den Kommissar eindringlich, „gibt es noch anderes Material, von dem ich nichts weiß?"

„Nein", versicherte der Kommissar, „alles erfassbare, was wir bei der Wohnungsdurchsuchung bei dem Angeklagten gefunden haben, liegt Ihnen vor. Es könnte unseres Erachtens auch nichts Neues kommen. Es sei denn, die Gegenseite würde ganz neues Material präsentieren, aber dazu ist sie ja wohl nicht in der Lage, sonst hätte sie es ja schon getan."

Der Staatsanwalt war's zufrieden, begab sich aber sicherheitshalber noch einmal zu dem zuständigen Richter und bat ihn um eine Unterredung, die ihm auch gewährt wurde. Der Richter empfing ihn mit den Worten „Na, Herr Staatsanwalt, was haben Sie für Sorgen?"

„Ich habe durchaus keine Sorgen", entgegnete der Staatsanwalt. Ich wollte sie nur informieren, dass der Ermittlungsbehörde zwei neue, nach Auffassung der Verteidigung, wichtige Materialien vorliegen, nämlich ein Band, ein Videoband, und einige Bilder von einer männlichen Person."

„Ja", antwortete der Richter, „davon bin ich bereits unterrichtet."

„So", meinte der Staatsanwalt, „davon wusste ich nichts. Ich wollte Sie nur der Ordnung halber damit bekannt machen."

„Sagen Sie mal", warf der Richter ein, „ist das vorliegende Material wirklich alles, was die Ermittlungen ergeben haben und was Ihnen zur Verfügung steht?"

„Ja", sagte der Staatsanwalt, „das ist alles. Wieso fragen Sie?"

Der Richter machte ein bedenkliches Gesicht, „mir kommt es halt sehr mager vor und ich muss Sie warnen, mit der Frau Hagenfeld ist nicht zu spaßen. Täuschen Sie sich nicht, eventuell meinen Sie, das ist nur eine Frau, eine schwache Frau. Sie hat eine scharfe Zunge und einen guten Intellekt. Vielleicht überlegen Sie das noch einmal, was Sie in Ihrer Anklageschrift sagen wollen und was als Antrag vorgebracht wird. Es könnte durchaus sein, dass die Rechtsanwältin die Strategie der Beweisführung von A bis Z beherrscht."

Der Staatsanwalt bedankte sich bei dem Richter auch für seine mahnenden Worte und meinte „Ich werde keine eventuell aufkommenden Bedenken auslassen", was immer das heißen sollte und verabschiedete sich von dem Richter.

Der Tag der Hauptverhandlung kam heran und Maria Hagenfeld war voller Konzentration. Wie verabredet, war sie die alleinige Verteidigerin. Rechtsanwalt Dr. Brunner war auch anwesend, aber er saß nur zeitweise im Zuschauerraum. Der Angeklagte machte einen schlechten und zerknirschten Eindruck, obwohl seine Verteidigerin versucht hatte, ihn durch einen nochmaligen Besuch für die Hauptverhandlung etwas zu stärken. Offenbar war es ihr nicht gelungen. Die Hauptverhandlung wurde eröffnet und der Richter bat den Staatsanwalt, die Anklagepunkte gegen den Angeklagten noch einmal vorzubringen, obwohl die ja allen Beteiligten schon bekannt waren. Der Staatsanwalt tat dies, er war vollkommen sachlich und zeigte keine Emotionen.

Man trat in die Beweisaufnahme ein, dazu wurde die Ermittlungsbehörde oder ein Vertreter der Ermittlungsbehörde gehört, der auch nichts Neues brachte, sondern nur mit dürren Worten schilderte, dass sie von dem Vermieter des Angeklagten einen Anruf erhielten, dem sie dann nachgegangen sind und was bei der Hausdurchsuchung bei dem Angeklagten alles zum Vorschein gekommen ist.

Hauptbeweisstück war natürlich die Brieftasche, die in einer unverschlossenen Schublade des Tisches gefunden wurde. Hier hakte die Vertreterin des Angeklagten mit einer Frage ein. Sie richtete die Frage sowohl an den Herrn Staatsanwalt wie auch an den Vertreter der Ermittlungsbehörde, das heißt den Kommissar: „Was war denn alles in der Brieftasche drin, das würde mich interessieren?"

Der Staatsanwalt nahm dem Kommissar die Beantwortung der Frage ab und erklärte: „In der Brieftasche waren zwei Briefumschläge mit Geldscheinen und sonst nichts."

Der Kommissar verbesserte ihn in der Hinsicht, dass er sagte: „Es sind noch ein paar Zettel in der Brieftasche gewesen."

Die Rechtsanwältin blieb hartnäckig. Sie fragte noch einmal: „Was ist alles in der Brieftasche gewesen? Waren in der Brieftasche auch Briefumschläge mit Briefen?"

Der Kommissar versicherte noch einmal: „In der Brieftasche war sonst nichts wesentliches, was für die Ermittlungen gegen den Angeklagten wichtig gewesen wäre."

Auf die nochmalige Frage der Rechtsanwältin: „Waren denn keine Briefumschläge mit Anschriften, also mit Briefen und sonstige Zettel mit Aufzeichnungen vorhanden?"

Der Kommissar beantwortete diese Frage noch einmal mit einem klaren Nein, das sei nicht der Fall gewesen.

Der Staatsanwalt hatte sich die mahnenden Worte des Richters zu Herzen genommen und die Unterlagen für die Anklageschrift noch einmal genau durchgesehen und geprüft. Er war schließlich auch zu der Überzeugung gekommen, dass das alles etwas mager war.

Nicht, dass er an der Schuld des Angeklagten gezweifelt hätte, die lag ja nach seiner Auffassung klar auf der Hand. Was ihn besonders ärgerte war, dass hinsichtlich des Falschgeldvertriebs durch den Angeklagten die Beweiskette auf ziemlich schwachen Beinen stand. Zu dieser Frage, die ja auch der Schwerpunkt seiner Anklageschrift war, hatte er einen Gutachter mobilisiert, der auch ein umfassendes Gutachten verfasst hatte. Bevor das Gericht zu den Beweisanträgen der Vertretung des Angeklagten übergehen konnte, meldete er sich zu Wort und brachte einen neuen Beweisantrag ein. Es hieß dort unter anderem: Die Ergebnisse der Vernehmung des Angeklagten und der Durchsuchung der Wohnung des Angeklagten lassen es notwendig erscheinen, zu der Frage des gefundenen und beschlagnahmten Falschgeldes einen Gutachter zu hören. Anbei unterbreitet die Anklagevertretung dem Gericht das Gutachten des Herrn Dr. Küßner, aus dem eindeutig und beweiskräftig folgende Punkte hervorgehen:

Bei dem Falschgeld handelt es sich um Hundertmarkscheine scheine, die durch einen oder mehrere Fachleute hergestellt wurden.

Auf einem Teil der Scheine wurden die Fingerabdrücke des Angeklagten festgestellt.

Die Scheine liegen in einer so großen Anzahl vor, dass angenommen werden kann, dass es sich um Vorratswirtschaft des Angeklagten handelt.

Aus der Sorgfalt der Herstellung und das Anlegen eines so großen Vorrats geht einwandfrei hervor, dass es sich um eine langfristige Planung und nicht etwa einen Zufall handelt.

Die Anklagevertretung stellt den Antrag das Gutachten von Herrn Dr. Küßner als Beweismittel anzuerkennen."

Nun kamen die Beweisanträge der Vertretung des Angeklagten an die Reihe. Als erstes beantragte die Rechtsanwältin, das Videoband vorzuspielen und die Bilder vorzulegen. Es war alles vorbereitet, das Videoband wurde vorgeführt.

Sofort nach der Vorführung plusterte sich der Staatsanwalt auf: „Was soll denn das? Auf dem Videoband wird ein Mann gezeigt, der sich Möbel ansieht, die Möbel untersucht und befühlt, sonst ganz und gar nichts."

Die Rechtsanwältin entgegnete: „Das kann so sein, ist aber nicht so. Wir werden uns erlauben, wenn das Gericht damit einverstanden ist, zwei zusätzliche Zeugen in den Zeugenstand zu rufen. Die Zeugen können, eventuell nach der Mittagspause, hergeschafft werden."

Der Staatsanwalt und auch der Richter waren perplex. Es war ihnen schleierhaft wo die Rechtsanwältin die Zeugen hernehmen wollte. Deshalb wandte der Richter ein „Frau Rechtsanwältin, ich darf Sie darauf aufmerksam machen, dass sie einen ordentlichen Beweisantrag vorlegen müssen."

„Ja", antwortete die Rechtsanwältin, „das werde ich tun, leider geht es erst nach der Mittagspause, weil es etwas dauern wird, die Zeugen herbeizuschaffen."

„Gut", meinte der Richter, „Herr Staatsanwalt, sind Sie einverstanden, dass wir eine Mittagspause einlegen?"

Der Staatsanwalt war einverstanden und das Gericht vertagte sich bis 13.30 Uhr nach dem Mittagessen.

In der Mittagspause saßen Rechtsanwältin Maria Hagenfeld, Rechtsanwalt Dr. Brunner und der Gehilfe von Dr. Brunner in der Kantine. Sie hatten schnell gegessen und tranken zum Abschluss noch einen Kaffee, dabei besprachen sie den weiteren Fortgang der Hauptverhandlung.

„Was hast Du nun in petto", fragte Maria ihren Freund und Kollegen Peter.

Der grinste und sagte: „Ich habe ein Pfund, das ich Dir jetzt noch nicht vorzeigen kann."

„Ja", meinte sie, „ich habe aber doch auf Dein Winken hin angenommen, dass ich die Beweisanträge stellen soll."

„Das ist alles vollkommen richtig", meinte Dr. Brunner, „es ist auch eine todsichere Sache für uns. Ich habe nämlich von den Ermittlern vom Falschgelddezernat die Nachricht bekommen, dass der Besitzer der Brieftasche ermittelt wurde. Angesichts hoher Strafen die ihm drohen, da er ja schon vorbestraft ist, hat er dann nach einer ernsthaften Befragung, nach Meinung der Ermittler, vollkommen ausgepackt."

„Er ist also bereit auszusagen, was in der Brieftasche war?"

„Nebenbei wird er auch auf Fragen antworten, die seine Funktion in dieser Falschgeldgeschichte betreffen, diese Fragen werden nicht zu vermeiden sein. Dann wird er dazu Stellung nehmen, wie das ganze in diesem Laden abgelaufen ist und warum er sich in diesen Laden geflüchtet hatte. Der Leiter der Falschgeldabteilung hat mir versichert, es wird einige kleine Überraschungen geben; auch für unseren Herrn Staatsanwalt. Ich habe Dir ja gleich gesagt, dass ich das Gefühl habe, der Staatsanwalt fällt mit seiner Anklage diesmal auf die Nase."

„Ja, gesagt hast Du es", sagte Maria, „aber ich bin ehrlich, ich habe es nicht so ganz geglaubt."

„Na, warten wir mal ab bis die Beamten vom Falschgelddezernat kommen."

Es dauerte auch nicht lange, da erschien die hohe Gestalt des Leiters vom Falschgelddezernat an der Tür. Dr. Brunner winkte und er kam an ihren Tisch. Er grinste Peter Brunner und Maria Hagenfeld an und meinte „Ihr habt mir geholfen, einen Pfundskerl zu schnappen, der nun vollkommen ausgepackt hat, also bekommt ihr als Gegengabe einen Zeugen, außerdem ist unser Herr Bertram bereit auszusagen und Fragen zu beantworten, die die Ermittlungen gegen diesen Zeugen und die einzelnen Schritte unserer Abteilung betreffen. Dieser Zeuge, den wir bisher Amerikaner genannt haben, ist Wirklichkeit kein Amerikaner, sondern stammt aus dem Ruhrgebiet. Er verfällt sogar manchmal, wenn er aufgeregt ist, in das Ruhrgebiet-Platt. Dieser Mann ist bereit zu seiner Tat zu stehen und über die Organisation, der er gedient hat, auszusagen. Gegen diesen Täter ist doch das arme Würmchen, das der Herr Staatsanwalt hier angeklagt hat, ein Waisenknabe. Ich wünsche Euch also auf jeden Fall viel Glück. Unser Herr Bertram ist mit dem Zeugen bereits hier."

Die Mittagspause war vorüber und alle hatten sich wieder in dem Gerichtssaal eingefunden, einschließlich der Reporter verschiedener Zeitungen, die inzwischen darüber informiert wurden, dass hier eine dicke Sache verhandelt oder zumindest am Rande erwähnt wird. Am Eingang wurde Maria Hagenfeld von einem jüngeren Mann angesprochen, der sich als Herr Bertram vorstellte und einen Mann an der Kette hatte, den er als den Zeugen vorstellte.

Die Verhandlung begann. Nachdem der Richter sie eröffnet hatte, richtete er sich gleich mit der Aufforderung an die Vertretung des Angeklagten: „Frau Rechtsanwältin, Sie wollten einen Beweisantrag vorbringen".

Maria brachte den Beweisantrag zum Richtertisch und übergab ihn dem Richter.

Der Richter las ihn sich durch und meinte: „Es ist wohl am besten, wenn wir gleich beide Herren, da sie ja irgendwie zusammengehören und auch zusammen bleiben müssen, zur Vernehmung bitten. Sind Sie einverstanden Herr Staatsanwalt?"

Der Staatsanwalt war einverstanden. Ihm war die ganze Geschichte nicht ganz einerlei, aber er hatte sich vorgenommen, sich nicht geschlagen zu geben. Der Zeuge wurde von Herrn Bertram vorgeführt. Die Aussagen belegten ganz eindeutig, dass die Brieftasche ihm gehörte und als der Richter ihn dann fragte, ja wie denn das ganze abgelaufen sei, schilderte er den Ablauf so:

„Ich stand auf der Straße und hatte das Gefühl, dass ich beobachtet werde. Wer mich beobachtete, wusste ich nicht, ob Polizei oder ein Konkurrenzunternehmen."

Der Richter unterbrach ihn: „Was meinen Sie mit Konkurrenzunternehmen?"

„Nun ja, Sie sind ja wahrscheinlich informiert, dass ich Falschgeld transportiert habe, und da konnte es durchaus sein, dass es hier ein Konkurrenzunternehmen gibt, das mich ausschalten wollte. Ich flüchte mich also in diesen Laden und gab vor, Interesse für die ausgestellten Möbel zu haben. Ich erkannte auch sofort die Möglichkeit, in einen Nebenraum zu verschwinden. Das war außerordentlich günstig. Den Ballast, den ich bei mir trug, nämlich die Brieftasche mit dem Falschgeld, deponierte ich in einer Ecke, die zwar nicht ganz versteckt war, wo aber nicht sofort jeder darauf aufmerksam wurde. Ich tat dies unbemerkt, weil ich ja kein Interesse hatte, dass weder

der Inhaber noch der Verkäufer irgendwie auch nur die Überlegung bekamen, es geschehe etwas ungesetzliches. Ich blieb also so lange in dem Raum, bis mir hundert Prozent klar war, dass weder die Polizei noch irgend ein anderes Unternehmen auf der Straße waren. Dann wollte ich den Laden wieder verlassen, bemerkte aber, dass die Brieftasche, die ich dort unter der Theke deponiert hatte, nicht mehr da war. Es blieb mir nichts anderes übrig, als den Laden trotzdem zu verlassen und zu verschwinden. Das Falschgeld musste ich eben flöten gehen lassen."

Hier schaltete sich Maria ein und frage den Zeugen: „Was war denn in der Brieftasche alles drin? Können Sie sich darauf besinnen?"

Der Zeuge sagte: „Natürlich, ich musste meine Brieftasche ja immer überschaubar halten und nur das drinnen haben, was unbedingt notwendig war oder solche Sachen, die unverdächtig waren. Also, da waren zwei Briefumschläge drin mit falschen Geldscheinen, außerdem drei Privatbriefe, einer von meiner Freundin, ein Brief aus Amerika von irgendeinem Bekannten und ein Brief, der noch verschlossen war, den ich abschicken wollte. Der Inhalt war unverfänglich, da konnte also nichts passieren. Einige Notizzettel, von denen die meisten leer waren. Ein Zettel war dabei, auf dem standen nur Zahlen untereinandergereiht. Was die Zahlen bedeuteten, wusste ich nicht. Ich hatte den Auftrag, das Falschgeld mit diesem Zettel an einen Mann zu übergeben, den ich an einem anderen Ort treffen sollte. Das ist alles."

Maria war zufrieden.

„Herr Staatsanwalt, haben Sie noch Fragen an den Zeugen?,,

Der Staatsanwalt war so verdattert, dass er nicht wusste, wie ihm geschah. Er verneinte die Frage, behielt sich aber vor, den Zeugen später noch einmal zu befragen, wenn einige Dinge sich geklärt hatten.

Der Richter war einverstanden.

Nun wurde der Bewacher, nämlich Herr Bertram, von der Rechtsanwältin des Angeklagten als Zeuge befragt: „Wie kam es denn zur Festnahme von dem Zeugen?"

Herr Bertram schilderte daraufhin folgendes: „Ein Rechtsanwalt kam zu uns mit einem Videoband und bat uns, das Videoband zu überprüfen, da er vermuten müsse, dass es sich hier um eine Falschgeldaffäre handelt. Das war bis dahin noch unbewiesen. Als wir uns jedoch das Band angesehen hatten, stellte einer unserer Ermittler fest, dass er diesen Mann schon einmal bei einer Beobachtung in Verbindung mit einer Falschgeldbande gesehen hatte, die dann später aufgeflogen sei und zwar in einem anderen Staat. Das haben wir als Anhaltspunkt genommen und über verschiedene Verbindungswege recherchiert. Wir wollten feststellen, wer dieser Mann ist. Aus Frankreich und Holland bekamen wir verschiedene Hinweise. Dort ist er jedes Mal unter einem anderen Namen aufgetreten. Es wurde klar, dass die Festnahme dieses Mannes zu neuen Erkenntnissen führen würde und dass er in die Falschgeldgeschichte irgendwie eingebunden ist."

Der Richter fragte nun den Staatsanwalt: „Herr Staatsanwalt haben sie noch Fragen dazu?".

Der Staatsanwalt fragte den Beamten des Falschgelddezernats: „Welcher Rechtsanwalt ist denn zu Ihnen gekommen?" Er merkte nicht, dass er in eine Falle tappte, die ihm gar nicht gestellt worden war.

Der Zeuge grinste und meinte: „Da muss ich erst meinen Vorgesetzten fragen, ob ich das überhaupt sagen darf. Allgemein sind wir angewiesen, da die Ermittlungen in der Falschgeldgeschichte noch laufen, weder gegenüber der Presse noch irgend einem anderen Amt Angaben zu machen."

Der Richter merkte, dass der Staatsanwalt sich verrannt hatte und schaltete sich ein: „Also, Herr Staatsanwalt, ich glaube diese Frage ist nicht relevant für unser gegenwärtiges Verfahren. Hier geht es um etwas, was natürlich die Ermittlungstätigkeit unserer Polizei berührt, aber leider in einem negativen

Sinne. Im Übrigen ist wohl alles gesagt und wir können die Zeugen entlassen."

Der Staatsanwalt meldete sich noch einmal zu Wort und erinnerte daran, dass er darum gebeten hatte, den Zeugen bei Bedarf noch einmal in den Zeugenstand zu rufen.

„Einverstanden", meinte der Richter. Die Zeugen sind vorläufig entlassen.

Maria Hagenfeld meldete sich zu Wort und bat darum, noch einmal den Zeugen Kommissar Baumann befragen zu dürfen. Der Richter sah den Staatsanwalt an, der hob beide Hände, er hatte keine Einwände. Der Kommissar kam noch einmal in den Zeugenstand. Der Richter sagte: „Frau Rechtsanwältin, bitte".

Maria fragte: „Was ist denn nun wirklich mit der Brieftasche geschehen? Offensichtlich bestehen Meinungsverschiedenheiten zwischen der Polizei und dem Eigentümer der Brieftasche, der ja ebenfalls als Zeuge ausgesagt hat. Der Kommissar rutschte auf seinem Sitz hin und her und wusste nicht, wie er sich drehen und wenden sollte."

Die Rechtsanwältin fragte noch einmal: „Was war in der Brieftasche?"

„Ja", quetschte der Kommissar heraus, „da ist mir wohl ein Fehler unterlaufen. Ich gebe das zu. In der Brieftasche waren noch mehrere Zettel, einer beschrieben, wie der Zeuge ja ausgesagt hat, und drei Briefumschläge."

Die Rechtsanwältin warf ein: „Jetzt würde mich doch mal interessieren, was mit diesen Papieren, die ja letztlich zu den Beweismitteln gehören, geschehen ist."

„Nichts, gar nichts", entgegnete der Kommissar. „Wir haben diese Papiere als nicht relevant für diesen Fall angesehen. Die Brieftasche wurde geklaut und wir mussten nachweisen, dass es sich um einen Diebstahl handelt. Der Eigentümer hatte die Brieftasche dort liegen gelassen. Allerdings, wie sich jetzt herausgestellt hat, wurde die Brieftasche mit Absicht dort hingelegt. Das ändert aber nichts an dem Tatbestand, dass der Angeklagte die Brieftasche weggenommen hat. Der Angeklagte hat das ja auch zugegeben. Für uns war es wichtiger festzustellen, wie viel Geld in der Brieftasche war. Wir stellten fest, dass eine Menge Falschgeld da war, das der Angeklagte unter die Leute bringen wollte."

Die Rechtsanwältin sah den Richter an und sagte: „Ich beantrage, dass ausdrücklich festgestellt wird, dass die Ermittlungsarbeit der Polizei Fehler aufwies und dass zum Beispiel nicht nachgeforscht wurde, wer auf dem einen verschlossenen Brief als Absender stand und an wen die anderen Briefe gerichtet waren. An welche Adresse zum Beispiel. Sonst hätte das ja den Anschein, als wollte man nur dem Angeklagten etwas an die Beine binden, was er zwar getan hat, was aber bei weitem nicht so schwer wog, wie das Falschgeld, das in der Brieftasche war. Die Polizei hätte unbedingt den Besitzer der Brieftasche ermitteln sollen, um gegen ihn ein Verfahren wegen Falschgeldbesitz, Transport und Vertrieb einzuleiten. Das bitte ich im Protokoll festzuhalten."

Der Richter grinste unmerklich. „Herr Staatsanwalt, haben Sie etwas gegen das Protokoll zu sagen oder gegen das Festhalten von diesen Tatsachen in dem Protokoll?"

Der Staatsanwalt schien am Boden zerstört. „Nein, nein", sagte er, „das ist alles in Ordnung."

Der Richter sagte: „Dann kann also der Zeuge entlassen werden?„ Beide, Staatsanwalt und Anklagevertretung, sagten ja und der Kommissar war als Zeuge entlassen.

Der Richter meinte nun: „Wir können die Beweisaufnahme schließen." Er sah die Anklagevertretung und die Vertretung des Angeklagten an, sie nickten. „Die Beweisaufnahme ist geschlossen. Herr Staatsanwalt, Ihr Plädoyer."

Es zeigte sich jetzt, dass der Staatsanwalt nicht am Boden zerstört war, im Gegenteil, er hielt stur an seiner alten Fahrtrichtung fest. Er hielt das Plädoyer so, wie er es am Anfang bei der Vorbereitung des Prozesses schon fertiggestellt hatte. Er hob besonders heraus, dass der Angeklagte einen Diebstahl begangen habe und zwar den Diebstahl einer nicht unerklecklichen Summe. Damit meinte er das Falschgeld in der Brieftasche, denn das Kleingeld, das der Angeklagte herausgenommen hatte und das er auch in seiner Vernehmung zugegeben hatte, fand kaum dabei Erwähnung. Des weiteren habe der Angeklagte versucht, Falschgeld unter die Bevölkerung zu bringen, was strafbar sei. Besonders schwer wiegend sei, dass er davon eine größere Menge bereitliegen hatte, das er ohne Zweifel, nach seiner Meinung, alles unter die Leute bringen wollte, um damit sein Einkommen aufzubessern. Am Schluss seines Plädoyers verlangte er entsprechend der Tat eine strenge Bestrafung und beantragte zwei Jahre Gefängnis ohne Bewährung.

Nach seinem Plädoyer gab sich der Staatsanwalt siegesbewusst. Er glaubte, er habe alle empfindlichen Stellen in seiner Anklage damit abgedeckt. Nun erhielt Maria Hagenfeld als Vertreterin des Angeklagten das Wort.

Maria Hagenfeld hatte sich gut vorbereitet. Sie hatte ja schon mit ihrem Freund Peter einige Punkte, die auch auf Seiten des Anklagevertreters schwach waren, herauskristallisiert. Sie bezog sich in ihrer Verteidigung des Angeklagten auf die Anklageschrift und das Plädoyer des Staatsanwalts und auf einige wenige Schwerpunkte im gesamten Verfahren und seiner Vorbereitung.

Vor allen Dingen hob sie hervor, dass der Angeklagte keinerlei Vorstrafen hatte.

Als weiteres stellte sie in den Mittelpunkt, dass er ein armer Mensch sei, der mühsam sich ein Paar Pfennige verdiente und die unterhalb der Theke liegende Brieftasche als etwas ansah, mit dessen Inhalt er seine Miete bezahlen konnte, wo er einhundertzehn DM rückständig war.

Dass die Brieftasche Falschgeld enthielt, konnte er gar nicht wissen. Und deshalb sei der Vorwurf, dass er Falschgeld unter die Menge bringen wollte, vollkommen daneben. Was der Angeklagte wollte, war nur seine Miete bezahlen. Und das hatte er ja auch getan, denn sein Vermieter, der das Geld dann ausgeben wollte und damit eben darauf gestoßen ist, dass es sich um

Falschgeld handelte, der machte ja die Anzeige bei der Polizei und zwar auf Anregung der Polizei.

Sie hob auch besonders die schlechte Arbeit der Polizei hervor, ohne irgend einen Namen zu nennen, sagte sie, es sei grobe Fahrlässigkeit, wenn ein Mann, ein armer Mann, festgenommen werde mit einer dicken Brieftasche und nicht in Rechnung zu stellen, wo er zum Beispiel diese Brieftasche aufbewahrt hat. Es sei nur nebenbei bemerkt worden, in Wirklichkeit ist dies ein Indiz dafür, dass der Angeklagte einmal gar nicht wusste, was er da mitgenommen hatte, nach seinem Inhalt gerechnet, und dass das so sei, beweise, dass er die Brieftasche einfach in eine Schublade, die zudem noch nicht verschlossen war und auch nicht verschließbar war, gelegt hatte, wo sie ja die Polizei dann auch gefunden hat. Ein gewiefter Gauner, der hätte doch den Inhalt der Brieftasche herausgenommen und die Brieftasche beseitigt. Dann wäre vielleicht ein etwas schärferes Strafmaß notwendig gewesen. Aber das war es ja alles nicht. Was der Angeklagte mit dem Geld machte, war, nur seine Schulden bezahlte, seine Mietschulden, dass er weiter dort wohnen konnte, und er ging in ein Kaffee und genehmigte sich dort einmal in seinem Leben ein Kännchen Kaffee und eine Schwarzwälder Kirschtorte. Dass der Staatsanwalt dafür zwei Jahre verlange, sei einfach lächerlich. Sie beantrage deshalb, da viele Dinge durch die fahrlässige Arbeit der Polizei im Dunkeln geblieben sind oder wären, wenn nicht andere mitgesucht und ermittelt hätten, den Angeklagten frei zu sprechen, weil hier das Prinzip anzuwenden sei im Zweifel für den Angeklagten. Am Schlusse ihres Plädoyers rief sie dem Staatsanwalt zu: „Sie lassen die Armen schuldig werden und stoßen sie mit solchen Plädoyers ins Unglück, Gefängnis und sie werden unter Umständen dann zu Wiederholungstätern. Das war eine gute Rede von ihr und sie konnte gut reden. Die Zuschauer, Zuhörer und die Presse waren sichtlich beeindruckt.

Der Richter sagte: „Danke, das Gericht zieht sich zur Beratung zurück."

Als das Gericht sich zurückgezogen hatte, unterhielt sich Maria Hagenfeld noch einmal mit Robert und sprach ihm Mut zu. Sie sagte mit Recht, sie glaube nicht, dass der Richter im Entferntesten daran denke, ihm eine hohe Strafe aufzubrummen. Wenn eine Strafe, dann nur eine niedrige und vielleicht auf Bewährung. Und dann würde er nach Brauch spätestens am nächsten Morgen auf freien Fuß gesetzt.

Sie ging dann auf den Flur, wo sie von einigen Pressevertretern angesprochen wurde. Allgemein wurde ihre gute Arbeit und das gute Plädoyer gelobt.

Ein junger Mann kam auf sie zu, den sie nicht kannte, denn sie war ja nicht dabei, als Rechtsanwalt Dr. Brunner und sein Gehilfe in dem Laden waren, wo der Diebstahl vor sich ging. Es war der Verkäufer, er stellte sich vor und sagte: „Ich habe nicht gewusst oder zumindest nicht genau gewusst, um was es hier eigentlich ging. Er sei durchaus bereit gewesen, für den Angeklagten auszusagen. Maria dankte ihm für seine Bereitschaft.

Sie sprach noch ein paar kurze Worte mit Peter, ihrem Freund, und seinem Gehilfen. Dann war das Gericht zu einer Entscheidung gekommen, sie mussten wieder in den Saal gehen. Alles erhob sich von den Plätzen und der Richter verkündete die Entscheidung des Gerichts. In einer längeren Vorrede würdigte der Richter die Person des Angeklagten und schätzte ihn als einen grundsätzlich ehrlichen Menschen ein. Er habe freiwillig ausgesagt, was offenbar von dem Herrn Staatsanwalt nicht honoriert worden sei. Der Richterspruch lautete: Sechs Wochen Gefängnis auf Bewährung für die Wegnahme einer Brieftasche aus dem Antiquitätenladen. Er wies noch darauf hin, dass das Urteil sofort rechtskräftig werde, wenn die Anklagevertretung und die Vertretung des Angeklagten auf Rechtsmittel verzichteten.

Der Staatsanwalt schwankte noch, aber dann sagte er sich, dass hier nichts mehr zu gewinnen war und verzichtete auf Rechtsmittel, ebenso die Vertretung des Angeklagten.

Der Angeklagte wurde wieder zurückgeführt ins Gefängnis, er sollte nach den Erkundigungen der Rechtsanwältin am nächsten Morgen entlassen werden.

Maria versprach, ihn am Gefängnis abzuholen oder zumindest einen jungen Mann zu schicken, den Gehilfen von Rechtsanwalt Dr. Brunner, der ihn abholte. Sie wollte dann noch einmal mit ihm sprechen, wie er sich verhalten müsse, was das bedeutet auf Bewährung und meinte, dass er noch gut davon gekommen sei und sie hoffe und wünsche, dass er nie mehr in eine solche Lage kommen sollte.

Als Robert ins Gefängnis zurückkam, wo er ja noch eine Nacht verbringen musste, am nächsten Morgen sollte er entlassen werden, hatte er Besuch in seiner Zelle. Es war der Gefängnispfarrer, der schon einmal bei ihm war. Damals war er wirklich am Boden zerstört und er war dankbar, dass der Pfarrer ihn aufgesucht hatte. Er hatte sich sogar vorgenommen, in Zukunft öfter in die Kirche zu gehen und auch zur Beichte. Der Pfarrer unterhielt sich mit ihm. Er hatte gehört, dass Robert mit einer geringen Gefängnisstrafe auf Bewährung davongekommen war. Er lächelte wohlgefällig und sagte: „Fürwahr, Du hast gesündigt. Doch der Herr ist mit Dir gewesen und hat Dich erhört. Der Herr hat Deine Bitte um Vergebung gehört und Dir die Kräfte geschickt, die Dich befreit haben. Die Erde ist voller Mühsal und Qual, doch Gottes Reich ist nicht von dieser Welt. Darum ertrage Dein Schicksal mit Geduld, denn im Reiche Gottes harrt Deiner ein besseres Leben."

Vor ein paar Tagen hätten diese Worte großen Eindruck auf Robert gemacht, aber nun verhallten sie im Leeren, denn Robert hatte wohl erfahren, dass es Menschen waren, die sich für ihn eingesetzt haben. Nie wird er das Plädoyer seiner Rechtsanwältin Maria Hagenfeld vergessen. Auch wusste er, dass der Rechtsanwalt Dr. Brunner und sein Gehilfe für sein Recht unterwegs waren und gearbeitet haben. Um Recht zu bekommen, musste man nicht warten bis man es bekommt, sondern um Recht zu bekommen musste man um sein Recht kämpfen. Das hatte er gelernt. Und allein ist man nichts. Mit anderen Leidensgenossen zusammen könnte man viel machen. Er wusste, dass es große Unterschiede bei den Menschen gibt. Solche, die nur auf ihren Vorteil bedacht sind, mehr Geld, mehr Achtung in der Gesellschaft um jeden Preis erringen wollen und solche, die, wenn sie auch nicht dafür bezahlt werden, sich für eine Sache einsetzen, die sie für Rechtens empfunden haben.

Am nächsten Morgen wurde er entlassen. Seine Sachen wurden ihm ausgehändigt. Als er vor die Tür des Gefängnisses trat, kam ihm der Gehilfe von Dr. Brunner entgegen, begrüßte ihn und forderte ihn auf, in seinen Wagen zu steigen, sie würden dann zum Büro fahren. Plötzlich waren mehrere Wagen dazugekommen, die Presse hatte ja auch davon gewusst und sie wusste vor allen Dingen, dass hier einiges nicht so gelaufen war, wie es von Rechts wegen vorgesehen ist. Sie wollten natürlich eine Sensation ausgraben, aber der Gehilfe von Dr. Brunner schubste Robert schnell in seinen Wagen, setzte sich ans Steuer und fuhr los.

In dem Büro waren Maria Hagenfeld und Dr. Brunner anwesend Auch der junge Mann, der Verkäufer von dem Ladengeschäft, in dem er die Brieftasche mitgenommen hatte, war gekommen. Alle begrüßten ihn freudig und berieten nun, was zu machen sei, um Robert noch etwas zu unterstützen. Schließlich hatte er noch Schulden bei seinem Vermieter, wobei auch sehr fraglich war, ob der Vermieter ihn weiter dort wohnen lassen wird, weil er, wenn er Robert sah, sicherlich Schuldgefühle bekam. Aber das waren alles Sachen, die konnten geregelt werden. Schließlich gab es noch eine Kleinigkeit zu essen, da Maria Hagenfeld damit gerechnet hatte, dass im Gefängnis das Frühstück doch nicht so prima sei und der Entlassene Hunger haben würde. Sie gab ihm bekannt, dass er in den nächsten Tagen von den Wohlfahrtsverbänden, insbesondere von der Arbeiterwohlfahrt, aufgesucht würde, um einige finanzielle Dinge, wie zum Beispiel seine Miete, zu regeln. Er brauche sich da nicht zurückzuhalten und könne offen mit den Leuten reden.

Nach einem guten Frühstück fuhr der Gehilfe Robert nach Hause und redete gleichzeitig mit dem Vermieter. Doch der Vermieter verhielt sich gut und sagte, dass Robert ruhig weiter bei ihm wohnen könne, nachdem ihm der Gehilfe angekündigt hatte, dass ein Mann der Arbeiterwohlfahrt in den nächsten Tagen kommen würde, auch um die Mietsache zu regeln.

Am Abend trafen sich die Akteure Rechtsanwalt Dr. Brunner und die Rechtsanwältin Maria Hagenfeld, auch der Gehilfe und zwei Leute vom Büro, in ihrem Stammcafé. Dort waren sie schon bekannt und alle, die Stammgäste und die Bedienung und der Inhaber hatten den Prozess mit Spannung verfolgt. Sie freuten sich, dass es so gut ausgegangen war. Man saß noch lange zusammen, aß etwas und trank eine Flasche Wein oder Bier. Rechtsanwalt Dr. Brunner öffnete sogar eine Flasche Sekt und schenkte aus an alle, die haben wollten. Er hielt eine kleine Rede und stieß mit allen an, auf den Kampf um das Recht und die Gerechtigkeit. Als Maria und ihr Freund Peter Arm in Arm etwas später das Lokal verließen, hatte der Inhaber eine Platte aufgelegt und aus dem Lautsprecher tönte aus Carmen „Auf in den Kampf...": kraftvoll füllte die Musik den Raum.

Abbildungsnachweis

Zeichnungen von:

Lichtenberg - Oberstufen - Gymnasium
Pestalozzistraße 1
63486 Bruchköbel

Leistungskurs: Kunst, Jahrgangsstufe 13

Kursleiter: Rainer Raczinski

Grafiken von:

Sara Behn, Seiten 103, 123, 131

Hariet El Akrut, Seiten 71, 81, 91

Silvana Ferles, Seiten 145, 151, 153

Annika Malz, Seiten 11, 17, 27

Floriane Mathea, Seiten 37, 47, 55

Marcel Walldorf, Seiten 21, 33, 35

Umschlagbild Vorderseite:

Team Eisenbahnnostalgie
Feldburgweg 138, 47914 Tönisvorst

Karl Jakob Weil

Die Erde
kann erzählen

Dieses Buch erleichtert den Schülerinnen und Schülern das Verständnis für die Geschichte unserer Erde, der Pflanzen, der Tiere und der Menschen. Es ist aber auch eine Hilfe für ältere Menschen, die sich für naturwissenschaftliche Dinge und die Entwicklungsgeschichte der Erde interessieren.

Mitglieder und Mitarbeiter in örtlichen Geschichts- und Heimatvereinen dürften sich für dieses Buch interessieren.

Sie erhalten einen Überblick über einige Theorien und Gedanken, die sich die Menschen in früheren Jahren über die Entwicklung der Erde gemacht haben.

Ein Register und ein reichhaltiges Literaturverzeichnis geben Hinweise auf Veröffentlichungen von Wissenschaftlern, die ihre Erkenntnisse und Auffassungen zu den verschiedenen Problemen in dieser Literatur niedergelegt haben.

Das Buch ist erschienen im Selbstverlag des Verfassers unter BoD - Books on Demand, 22848 Norderstedt.

Es kann über das **Internet** bei: **libri.de** oder über den **örtlichen Buchhandel** bezogen werden.

ISBN 3-8311-1008-5   Preis: 12,88 EUR

Karl Jakob Weil

Freiheit
die ich meine

Die Handlung dieses Buches charakterisiert die Zeit nach dem 2. Weltkrieg, was für die älteren Leserinnen und Leser interessant ist, weil sie diese Zeit selbst mit erlebt haben. Die Jüngeren werden über den Ablauf der Geschichte viel Neues erfahren, was nicht in ihren Geschichtsbüchern steht.

Ein lebendiges Bild

vermittelt der Autor von der damaligen Entwicklung. Schwerpunkt ist das Jahr 1958, ein Höhepunkt des „Kalten Krieges", des Verbotes der KPD und der Prozesse gegen Mitglieder dieser Partei, die in die Gefängnisse wanderten.

Die Schicksale werden im Rahmen eines historischen Romans geschildert und die handelnden Personen sind jene Menschen, die nicht nur diesen furchtbaren Krieg mitmachen mussten, sondern auch aus den Trümmern des Krieges den Wiederaufbau und das Wirtschaftswunder möglich machten.

Das Buch ist erschienen im Selbstverlag des Verfassers unter BoD - Books on Demand, 22848 Norderstedt.
Es kann über das **Internet** bei: **libri.de** oder über den **örtlichen Buchhandel** bezogen werden.
ISBN 3-8311-1787-X   Preis: 18,30 EUR

Eisenbahnnostalgie.de

Das Verzeichnis Deutscher Museums- und Touristikbahnen

Das Zeitalter der Dampflokomotiven ist lange vorbei, aber in den Herzen der Fans schnaufen sie noch immer. Deshalb hat es sich das Team von „Eisenbahnnostalgie.de" zum Ziel gesetzt, die in Deutschland ansässigen Museums- und Touristikbahnen konkurrenzlos mit kurzen Steckbriefen und einigen Bildern in einem Internet-Portal vorzustellen.

„Eisenbahnnostalgie.de" verfolgt dabei keine kommerziellen oder eigennützigen Interessen, sondern möchte mit der Einrichtung des Verzeichnisses dazu beitragen, die Besucherzahlen der Einrichtungen zu heben und somit die Existenz der „Schnauferl" zu sichern. Dadurch erhalten auch Eisenbahn-Vereine, die noch keine eigene Internetpräsenz besitzen, die Möglichkeit, sich kostenlos und angemessen im Internet zu präsentieren. Die lange und aufwendige Suche nach Internetadressen entfällt.

Der interessierte Surfer findet auf der Website eine Vielzahl von Kontaktadressen, die übersichtlich nach Bundesländern sortiert sind. Viele Adressen wurden durch ausführliche Informationen und Bilder zu interessanten Steckbriefen ergänzt. Durch die übersichtlich strukturierte Navigation wird ein schnelles Auffinden der gewünschten Informationen gewährleistet.

Im Servicebereich findet man unter anderem einen viel frequentierten Event-Kalender mit eMail-Reminder-Funktion und die zum Download angebotene Übersichtskarte. Lexika, Bildergalerien, eCards, ein Webring, Linklisten und der in unregelmäßigen Abständen erscheinende Newsletter runden das Angebot ab.

Ein umfangreiches Internet-Portal, das nicht nur Dampfnostalgiker aller Altersstufen begeistert...

Kontakt:
www.eisenbahnnostalgie.de
info@eisenbahnnostalgie.de
Telefon: (02151) 3657155
Telefax: (02151) 3657155

Das Verzeichnis Deutscher
Museumsbahnen